Rebecca Stephan

Zwei halbe Leben

Rebecca Stephan

Zwei halbe Leben

Roman

List

FSC
Mix
Produktgruppe aus vorbildlich bewirtschafteten Wäldern und anderen kontrollierten Herkünften

Zert.-Nr. GFA-COC-001223
www.fsc.org
© 1996 Forest Stewardship Council

List ist ein Verlag
der Ullstein Buchverlage GmbH

ISBN 978-3-471-35038-6

Gesetzt aus der Sabon
Satz: LVD GmbH, Berlin
Druck und Bindearbeiten: CPI – Clausen & Bosse, Leck
Printed in Germany

Für Miriam und Steffi,
die immer wieder zueinanderfinden

1

Frankfurt am Main, Stadtteil Sachsenhausen
Offenbacher Landstraße/Luftschutzkeller
18. März 1944, 22 Uhr 11

Sie sah nichts, obwohl sie ihre Augen so weit aufgerissen hatte, wie es nur ging. Dafür roch sie den Staub, er roch intensiv und setzte sich überall fest. Am liebsten hätte sie nicht geatmet, aber das ging ja nicht. Warum um alles in der Welt war das hier so dunkel? Während sie sich behutsam vorwärts tastete, musste sie husten. ›Bleib ruhig‹, ermahnte sie sich immer wieder. ›Das Licht ist ausgefallen. Das ist ganz normal bei einem solchen Angriff. Such die Wand und dann gehst du an der Wand entlang, und zwar so lange, bis du zu einer Tür kommst. Draußen ist es dunkel, es ist also völlig unmöglich, dass von irgendwoher Licht hier reinfällt. Atme durch. Auf gar keinen Fall darfst du jetzt panisch werden. Wenn du panisch wirst, handelst du unüberlegt. Und unüberlegtes Handeln kannst du dir in dieser Situation nicht leisten.‹

Langsam arbeitete sie sich durch Geröll. Sie spürte die Steine. Tastete sich weiter nach vorn. Und kam endlich zu einer Wand, jedenfalls hoffte sie, dass es eine Wand war. Etwas stand davor, nur was? Und alles bröckelte.

Obwohl sie tapfer sein wollte und nicht panisch, durchflutete sie Angst: ›Was mache ich, wenn es hier überhaupt keine Wand und vor allen Dingen keinen Ausgang mehr gibt? Was ist, wenn ich hier eingeschlossen bin, der ganze Schotter ein Hinauskommen unmöglich macht? Das darf nicht sein. Es muss einen Ausgang geben.‹ Sie fühlte sich so allein – sie war ja auch allein, außer ihr war niemand in diesen Teil des Kellers gelaufen. Alle hatten versucht herauszukommen und waren in die andere Richtung gerannt.

»Hallo?«, sagte sie in die Stille, aber niemand antwortete. Sie ging weiter, fühlte überall nur kalten Stein und manchmal ein Stück hochragendes, zersplittertes Holz.

Von außen drangen keine Geräusche zu ihr. Nachdem vorhin die Bomben so nah bei ihnen eingeschlagen hatten, war sie instinktiv in den hinteren Teil des Kellers gerannt. Das war vielleicht ein Fehler gewesen. Möglicherweise war nämlich jetzt der kleine Durchgang verschüttet. Und möglicherweise würde auch niemand nach ihr suchen, weil man annahm, sie sei tot. Oder weil keiner ahnte, dass sie überhaupt hier drin war. Weil sie ja nur zufällig hier in Sachsenhausen gewesen war. Bei ihrer Freundin Lotti. Wo war Lotti?

»Hallo?« Sie merkte, wie verzweifelt sie klang.

»Ja«, kam es im nächsten Moment leise zurück. Eine Männerstimme. Sie war so froh darüber, nicht alleine zu sein, dass sie vor Erleichterung beinahe zu weinen anfing.

Sie tastete sich langsam in die Richtung vor, aus der die Stimme gekommen war, und stolperte über Schutt. »Seien Sie vorsichtig«, sagte der Mann. »Wir wissen nicht, ob noch etwas einstürzen könnte.«

Ein wenig später hatte sie ihn erreicht und kniete auf dem kalten Boden, fragte ihn, ob er verletzt sei.

»Ich weiß es nicht. Irgendwas liegt auf meinem Bein.« Blind fuhren ihre Hände an ihm herunter, dann spürte sie Widerstand. Es war etwas aus Holz. Beim dritten Versuch schaffte sie es, drückte es hoch und er konnte die Beine hervorziehen. »Danke«, sagte der Mann leise und schien sich aufzusetzen. Sehen konnte sie das nicht; es war stockfinster.

»Sind wir allein?«, fragte er nach einigen Augenblicken. »Offenbar schon. Nachdem vorn alles eingestürzt ist, bin ich nach hinten gerannt«, antwortete sie ihm. »Man konnte ja kaum seine Hand vor den Augen erkennen, deswegen weiß ich nicht, ob noch andere außer uns hier sind.«

»Wir müssen das überprüfen«, sagte der Mann. »Vielleicht ist jemand bewusstlos.«

Sie nickte, obwohl sie ihn ja gar nicht sehen konnte. Noch nicht einmal schemenhaft konnte sie etwas wahrnehmen, die Dunkelheit war übermächtig. Und wieder griff die Angst nach ihr – was, wenn es hier überhaupt keine Luftzufuhr gab? Wenn der Sauerstoff immer weniger würde und sie es nicht schafften, hier herauszukommen? Was war dann?

»Es scheint, als ob hier alles zugeschüttet ist.« Der Mann stand jetzt neben ihr, sie konnte seinen Geruch wahrnehmen. Er roch herb. Intensiv herb. Von links kam das Geräusch von knarrendem Holz, Steine schienen zu rollen. Er tastete nach ihrer Hand und zog sie in die andere Ecke, während ein Balken brach und noch mehr Schutt herunterprasselte.

Es war merkwürdig für sie, aber in seiner Nähe fühlte sie sich sicher. So als ob sie wüsste, dass ihr bei ihm nichts passieren konnte.

Eine halbe Stunde später hatten sie festgestellt, dass sich niemand außer ihnen beiden in diesem Teil des Luftschutzkellers befand. Zwar waren sie sicher, dass niemand da sein konnte, aber sie schauten trotzdem noch einmal nach, suchten alles ab. Nichts. Niemand. Sie wussten auch, dass es äußerst schwierig sein würde, ohne Werkzeug hier herauszukommen. Wo sie den Ausgang vermuteten, lagen schwere Steine, das hatten sie ertastet; es würde Tage dauern, sich hier auch nur ansatzweise einen Weg freizuschaufeln.

»Sind Sie durstig?«, fragte der Mann. Über solch profane Dinge hatte sie sich bislang keine Gedanken gemacht. Aber nun merkte sie, dass sie tatsächlich durstig war, sehr sogar, doch bevor sie das sagen konnte, spürte sie das kalte Metall einer Feldflasche an ihrem rechten Unterarm. »Hier, bitte«, sagte der Mann. »Mein Name ist übrigens Maximilian.«

»Sophie.« Dankbar schraubte sie die Flasche auf und trank.

»Wir müssen vorsichtig sein«, erklärte er kurze Zeit später. »Wir wissen nichts über die Statik des Gebäudes.«

»Wird man uns denn nicht suchen?« Sie versuchte, das aufsteigende ungute Gefühl zu unterdrücken. »Doch«, sprach sie weiter, noch bevor Maximilian antworten konnte. »Natürlich wird man uns suchen. Ich habe ja Familie. Meine Familie wird mich finden wollen. Mein

Mann, er wird sich fragen, wo ich bin, und meine Kinder … sie … ich muss doch wieder nach Haus zurück.«

Maximilian antwortete ihr nicht gleich, Sophie hörte ihn nur gleichmäßig atmen. »Es ist Krieg.« Seine Stimme klang resigniert. »Und wir wissen nicht, wie es da draußen überhaupt aussieht. Wir wissen im Moment gar nichts. Nur, dass wir am Leben sind. Wir beide.« Die letzten Worte klangen warm und so, als wollten sie ihr die Angst nehmen. Maximilian hatte eine tiefe Stimme, sie hörte sich gut an. Sicher. Sophie waren Stimmen schon immer wichtig gewesen. Sie fragte sich, wie er wohl aussehen mochte. Ob er dunkle Haare hatte oder ob sie blond waren. Jedenfalls musste er größer sein als sie, das hörte man, denn seine Stimme kam von weiter oben, und sie standen beide.

»Was sollen wir denn jetzt machen?« Sie hoffte so sehr, dass seine Antwort, irgendein Plan, frei von Zögern kommen würde, gut durchdacht und ohne größere Probleme durchführbar.

»Ich weiß es nicht. Noch nicht«, war alles, was Maximilian schließlich sagte. Dann suchte er wieder Sophies Hand und zog sie ein Stück näher zu sich. »Sie zittern ja.«

Weil sie nicht wie ein Angsthase wirken wollte, sagte sie schnell, »Ich friere leicht«, und zwang sich, nicht mehr zu zittern, was sich aber als schwierig herausstellte, weil es im Luftschutzkeller doch sehr kalt war und sie nur ein leichtes Sommerkleid trug.

Und dann musste sie ganz plötzlich anfangen zu weinen, zuerst leise, sie wollte nicht, dass er es merkte, aber dann zog er sie noch näher an sich und legte beide Arme um sie, und Sophie presste ihr Gesicht in seine Armbeuge, spürte einen etwas kratzigen Stoff und gleichzeitig die Wärme, die er ausstrahlte, und dann konnte sie nicht mehr und schluchzte laut; alles brach aus ihr heraus.

Maximilian sagte gar nichts, er streichelte ihren Rücken und hielt sie fest, so fest, wie sie noch nie jemand gehalten hatte. Und Sophie hätte ewig so stehen bleiben können. Ewig.

Einige Minuten später ließ Maximilian sie langsam los. »Entschuldigen Sie bitte«, sagte Sophie. »Es ist nur, weil ich … weil ich … es ist alles ein wenig zu viel.«

»Das verstehe ich sehr gut. Falls Sie Angst haben, dann geben Sie es ruhig zu«, antwortete Maximilian. »Angst ist schon seit einigen Jahren alles, was geblieben ist. Sie hat sogar die Hoffnung in den Hintergrund gedrängt. Sehr langsam zwar, aber letztlich war sie stärker.« Er lachte leise auf. »Jetzt müsste ich mich eigentlich bei Ihnen entschuldigen. Es ist doch als Mann meine Aufgabe, Sie zu beschützen, und dann fange ich an, von Angst zu sprechen.«

»Wenn es aber nun mal so ist«, entgegnete Sophie.

»Wussten Sie eigentlich, dass es einen Unterschied zwischen Angst und Furcht gibt?«, fragte Maximilian und wartete ihre Antwort gar nicht erst ab. »Wenn man sich fürchtet, sind alle Sinne in Habachtstellung. Man spürt seine Instinkte, ist bereit zu flüchten oder sich zu verteidigen. Angst ist anders. Hat man Angst, ist man wie gelähmt und fühlt sich ganz dumpf und wie benebelt, jede Bewegung und das Denken fällt einem schwer. So empfinde ich es zumindest.« Er machte eine kurze Pause. »Und warum erzähle ich Ihnen das jetzt? Weil wir uns weder Angst noch Furcht leisten können. Jedenfalls jetzt nicht. Nicht in dieser Situation. Verstehen Sie? Wenn wir uns ängstigen oder fürchten, egal vor was, können wir Fehler machen. Wir müssen versuchen, klar zu denken, zu überlegen. Schritt für Schritt. Nur so haben wir vielleicht die Möglichkeit, hier herauszukommen.«

»Was ist ... wenn es uns trotzdem nicht gelingt?«

Maximilian trat wieder einen Schritt näher zu Sophie und fasste sie an den Schultern. »Es *muss* uns gelingen. Wir werden es schaffen. Und vielleicht ... sucht man ja tatsächlich schon nach uns. Wenn wir Glück haben, ist bald alles ausgestanden. Trotzdem können wir nicht untätig herumsitzen und warten. Das können wir uns in dieser Situation nicht leisten.«

»Aber was dann? Was sollen wir tun?« Sophie war ratlos und hilflos zugleich.

»Das werden wir beide gemeinsam entscheiden. Hören Sie? *Wir beide gemeinsam.*«

»Ja«, sagte Sophie leise. »Nur ... wann wollen wir damit anfangen?« Sie spürte Maximilians warme Hände durch den leichten Stoff ihres Kleides, dann ließ er sie überraschend los.

»Jetzt gleich«, sagte Maximilian mit fester Stimme.

»Und womit?«

»Waren Sie schon einmal hier unten?«, wollte Maximilian wissen.

»Nein, noch nie. Ich wohne gar nicht hier. Ich bin nur zufällig in Sachsenhausen, weil ich eine Freundin besucht habe. Mein Mann und meine Kinder sind zu seinen Eltern gefahren, und ich, ich wollte zu Lotti. Das heißt, ich war auch bei Lotti. Bis die Sirenen losgingen.« ›Lotti‹, schoss es ihr durch den Kopf. ›Hoffentlich ist dir nichts passiert. Bitte, bitte, ich möchte nicht, dass dir etwas passiert ist. Das könnte ich nicht ertragen.‹ »Lotti ist meine beste Freundin«, sagte sie dann noch. »Wir kennen uns schon sehr lange. Aber wie gesagt, nein, ich war noch niemals hier unten. Ich kann mir schon denken, wieso Sie fragen. Sie hoffen, dass ich mich ein bisschen auskennen könnte.«

Maximilian nickte und überlegte. »Das Erste, was wir brauchen, ist Licht. Lassen Sie uns den Boden systematisch absuchen, Zentimeter für Zentimeter. Immerhin könnte jemand vorsorglich Kerzen und Zündhölzer deponiert haben. Falls passiert, was uns passiert ist.«

Sophie hörte, dass Maximilian sich von ihr wegbewegte und folgte ihm vorsichtig. Sie kniete sich hin und tastete den Boden ab.

»Warum sind Sie eigentlich hier?«, fragte sie Maximilian kurze Zeit später unvermittelt.

»Weil ich wie Sie die Sirenen gehört habe. Und den nächsten Schutz gesucht habe.«

»Nein, das meine ich nicht. Es ist doch Krieg, und Sie ...« – »Verstehe«, sagte Maximilian. »Ich hatte drei Tage Heimaturlaub. Morgen müsste ich eigentlich wieder an die Front. Aber so wie es aussieht, schaffe ich das nicht. Es sei denn, ein Wunder geschieht. Allerdings bin ich Realist und glaube nicht an Wunder. Jedenfalls nicht in diesen Zeiten.« Sie krochen beide auf dem harten Boden herum, spitze Steine bohrten sich in Sophies Knie. Ab und an ertasteten sie etwas, versuchten herauszufinden, was es war, aber meist handelte es sich nur um Holz- oder Betonstücke. Doch dann spürte Sophie plötzlich etwas, das anders war. Weicher und nachgiebiger. »Hier!«, rief sie in die Richtung, wo sie Maximilian vermutete und hörte, dass er rasch näher kam.

»Das sind tatsächlich Kerzen«, sagte er froh. »Wenn hier jetzt noch … ja!«

Drei Sekunden später zündete er eine der Kerzen an und hielt sie hoch. Und Sophie und er schauten sich zum ersten Mal in die Augen.

*

Bad Homburg im Taunus,
25. April 1944, 15 Uhr 15

Geliebter Maximilian,

gerade habe ich ein wenig Zeit für mich und möchte sie nutzen, Dir ein bisschen von meinem Leben zu erzählen. Von meinem Leben nach uns. Denn wenn wir uns irgendwann, wenn der Zufall es für richtig hält, wiedersehen, habe ich vielleicht einiges vergessen. Aber so kann ich Dir dann alles, was ich aufgeschrieben habe, zeigen oder vorlesen, wenn Du es denn möchtest. Mir geht es gut, nun ja, was heißt gut, eher den Umständen entsprechend. Natürlich waren Clara und Johannes überglücklich, als ich zu Hause vor der Tür stand.

Wo bist Du?

Was machst Du gerade?

Vor genau einer Woche haben wir unser Zuhause verlassen. Ja, unser Zuhause. Lach nicht. Nein, ich schäme mich nicht dafür, dass ich geweint habe. Ich habe jedes Recht der Welt dazu. Unser Zuhause, hört sich das nicht seltsam und unwirklich an? Aber ich empfinde es so. Hier fühle ich mich nicht daheim, hier funktioniere ich nur. Du fehlst mir, und ich frage mich seit meiner Rückkehr immer wieder, ob wir auch wirklich das Richtige getan haben. Natürlich war es vernünftiger so, allein schon wegen der Kinder. Aber hat man selbst nicht auch das Recht auf ein kleines bisschen Glück? Oder muss man, sobald man erwachsen ist, anstehen und sich immer nur – wenn überhaupt – eine kleine Portion davon abholen? Wenn ich wenigstens zufrieden wäre. Das würde mir schon genügen.

Aber das bin ich nicht. Ich denke bei allem, was ich tue, daran, wie es wäre, wenn ich es für Dich tun würde. Es mit Dir teilen könnte. Alles, was ich erlebe. Ich mache mir diese herrlichen Kopfbilder, in denen Du und ich und Deine und meine Kinder zusammen sind. Zusammen wohnen, zusammen essen, zusammen lachen – ja, wir würden lachen. Trotz des Krieges. Das weiß ich.

Ich bringe es nicht über mich, das Blumenkleid zu waschen. Es wäre dann für mich so, als würde ich aufgeben. Verstehst Du das?

Du fehlst mir so. Ich kann gar nicht sagen, wie sehr. Und doch bist Du bei mir.

Deine Sophie!

*

Weder Sophie noch Maximilian sagten lange Zeit ein Wort. Sie knieten einander gegenüber und sahen sich an. Später hätte keiner von beiden sagen können, wie lange. Es könnte eine Minute gewesen sein, genauso gut eine Stunde oder zwei. Maximilian schließlich brach das Schweigen: »Ihr Kleid … es gefällt mir. Die Blumen. Wie heißen diese Blumen?«

Sophie lachte zum ersten Mal und sagte: »Das sind Moosröschen. Kennen Sie keine Moosröschen?« Er schaute sie an.

»Nein … doch. Natürlich. Ich habe nur eine Ewigkeit keine mehr gesehen.« Er beugte sich vor und fuhr ihr mit einem Finger über die Wange. »Sie haben sich weh getan, da ist ein Kratzer.«

»Ich spüre nichts. Es tut nicht weh«, antwortete Sophie und strich sich eine Strähne ihres blonden Haares zurück.

»Ich möchte nicht, dass Ihnen etwas weh tut«, sagte Maximilian sanft. »Ich werde gut auf Sie aufpassen.«

Eine kleine Pause entstand.

»Entschuldigen Sie bitte«, sagte Maximilian schließlich. »Ich wollte Ihnen nicht zu nahe treten. Ich … ich bin wohl einfach etwas durcheinander. Das war ein großer Schreck, das alles. Ich …«, er schwieg.

»Schon gut«, antwortete Sophie. »Sicher war es ein Schreck. Außerdem ist es sehr nett von Ihnen, dass Sie auf mich aufpassen möchten. Ich selbst bin relativ unvorsichtig.« Sie lachte kurz auf. »Das ist das erste Mal«, sagte sie dann.

»Dass jemand auf Sie aufpasst?«

Sie nickte. »Ja, so ist es.«

Er schaute auf ihren Ehering, sagte aber nichts, sondern strich ihr noch einmal über die Wange.

»Ich passe gern auf Sie auf.« Es klang wie ein Versprechen.

Sophie konnte nicht antworten. Sie schaute ihn nur weiter an. Beide schwiegen sie.

Und Sophies Herz klopfte auf eine Art und Weise, wie es vorher noch nie geklopft hatte.

2

Maximilian brach das Schweigen zuerst. »Wie schön Sie sind«, sagte er leise und musste sich beherrschen, denn am liebsten hätte er Sophie noch einmal berührt. Um ganz ehrlich zu sein, am allerliebsten hätte er sie an sich gezogen und umarmt. Aber das tat man ja nicht. Sie hatte etwas an sich, das seinen Beschützerinstinkt weckte – und etwas anderes, das ihm allerdings nur unterbewusst klar war. Ihre Ausstrahlung hatte etwas unglaublich Sinnliches an sich, obwohl sie gar nicht in das Schema der Femme fatale passte; an ihr war nichts Anrüchiges oder Geheimnisvolles. Trotzdem irritierte sie ihn sehr. Er spürte, dass sie, wenn sie wollte, alles geben, gleichzeitig Frau, Geliebte und Freund sein konnte. Und er fragte sich, ob sie sich ihrer Ausstrahlung bewusst war. ›Nein, das glaube ich nicht‹, dachte er. ›Sie ist nicht die Art von Frau, die sich mit so etwas beschäftigt. Dazu bleibt ihr gar keine Zeit.‹ Gleichwohl fiel ihm auch der etwas bittere Zug um den Mund auf. Sie musste schon einiges erlebt haben. Vielleicht würde er herausfinden, was das war.

»Danke sehr«, Sophie wusste nicht, was sie sonst darauf hätte antworten sollen. Die ganze Situation war sehr merkwürdig. In der kurzen Distanz zwischen ihr und

Maximilian lag eine ungekannte Spannung, eine Spannung, die sie nicht deuten konnte. Zunächst wollte sie es auf die momentane Lage selbst schieben, wusste aber, dass dies nicht der Wahrheit entsprach. Es lag an ihr. Und an ihm. Eine merkwürdige Unruhe breitete sich in ihr aus, und gäbe es draußen keinen Krieg und kein wahres Leben, sie hätten sich gut fühlen können.

Langsam stand Maximilian auf und reichte Sophie die Hand. »Lassen Sie uns schauen, wie wir hier herauskommen.« Sie nickte, erhob sich und versuchte, im Kerzenschein etwas zu erkennen. Der Raum, in dem sie sich befanden, musste der Sanitätsraum sein; und er musste gleichzeitig auch als Abstellkammer dienen, das erkannte man an den zusammengerückten Bänken und Stühlen, die rechts und links an der Wand lehnten. An der Wand direkt vor ihnen standen hohe, schmale Metallschränke, in denen sie mit Sicherheit Verbandszeug, Jodtinktur und andere Dinge finden würden, die man für Verletzte benötigte. Möglicherweise befanden sich auch Lebensmittel darin. Viele Luftschutzkeller waren recht gut ausgestattet. Aber war es hier genauso? Und würden sie die abgeschlossenen Schränke überhaupt öffnen können?

Dass sie hier Kerzen und Streichhölzer gefunden hatten, konnte im Übrigen auch ein Zufall sein. Möglicherweise hatte sie jemand nur kurz hier abgelegt, um sie später an einen anderen Platz zu bringen, und es dann vergessen – oder er war durch die Sirenen davon abgehalten worden. Jedenfalls war dies hier nicht der Raum, in dem sich die flüchtenden Menschen normalerweise aufhielten, er musste sich woanders befinden. Weiter vorn, hinter der letzten Wand, vor der riesige Trümmerbrocken lagen, die zum Teil so groß waren, dass man mit der Hand noch nicht einmal ans obere Ende gelangen konnte. Hinter diesem Geröll musste der Durchgang zu den anderen Räumen sein, alles andere ergab keinen Sinn. ›Und‹, dachte Sophie, ›es ist die einzige Möglichkeit, diesen Raum zu belüften.‹ Wieder kroch die Angst in ihr hoch, und wieder bemühte sie sich, sie nicht an sich herankommen zu lassen.

»Wir sollten versuchen, die Steine abzutragen.« Maximilian sagte das wie zu sich selbst, als ahnte er, wie sinnlos seine Worte waren. Aber er hatte das Gefühl, etwas tun zu müssen, und wenn es nur Reden war. Denn ihm war sehr wohl bewusst, dass dieses Unterfangen mehr als unmöglich war. Sophie konnte man nun wirklich nicht kräftig nennen, der Ausdruck zierlich war noch untertrieben; schätzungsweise wog sie keine hundert Pfund. Und er selbst war zwar groß und eigentlich kräftig, aber die Jahre des Krieges, der Auszehrung, des Hungers und der Angst hatten auch in seinem Körper ihre Spuren hinterlassen. Er hatte immer noch breite Schultern und kräftige Beine, aber sein ehemals muskulöser Körper würde, sollte dieser Krieg endlich einmal vorüber sein, seine Zeit brauchen, um wieder in seinen ehemaligen Zustand zurückzufinden. Wie auf Befehl bekam Maximilian Hunger. Wann er das letzte Mal etwas gegessen hatte, daran konnte er sich nicht erinnern. Aber es war lange her. Plötzlich musste er an den Braten denken, den seine Mutter sonntags immer gemacht hatte. Wie sie in der Küche gestanden hatte. Nur dann hatte man sie in der Küche gesehen, nur am Sonntag, die weiße Schürze umgebunden. Die Familie hatte einen Landsitz im Taunus, dort verbrachte man die Wochenenden. An den anderen Tagen war eine Köchin für die Mahlzeiten zuständig, aber sonntags hatte seine Mutter immer selbst gekocht. Irgendwann hatte sie damit aufhören müssen. Seine Mutter litt an multipler Sklerose und saß nun schon seit einigen Jahren im Rollstuhl, eine Entwicklung, die sie zunehmend aggressiver machte. Sie, die Lebenslustige, die immer Agile, war schleichend zu einem Pflegefall geworden. Trotz allem musste Maximilian kurz lächeln, als er an seine Mutter dachte. Sie hatte ihren Söhnen eine wunderbare Kindheit bereitet, eine, die geprägt war von Liebe, Fürsorge und der immerwährenden Sicherheit, sich geborgen fühlen zu können. Und das hatten sie auch getan. Der Landsitz befand sich etwas außerhalb von Königstein, es war ein wunderschönes, zweihundert Jahre altes Haus, das seine ursprüngliche Einrichtung behalten hatte. Warum ihm das ausgerechnet jetzt einfiel, das wusste Maximilian auch nicht. Vielleicht war der nachlassende Schock daran schuld. Er versuchte, sich zusammenzureißen und nun besser an die nächsten Schritte zu denken, damit sie hier rauskamen.

»Die riesigen Steine sollen wir wegrücken? Das ist unmöglich.« Sophie schüttelte den Kopf. »Sie sind viel zu schwer und es sind zu viele.« Sie drehte sich zu ihm um, er sah ihr Gesicht im Kerzenschein und das Flackern in ihrem Blick. Er lächelte. »Versuchen sollten wir es trotzdem. Möglicherweise haben wir ja Glück.« Sie zuckte mit den Schultern und strich ihr Kleid glatt, so gut es eben ging. »Ich glaube nicht, dass das hier etwas mit Glück haben oder nicht Glück haben zu tun hat. Es ist doch einfach so, dass wir die niemals allein wegschaffen können.«

»Sind Sie immer so pessimistisch?«, fragte Maximilian.

Wieder sah sie ihn an. »Es ist Krieg. Warum sollte ich nicht pessimistisch sein?«

»Gerade jetzt sollte man *optimistisch* sein«, meinte er. »Sonst kann man die Hoffnung doch gleich begraben.«

Sophie lachte müde auf. »Welche Hoffnung?«, wollte sie von Maximilian wissen, wartete die Antwort jedoch gar nicht ab, sondern versuchte mit ganzer Kraft, einen Steinbrocken zur Seite zu drücken.

»Warten Sie!«, rief er. »Wir müssen weiter unten drücken. So kann man den Stein besser bewegen.« Während er sich neben sie stellte und beide gemeinsam versuchten, etwas zu erreichen, nahm er ihren Duft wahr. Sie roch nicht nach Parfüm oder Seife, nein, es war ihr Eigengeruch, eine leichte Mischung aus herb und süß, weder aufdringlich noch zu schwach. Genau richtig. Genau richtig. Sie duftete perfekt, nach schöner Frau, nach Sinnlichkeit und Reinheit. ›Was um alles in der Welt geht hier mit mir vor?‹, fragte er sich und musste nach der Antwort nicht lange suchen. Er konzentrierte sich auf den Steinhaufen, der vor ihnen lag, und bemühte sich, Sophie nicht zu nahe zu kommen, was sich als relativ schwierig herausstellte, da sie gemeinsam vorgehen mussten.

Sophie war ebenso durcheinander. Dieser Mann faszinierte sie. Weil er ein richtiger Mann zu sein schien, nicht einer von denen, die große Töne spuckten, aber vor Taten zurückschreckten. Seine Unterarme waren leicht behaart und kräftig, sie konnten eine Frau festhalten, das hatte sie ja bereits gespürt. Und er legte ab und an seinen

Kopf schräg, wenn er mit ihr sprach – aus welchem Grund auch immer fand sie das unglaublich erotisierend. Sie verbot sich diese Gedanken.

Sie mussten hier herauskommen, das war alles, was zählte. Trotzdem. Er gefiel ihr.

»Ich hatte recht.« Sophie war nach ein paar Minuten völlig außer Atem und hörte auf, die zentnerschweren Steine zur Seite rücken zu wollen. »Noch nicht mal Goliath wäre kräftig genug, um hier irgendetwas auszurichten.«

»Wahrscheinlich nicht«, musste Maximilian zugeben. »Wobei ich allerdings sagen muss, dass ich sowieso nichts für die Gestalten aus der Bibel übrighabe. Ich halte das für Humbug.«

»Da haben wir ja etwas gemeinsam«, Sophie setzte sich auf einen der Brocken. Langsam bekam sie wieder Luft. »Ich bin auch nicht gerade das, was man gläubig nennen könnte. Aber ich gehe damit nicht hausieren.« Maximilian setzte sich neben sie. »Ich auch nicht. Schon als Kind habe ich es gehasst, in die Kirche zu gehen.« Einen Moment lang schwiegen sie beide.

»Was sollen wir jetzt tun?«, fragte Sophie. »Ich meine, irgendetwas muss doch passieren. Wir können nicht einfach hier sitzen bleiben, das geht doch nicht.« Fast panisch sprang sie auf. »Vielleicht gibt es ja eine andere Möglichkeit. Einen Notausgang oder einfach nur einen geheimen Gang für Situationen wie die unsere. In den Boden könnte doch eine Falltür eingelassen sein.«

Maximilian erhob sich ebenfalls. Er überlegte. Da! Schon wieder legte er den Kopf auf diese bestimmte Art zur Seite, die Sophie so gefiel. Am liebsten hätte sie gesagt: »Bitte bleiben Sie genau so stehen«, aber das tat man ja nicht.

»Das kann ich mir zwar nicht vorstellen, doch nachschauen sollten wir auf alle Fälle«, unterbrach er ihre Gedanken. Er hielt die Kerze ein Stück weit von sich weg, so dass der Raum etwas heller erleuchtet wurde. Sophie sah in dem Lichtschein noch zierlicher aus, und er war sicher, dass sie fror, dies aber nicht zulassen oder zugeben wollte; jedenfalls bemühte sie sich sehr, nicht mit den Zähnen zu klappern. Hätte er doch bloß eine Jacke oder eine Decke gehabt, die er ihr geben könnte. Sie war so dünn, fast mager, ihr Schlüsselbein war mehr als deutlich zu erkennen. Ganz offensichtlich aß sie nicht genug, was in den heutigen Zeiten zwar nichts Außergewöhnliches war, ihn aber trotzdem tief berührte. Er fragte sich, welches Blond ihre Haare wohl hatten, wenn man sie bei Tageslicht sah. Ob sie eher golden waren oder eher ins Weizenfarbene übergingen. Ihre Augen waren hell, das meinte er jedenfalls zu erkennen. Sie hatte lange, gebogene Wimpern, und er war sich fast sicher, dass dieser Wimpernkranz nicht von einer Zange geformt worden war, sondern von der Natur. Es waren jedoch Sophies Hände, die ihm am meisten gefielen. Sie waren klein, kräftig, und sie hatten eine schöne, symmetrische Form. Die Nägel waren kurz geschnitten, aber nicht zu kurz. Es waren gepflegte Hände, denen man allerdings ansah, dass sie mehr zupacken mussten, als ihnen gutgetan hatte. Die ganze Frau berührte ihn so sehr, wie es keine vor ihr getan hatte. Sie hatte Stärke. Und sie weckte schöne Gefühle in ihm, die er irgendwann mal gekannt, aber dann wieder vergessen hatte. Wann war das gewesen, wann hatte er diese Gefühle verloren? Oder hatte er nur geglaubt, sie zu kennen?

Der Raum war schätzungsweise dreißig Quadratmeter groß, und es dauerte nicht allzu lange, ihn abzugehen.

»Nichts.« Er blieb stehen, ratlos und nachdenklich.

»Was schlagen Sie als Nächstes vor?« Sophie bemühte sich so sehr, die Fassung zu bewahren.

»Ich weiß es nicht.«

»Sie wissen es nicht? Nun ...«, Sophie machte eine kleine Pause. »... ich weiß es auch nicht. Da haben wir ja noch etwas gemeinsam.« Sie schwiegen beide. Sophie sah sich zum wiederholten Mal in dem Raum um. »Wer weiß, was wir noch alles gemeinsam haben. So wie es aussieht, werden wir genügend Zeit haben, es herauszufinden.« Sie verschränkte die Arme. »Ich meine damit natürlich die Zeit, die uns bleibt. Hier scheint es keine Luftzufuhr zu geben.« Die letzten Worte kamen sachlich, so als hätte sie ihm gerade erzählt, wie sie hieß. Sie deutete auf die brennende Kerze. »Wir sollten sie löschen. Sie verbraucht zu viel Sauerstoff.«

»Wenn wir sie ausmachen, haben wir noch weniger Chancen, einen Ausgang zu finden«, warf er ein.

»Schauen Sie sich doch mal um«, war die Antwort. »Dieser Raum ist nicht gerade groß, und wenn es einen Ausgang gäbe, würden wir ihn sehen. Das ist leider die Wahrheit.« Sie sagte es ruhig, obwohl sie am liebsten geschrien hätte. Dunkelheit machte ihr Angst. Das war schon immer so gewesen. Seit je. Im Dunkeln war man allein und hatte keine Möglichkeit, sich zu wehren. Sie wusste nicht, woher das kam, aber schon als Kind hatte sie darum gebeten, dass von draußen ein Lichtschein ins

Zimmer drang. Ihre Mutter hatte sie ernst genommen und nicht über sie gelacht. Die Vorstellung, in diesem Raum in völliger Finsternis zu sein, vielleicht sogar mehrere Tage, gruselte sie; noch mehr Angst allerdings hatte sie davor, dass sie in diesem Raum sterben könnte.

»Man sucht uns doch bestimmt schon?«, fragte sie hoffnungsvoll. Sie war sich bewusst, dass sie diese Frage schon einmal gestellt hatte, aber sie hoffte sehr, dass er sie jetzt so beantworten würde, dass sie Mut schöpfen konnte.

»Ich habe keine Ahnung«, entgegnete Maximilian. »Ich glaube zwar, dass der Angriff vorbei ist, aber ich weiß nicht, wie es da draußen aussieht. Ob man überhaupt nach uns suchen kann.«

»Das heißt, es könnte sein, also es besteht die Möglichkeit, dass uns niemand hier findet. Ist es das, was Sie mir sagen wollen?«

»Ja«, sagte Maximilian und löschte die Kerze. In der Dunkelheit wurde die Gewissheit noch unheimlicher, dass niemand kommen würde. »Wir sind hier in einem Luftschutzkeller. Wären wir in einem Bunker, wäre es vielleicht einfacher. So aber wissen wir nicht, wie viele Trümmer über uns liegen, und wir wissen auch nicht, ob die Decken dieses Kellers die Belastung über längere Zeit aushalten. Wir können nur hoffen, dass dem so ist.«

»Aber Sie ... Sie haben doch bestimmt auch jemanden, der Sie vermisst, oder etwa nicht?« Sophie fror mit einem Mal sehr stark, obwohl sich die Raumwärme in diesen paar Sekunden ja gar nicht hatte ändern können. Dann zuckte sie zurück; Maximilian hatte ihren Arm berührt.

»Das weiß ich nicht«, war seine leise Antwort. »Die Sache ist ein wenig problematisch. Ich wohne nämlich ebenfalls nicht direkt hier in der Umgebung; ich war zu Besuch bei einem Bekannten, und zu Hause wissen sie nichts davon. Ich ... ich hatte mich mit meiner Frau gestritten und ...«

»Sie sind verheiratet?«, wurde er von Sophie unterbrochen.

»Ja, warum? Ist das so außergewöhnlich?«

»Nein. Nur so. Ich bin es ja auch. Seit sechs Jahren. Und wenn ich heute die Wahl hätte, würde ich es nie wieder tun.« Ihre Stimme hatte einen abweisenden, bitteren Klang. Zu bitter für jemanden, der noch so jung war. Maximilian schätzte sie auf Mitte zwanzig. Er selbst war sechsundzwanzig.

»Warum erzählen Sie mir das?«

»Wieso sollte ich nicht? Schließlich hört uns ja keiner.«

»Ich höre es.«

»Ja, Sie schon. Aber warum sollten Sie es weitersagen?«

»Ich habe ja auch gar nicht behauptet, dass ich es weitersagen will.«

»Gut. Das wollte ich hören.«

Sie gefiel ihm. Sie war anders als alle Frauen, die er kannte, sie mit ihrer leicht schnippischen Art, ihrer vorgetäuschten Burschikosität und ihren Versuchen, die Angst nicht zu zeigen, die er aber sehr wohl spürte.

»Sie sind also verheiratet. Sind den heiligen Bund der Ehe eingegangen, in guten wie in schlechten Tagen, in Krankheit und in Armut, bis dass der Tod Sie scheidet?« Sie wusste selbst nicht, warum sie so redete, vielleicht wollte sie einfach von ihrem merkwürdigen Gefühl und von der Zuneigung ablenken, die sie für diesen Mann empfand.

Maximilian musste lächeln. Jetzt troff ihre Stimme vor Sarkasmus. »Ja«, sagte er dann schlicht.

»Etwas Gutes hat das hier. Ich muss nicht bei ihm sein.«

»Bei Ihrem Mann?«

»Sicher, wem denn sonst? Ich … *hasse* ihn und ich verachte ihn.« Es war so, als würde die Dunkelheit ihr Schutz geben und den Mut, solche Sätze auszusprechen. Bis auf Lotti hatte sie noch nie mit jemandem über ihre Ehe gesprochen. Ihre *Ehe*. Eine Ehe konnte man das ja auch nicht nennen.

»Warum hassen Sie Ihren Mann?« Maximilian hörte, wie sie sich räusperte und dann Luft holte. Und er überlegte, wie dieser Mann wohl sein mochte, dass sie so über ihn sprach.

»Raten Sie.«

»Ich soll raten?«

»Ja, raten Sie. Ich meine, wir haben ja im Moment nicht wirklich etwas zu tun. Warum also nicht?«

»Tja … nun gut, warum also nicht, rate ich also.« Er dachte nach und kam auf das Naheliegendste: »Er hat sie betrogen, und Sie haben es zufällig herausgefunden.«

»Nein«, kam es trocken. »Wenn es das nur wäre … da könnte ich ja fast erleichtert sein.«

Maximilian begriff nicht ganz. »Soll das heißen, Sie würden es begrüßen, wenn Ihr Mann Sie betrügt?« Warum hörte er nicht auf, seinen Kopf so schräg zu legen? Das machte sie völlig nervös.

»Nein, ich würde es nicht begrüßen«, entgegnete Sophie und zwang sich, sachlich zu klingen. »Es wäre mir einerseits ganz egal, andererseits wäre ich auch erleichtert. Würde er mich betrügen, so hieße das ja, er wäre in der Zeit, in der er mit einer anderen zusammen wäre, nicht bei mir. Verstehen Sie?«

»Aha …«, sagte Maximilian langsam. »Nun, ich kann Ihnen zwar nicht ganz folgen, aber das tut ja auch nichts zur Sache. Also rate ich weiter. Ist er ein Spieler und hat das ganze Geld verprasst?«

»Auch das wäre eine Möglichkeit, die ich sehr gut finden würde. Würde er spielen, wäre er nicht zu Hause. Außerdem …«

»Er ist zu Hause? Ich meine, es ist Krieg, und …«

»Immer der Reihe nach«, unterbrach Sophie ihn.

»Hm«, machte Maximilian. »Kein Betrüger, kein Spieler … Trinkt er?«

»Ja, das auch.«

»Viel?«

»Viel zu viel.« Wieder ein Räuspern. »Schon morgens«, fügte sie dann noch hinzu.

»Woher hat er denn …«

»Immer der Reihe nach.«

»Na ja, viel fällt mir jetzt nicht mehr ein«, musste Maximilian zugeben. »Tut er Ihnen weh? Schlägt er Sie?«

»Ja«, sagte Sophie. »Beinahe jeden Tag. Und sehr oft auch schon morgens.« Sie musste husten. »Insofern ist es gar nicht schlecht, dass ich gerade hier bin und nicht zu Hause, denn um diese Uhrzeit ist er meistens so betrunken, dass es nicht zum Aushalten ist. In vielerlei Hinsicht.«

Maximilian setzte sich aufrecht hin und holte Luft. »Ihr Mann schlägt Sie jeden Tag?«

»*Fast* jeden Tag, ja.«

»Warum verlassen Sie ihn nicht?«

»Wie soll das gehen? Ich habe zwei Kinder. Außerdem … das tut man doch nicht. Ich kenne keine Frau, die ihren Mann verlassen hat.«

»Das ist doch Unfug. Jeder Arzt wird Ihnen bestätigen, dass …«

»Nein und nochmals nein. Meine Eltern sind da sehr altmodisch. Sie haben mir damals ihren Segen gegeben, und für sie ist eine Scheidung undenkbar. Sie würden es weder begreifen noch billigen. Gott hat das so gewollt, verstehen Sie?«

»Aber die Kinder bekommen doch bestimmt mit, was er tut.«

»O nein, er ist da sehr geschickt. Er ist – selbst wenn er sturzbetrunken ist – noch gescheit genug, immer dann zuzuschlagen, wenn sie nicht im Zimmer sind oder schon schlafen. Manchmal zerrt er mich auch in den Keller und prügelt mich da.« Sophie schüttelte leicht den Kopf, was Maximilian nicht sehen konnte. Er sah auch nicht ihre angespannten Gesichtszüge, die sich immer dann noch mehr verhärteten, wenn sie an ihren Mann dachte.

»Aber … warum tut er das?«

»Warum gibt es Krieg?«

»Das hat doch damit nichts zu tun.«

»Aber eine Antwort können Sie mir spontan darauf auch nicht geben.«

»Nein«, musste er zugeben. »Aber …«

Ein Geräusch ließ sie zusammenfahren. Es kam einerseits von weit weg, andererseits fühlte es sich nah an. Grollend.

»Zünden Sie die Kerze an!« Hektisch stand Sophie auf und drückte sich gegen die Wand. Das Grollen wurde lauter, und sie konnten das Geräusch nun langsam zuordnen. Es hörte sich an, als würde über ihnen etwas einstürzen. Ein paar Sekunden später flammte das Licht auf. Sie sahen an die Decke, die von Querbalken getragen wurde, zwischen denen sich Quader aus Zement oder Ähnlichem befanden. Am Rücken spürten sie deutlich die Erschütterung, und mit einem Mal begann es aus allen kleinen Öffnungen zu rieseln.

Sophie war blass. »Das Haus stürzt ein«, flüsterte sie, während im gleichen Moment über ihnen einer der Stützbalken nachgab und sich ein Riss in seiner Mitte bildete. Und während Maximilian sie mit einer Hand mit sich zum anderen Ende des Raumes zog, gab der Balken nach und mehrere Zentner Stein- und Zementbrocken krachten mit voller Wucht auf den Boden.

Maximilian riss Sophie mit sich nach unten. »Die Hände über den Kopf, schnell!«

Sie tat, was er sagte. »Wird denn alles einstürzen?«, schrie sie ihn panisch an. Sie schrie noch lauter, als ein riesiger Haufen Schutt mit einem dumpfen Knall durch die Decke donnerte. Keine zwei Sekunden später brach einer der Holzbalken durch. Sophie wusste weder, was alles zusammenstürzte, noch ob es jemals aufhören würde. Sie wusste lediglich, dass sie unglaublich froh war, in dieser Situation nicht alleine zu sein. Maximilian lag halb über ihr und schützte sie mit seinem Körper; am liebsten hätte sie sich die Ohren zugehalten, weil der Lärm so unerträglich war.

»Ich bin bei Ihnen«, hörte sie Maximilians Stimme. »Ich passe auf, dass Ihnen nichts passiert.«

Der Geruch von Mörtel und Holz stieg ihr in die Nase, gleichzeitig tränten ihre Augen durch den aufgewirbelten Staub. Sie spürte seine Nähe und seine Wärme und schon wieder hatte sie dieses Gefühl von Geborgenheit, obwohl es in ihrer Situation völlig absurd war. Aber sie nahm es hin und wollte nicht, dass es verging.

3

Frankfurt am Main,
25. April 1944, 16 Uhr 30

Meine Sophie, meine geliebte Frau,

gerade habe ich wieder an Dich gedacht und mir überlegt, dass es doch vielleicht keine schlechte Idee wäre, mein Leben für Dich aufzuschreiben. Also das Leben nach Dir. Denn ich glaube nach wie vor, dass irgendeine höhere Macht es gut mit uns meint und uns zusammenbringen wird. Wann, das weiß niemand, aber die Hoffnung stirbt ja bekanntlich zuletzt. Wenn wir uns dann sehen, kannst Du diese Briefe lesen, die ich Dir von jetzt an schreiben werde. Immer wenn ich etwas zu erzählen oder das Gefühl habe, es vor Sehnsucht nicht mehr auszuhalten. Gerade jetzt, lach bitte nicht, ist mir so, als seiest Du bei mir, und ich spüre Deine Anwesenheit; es ist beinahe unheimlich.

Meine Sophie. Ich denke jeden Tag an Dich. Eigentlich ununterbrochen. Und ich träume von Dir. Jede Nacht. Es sind schöne Träume, in denen wir gemeinsam glücklich sind. In denen es keine Probleme gibt. In diesen Träumen sind wir zusammen und alles ist gut. Natürlich ist es schlimm, morgens aufzuwachen und festzustellen, dass alles gar nicht wahr ist. Aber die Träume – so unlogisch es auch klingt – helfen mir, weiterzumachen, die Hoffnung nicht aufzugeben, dass es eines Tages tatsächlich so sein könnte. Dass alles gut wird. Die Zeit mit Dir hat mir so unglaublich viel gegeben; ich kann es nicht in Worte fassen. Ich war glücklich in dieser Zeit. So unsagbar glücklich. Wir haben uns gegenseitig Sicherheit und Du hast mir ein Stück vom Himmel gegeben. Ich liebe Dich.

Dein Maximilian

*

»Wie geht es Ihnen?« Seit einigen Minuten waren keine Geräusche mehr zu hören außer ihrem eigenen Atem, der flach und stoßweise ging. Sophie musste über diese eigentlich lapidare Frage zum ersten Mal wirklich nachdenken. Wie oft fragt man jemanden, wie es ihm geht, und eigentlich fragt man einfach nur so, wartet die Antwort oftmals gar nicht ab, sondern redet weiter. Wie oft hatte sie selbst schon ihrer Umgebung diese Frage gestellt? »Wie geht es dir?« oder »Wie geht es Ihnen, Ihrem Mann, Ihrer Frau, Ihren Kindern?«. Sie wägte ab. Vor Kriegsbeginn öfter, seit dem Krieg fragte das eigentlich niemand, jedenfalls konnte sie sich nicht daran erinnern. Warum sollte man diese Frage heutzutage auch stellen? Man musste einfach froh sein, zu leben und das Nötigste zum Essen zu haben und erleichtert darüber sein, dass das Haus noch stand, wenn man nach den Luftangriffen wieder nach draußen konnte. Das Leben hatte sich auf ein Minimum an Wichtigkeiten reduziert. Aber genau diese brauchte man, um weitermachen zu können.

Trotzdem war es eine lapidare Frage. Bis jetzt. Denn nun hatte sie zum allerersten Mal den Eindruck, jemand meinte sie *ernst*.

»Es geht mir gut.« Sie wunderte sich, dass ihre Stimme ganz normal klang, weder ängstlich noch rau. Und sie sagte die Wahrheit. Ihr ging es tatsächlich gut. Sie lebte. Wie merkwürdig, dass auf einmal alles andere so unwichtig war, dass nur eine einzige Sache zählte.

»Und Ihnen?«, wollte sie von Maximilian wissen.

»Alles in Ordnung.« Obwohl er sie nun hätte loslassen und mit ihr aufstehen können, tat er es nicht. Viel zu sehr gefiel es ihm, sie in den Armen zu halten und ihre weichen Haare an der Wange zu fühlen.

»Ich weiß nicht, wie lange das her ist«, sagte Sophie.

»Was meinen Sie?«

»Dass mich ein Mann in den Armen gehalten hat. Ich wusste gar nicht mehr, wie schön das sein kann.«

»Freut mich, dass es Ihnen gefällt.« Maximilian wusste nicht, was er sonst hätte sagen sollen; Sophie irritierte ihn immer mehr, wobei er es sehr sympathisch fand, dass sie so direkt war und sagte, was sie dachte. Bislang hatte er die Erfahrung gemacht, dass Frauen davon ausgingen, dass ein Mann zu wissen hatte, was sie dachten, fühlten oder wollten. Sophie war anders. Ganz anders.

»Ja, es gefällt mir. Viele Dinge gefallen mir. Aber ich werde leider sehr selten danach gefragt. Wollen Sie noch mehr wissen?«

Er lachte auf. »Sehr gern.«

»Dann fragen Sie mich.«

»Was gefällt Ihnen also noch? Moosröschenkleider, das weiß ich schon.« Er dachte nach. »Was ist Ihr Leibgericht?«

Nun lachte sie ebenfalls. »Das ist ja nicht gerade eine passende Frage. Mein Magen knurrt, und ich weiß nicht, wann ich das letzte Mal überhaupt etwas zu mir genommen habe ...«

»Das wollte ich nicht. Es tut mir leid.«

»Schon gut. Mein Leibgericht ... es gibt vieles, was ich gerne mag. Aber wenn ich könnte, also wenn ich mich jetzt entscheiden müsste, dann wären es Rouladen. Rindsrouladen, mit Senf und Gurken und Zwiebeln, dazu Rotkraut und Kartoffeln und eine würzige braune Soße. O ja, für die Rouladen würde ich jetzt in diesem Moment einiges geben.«

»Ich mag Rouladen auch sehr, allerdings am liebsten mit Kartoffelklößen. Mit selbstgemachten natürlich«, erklärte ihr Maximilian.

»Können Sie kochen?«

»Ich ... kochen? Nein, um ehrlich zu sein.«

»Wer kocht bei Ihnen zu Hause? Ihre Frau?«

»Nein, sie ... sie kann auch nicht kochen.«

»Das glaube ich Ihnen nicht«, wiegelte Sophie kategorisch ab. »Das kann doch gar nicht sein. Jede Frau kann kochen.«

»Sie kann es nicht. Wirklich nicht.«

»Wer kocht denn dann?«

»Ja, also ... unsere Köchin ...«

»Sie haben eine *Köchin*? Dann müssen Sie sehr wohlhabend sein.«

»Ich nicht direkt. Aber mein Vater, ja, das kann man sagen.«

»Sind Sie *richtig reich*?« Nun war ihre Stimme ungläubig und wie die eines kleinen Kindes, das ein Märchen über Juwelen und seidene Gewänder erzählt bekommen möchte.

»Was ist denn für Sie richtig reich?« Er war amüsiert.

»Wenn jemand ein eigenes Haus hat und wertvolle Möbel, die seit Generationen weitervererbt werden, genauso wie der Schmuck der Damen, und wenn die Herren Siegelringe tragen und die Familie ein eigenes Wappen hat. So in etwa stelle ich mir Reichtum vor. Ist das bei Ihnen so?«

»Ja«, musste Maximilian zugeben und schämte sich für dieses Ja. Sophie wirkte auf ihn nämlich alles andere als reich. Sie wirkte so, als ob sie sich alles hart erkämpfen müsste, als würde ihr niemals etwas in den Schoß fallen. Dabei hatte gerade sie Reichtum und Sorglosigkeit verdient, so viel war sicher.

»Eine traditionsreiche Familie also. Wissen Sie, was ich merkwürdig finde? Dass wir uns hier in diesem Luftschutzkeller befinden und über Leibspeisen und Ihre reiche Familie sprechen, anstatt über die wirklich wichtigen Dinge. Zum Beispiel darüber, ob unseren Familien etwas passiert ist, ob es ihnen gutgeht.« Sie löste sich aus Maximilians Arm und setzte sich auf. »Aber es kann natürlich sein, dass wir mehr unter Schock stehen, als wir wahrhaben wollen.« Ihre Augen hatten sich an die Dunkelheit gewöhnt, sie konnte Maximilian schemenhaft erkennen, was sie verwunderte. Vorhin war das nicht so gewesen, da schien die Dunkelheit einfach nur eine schwarze Glocke zu sein. Sie sah sich um, und dann bemerkte sie es.

»Da ist doch Licht. Von irgendwoher kommt Licht.«

Er stand auf. »Sie haben recht. Und Luft auch. Spüren

Sie es? Von oben kommt ein Luftzug.« Er hustete, weil einige herunterbröckelnde Steine Staub aufwirbelten. Es war in der Tat ein winziger Lichtstrahl, der durch den Schotter fiel; so schwach, dass er kaum als Helligkeit zu deuten war. Er griff in seine Hosentasche und holte die Kerze hervor, zündete sie an, und dann überblickten sie das ganze Ausmaß des Einsturzes. Die Hälfte des Raumes war bis zur Decke gefüllt mit Schutt und Steinen. Von der Wand war kaum mehr etwas zu sehen.

»Es ist doch wohl hoffentlich kein Gas ...«, wollte Sophie ängstlich wissen.

»Das glaube ich nicht«, erklärte er. »Dann hätte ich die Kerze niemals angezündet.«

»Riecht man Gas denn immer?«

»Nein, ich denke, Gas ist geruchsfrei.«

»Sie *denken*? Und wenn es eine Explosion gegeben hätte?« Sie schüttelte den Kopf. »*Ich* denke, ich muss eher auf *Sie* aufpassen, anstatt umgekehrt.«

»Es tut mir leid«, sagte Maximilian schuldbewusst und ärgerte sich über sich selbst und über seine unbedachte Vorgehensweise. Sophie hatte ja recht. Es war lebensgefährlich gewesen.

»Wir haben Glück gehabt«, Sophie deutete auf die Kerze und wirkte erleichtert.

»Wo war die Tür?«, fragte er dann, auch um abzulenken, und drehte sich zu Sophie um. »Wissen Sie das noch?«

Sie schüttelte den Kopf. »Nein, aber der Luftzug kann von überall her kommen. Ich kann auch nicht genau erkennen, woher das Licht kommt. Es ist zu wenig.«

»Was nun?«, wollte Sophie ratlos wissen.

»Nun wissen wir zumindest, dass wir erst einmal Luft haben und nicht ersticken werden«, sagte Maximilian und in seiner Stimme schwang ein klein wenig Humor mit. So kam es Sophie zumindest vor. »Es wird uns nichts anderes übrig bleiben, als uns durch den ganzen Schutt zu arbeiten.«

»Aber das wird doch Ewigkeiten dauern!«, rief Sophie. »Alleine schaffen wir das nicht; außerdem sind Sie am Bein verletzt.«

»Das mit meinem Bein geht schon wieder. Es muss gehen.« Er sah sie an und der Schein der Kerze ließ sein Gesicht weich wirken. Aber sie sah, dass er sehr angespannt war. Er schien nachzudenken.

»Wir müssen einfach loslegen«, sagte er schließlich, und sie nickte, während sie sich fragte, wie lange man wohl hier unten überleben konnte. Sie wusste, dass man eher verdurstete als verhungerte, aber irgendwann würde der Moment kommen, an dem nichts mehr gehen würde. Merkwürdigerweise hatte sie vor diesem Moment keine Angst. Vielleicht weil sie ahnte, dass er nicht kommen würde, weil sie sich sicher war, dass sie es schaffen würden, auch wenn sie noch nicht wusste, wie.

»Lassen Sie uns anfangen.« Sie ging ein paar Schritte nach vorn und er folgte ihr. Je näher sie an die Steine kamen, desto größer wirkten die.

»Ich schaue mal in den Schränken nach«, schlug er vor. »Möglicherweise gibt es Decken. Damit können wir unsere Hände schonen. Darauf hätte ich auch viel eher kommen sollen. Sie frieren doch bestimmt.« Sie nickte und sah ihm zu, während er zu den Schränken ging. Er humpelte und schien Schmerzen zu haben. Er tat ihr leid. Aber sie mussten etwas tun, denn wenn sie nichts taten, wäre der Moment schneller da. Und obwohl Sophie sich einredete, keine Angst vor ihm zu haben, wollte sie nicht, dass er jetzt schon käme.

Es wäre alles anders gewesen, wenn da nicht dieser Mann mit diesen wunderbaren Unterarmen wäre, der seinen Kopf auf eine Art und Weise schräg legte, dass es sie schier um den Verstand brachte.

»Ich kann nicht mehr weitermachen.« Sophie lehnte an einer freien Wand und ließ sich dann langsam auf den kühlen Steinboden sinken. Sie zitterte vor Anstrengung und Erschöpfung. Dann deutete sie auf den Schutt vor ihnen. »Wenn wir in dieser Geschwindigkeit weitermachen, dauert es Jahre, bis wir überhaupt wissen, wo sich der Ausgang befindet.«

Maximilian hielt die Kerze hoch, und Sophie konnte sein schweißnasses Gesicht sehen. »Den Ausgang brauchen wir nicht unbedingt«, meinte er dann. »Die komplette Decke existiert ja nicht mehr. Ich könnte versuchen, über das Geröll hochzuklettern und die Lage zu erkunden; eventuell ist es sinnvoller, den Schutt von oben abzutragen.«

»Nein«, Sophie schüttelte den Kopf. »Das würde ich nicht tun. Was ist, wenn dann noch mehr herunterstürzt?«

»Das kann uns auch passieren, wenn wir die Steine von unten wegnehmen«, sagte Maximilian nachdenklich. »Es gibt exakt drei Möglichkeiten: Wir machen so weiter, wie wir angefangen haben, oder wir fangen von oben an, oder wir machen gar nichts. Die letztere Möglichkeit ist vorläufig die sicherste, aber eben nur vorläufig. Denn etwas zu essen haben wir immer noch nicht, und das Wasser haben wir fast ausgetrunken.«

Augenblicklich bekam Sophie Durst. Zusätzlich wurde das Hungergefühl immer stärker. Aber darüber durfte sie jetzt nicht grübeln, es gab Wichtigeres. Sie musste an ihre Kinder denken und wünschte sich, dass sie es nicht täte, die Sorge um die beiden machte sie ganz krank. Also verdrängte sie die Gedanken, versuchte es zumindest. ›Das ist der Schock, der langsam nachlässt‹, überlegte sie. ›Sonst hätte ich mir doch schon vorher Sorgen gemacht.‹ Sie überlegte weiter: ›Ihnen wird schon nichts passiert sein. Sie sind ja nicht in Frankfurt, und es ist doch unwahrscheinlich, dass es zur gleichen Zeit, am gleichen Tag sie *und* mich trifft.‹

Im Moment konnte sie nichts tun, außer zu versuchen, hier herauszukommen. Einen Schritt nach dem anderen tun. Und wenn sie es geschafft hätten, *wenn* sie es schafften, würden ihrer beider Wege sich trennen und möglicherweise würde sie ab und zu an ihn denken, doch die Erinnerung würde mit der Zeit verblassen, und letztendlich würde sie diese Stunden mit ihm vergessen haben. Auch dass er sie im Arm gehalten hatte und dass er richtig reich war. Die Zeit würde weitergehen, und sie würden sich nie mehr wiedersehen, wie das so oft war im Leben. Vielleicht würden sie sich zufällig in einigen Jahren auf der Straße begegnen, sich anschauen, kurz überlegen, sich dann zunicken und in verschiedene Richtungen weitergehen.

Aber was wäre, überlegte Sophie weiter, wenn sie beide hier bis zum Schluss gemeinsam ausharren mussten? Wenn beider Leben hier in diesem Luftschutzkeller zu

Ende ging? War das dann Schicksal, Bestimmung oder einfach nur ein unglücklicher Zufall? Wer konnte das wissen? Sie wusste es jedenfalls nicht. Wer von ihnen würde zuerst sterben, wer länger aushalten? Wie fühlte sich Verdursten an, wie lange würde es dauern? Wie reagierte ein Körper? Würde er gnädig sein und sie irgendwann ohnmächtig werden lassen, oder würden sie spüren, dass es zu Ende ging, bei vollem Bewusstsein?

›Denk jetzt nicht darüber nach. Jetzt nicht. Du machst dich nur verrückt.‹

Sophie stand auf. »Gut, dann bin ich für den zweiten Vorschlag. Wir probieren es von oben.« Maximilian reichte ihr die Hand, sie war kühl, der Händedruck fest. Sie hatte nichts anderes erwartet und empfand es gleichzeitig als ungewöhnlich, dass ein Händedruck derart viel aussagen konnte. Diesmal war es nicht die Sicherheit, die er ausströmte, sondern weit mehr. Was, darüber wollte sie später nachdenken. Zeit dazu würde sie genug haben. Wenn sie etwas hatte hier unten, dann Zeit zum Nachdenken. Denn noch sah es nicht so aus, als kämen sie in naher Zukunft hier heraus. Es sah eher danach aus, als könnte es Ewigkeiten dauern, auch wenn sie rund um die Uhr schufteten.

Jeder Stein, den sie bewegten, brachte sie ein Stück näher zur Freiheit und in ihr altes Leben zurück.

Zum ersten Mal überlegte Sophie sich, ob sie weiterleben wollte wie bisher, wenn sie hier rauskam.

Ob sie etwas verändern könnte, und wenn ja, was.

Und ob er ihr dabei zur Seite stünde.

4

»Ich schätze, wenn wir so weitermachen, haben wir in ungefähr einem Jahr das erste Erfolgserlebnis«, sagte Maximilian mit einem Anflug von Sarkasmus in der Stimme.

Zwei Stunden hatten sie ohne Pause geschuftet, aber das Einzige, was sie zustande gebracht hatten, war das Zurseiteschieben einiger kleiner und etwas größerer Brocken.

»Wir sollten den Teufel nicht an die Wand malen.« Sophie schwitzte und sehnte sich nach einem Bad. »Wie spät wird es wohl sein? Der Lichtschein ist nicht mehr zu sehen, also ist es schon Abend oder Nacht? Was meinen Sie?« Sie hatte jegliches Zeitgefühl verloren, und war es nicht auch völlig irrelevant? Trotzdem wollte sie es gern wissen. Zeiten gaben einem Halt, ihr zumindest. Ihre Armbanduhr, ein Erbstück ihrer Mutter, lag zu Hause. Zu Hause … Was hieß das schon? Gab es ihr Zuhause noch? Hatte sie sich jemals in der engen Wohnung zuhause und wohl gefühlt? Sie musste daran denken, wie schwer es immer war, im Winter die Kohlen nach oben in den vierten Stock zu schleppen, wenn es denn in den letzten Jahren mal welche gab. Sie dachte an die Tage, an denen sie nichts zu essen kaufen konnte, manchmal, weil ihr Mann das Geld versoffen hatte, manchmal, weil es nichts gab und sie aus Kartoffelschalen, die sie wohlweislich nicht weggeworfen, sondern in der Vorratskammer aufbewahrt hatte, versuchte, eine Suppe zustande zu bringen, die einigermaßen genießbar war. Die Zeit, als ihr Mann noch an der Front gewesen war, war im Grunde genommen die unkomplizierteste gewesen. Sie hatte zwar alles allein bewerkstelligen müssen, aber das musste sie auch jetzt noch, nachdem er aufgrund einer Rückenverletzung nicht mehr eingezogen wurde. Um es ganz genau zu nehmen, war diese Rückenverletzung mittlerweile abgeklungen, aber er hatte irgendwelche dubiosen Kontakte zu Hilfe genommen, um freigestellt zu werden. Und so saß er den ganzen Tag herum, wenn er mal zu Hause war. Wo er sich herumtrieb, und was er machte, sie wusste es nicht. Einerseits interessierte sie es nicht, andererseits hatte sie die Befürchtung, dass es sich um etwas Illegales handelte. Doch sie wagte es nicht, nachzufragen. Bei diesem Thema würde sie wie immer verlieren. Er hatte stets die schlagkräftigeren Argumente – seine Fäuste.

»Hier, nehmen Sie eine Decke und setzen Sie sich«, sagte Maximilian und tat dasselbe. »Ich zünde uns eine neue Kerze an.«

»Haben wir denn genügend?«

»Ja, wenigstens das. In einem der Schränke befindet sich ein richtiges Vorratslager. Es sind bestimmt an die zweihundert. Und Zündhölzer gibt es ebenfalls ausreichend. Zum Glück waren die Schränke offen.«

Sophie nickte und nahm dankbar Maximilians Feldflasche entgegen, in der sich kaum noch etwas befand. Vorsichtig trank sie einen kleinen Schluck, behielt das

Wasser lange im Mund, ließ es dann langsam in die Kehle gleiten. Fast machte dieser kleine Schluck ihren Durst noch schlimmer. Sie musste sich irgendwie ablenken.

»Mein Mann heißt Ferdinand«, sagte sie unvermittelt und schaute Maximilian an. »Wir sind seit vier Jahren verheiratet, aber das sagte ich Ihnen wohl schon.«

Er nickte. »Und?«, wollte er dann wissen und zeichnete mit dem Zeigefinger Kreise in den rotbraunen Staub. »Waren Sie irgendwann einmal glücklich mit ihm?«

»Was ist schon Glück«, antwortete Sophie und zuckte mit den Schultern. »Eine Zeitlang war ich … na ja, … zufrieden. Das war doch auch schon mal etwas.«

Er wirkte erschrocken und ungläubig. »Mit Zufriedenheit geben Sie sich also zufrieden? Das genügt Ihnen?«

»Ich kenne es nicht anders«, sagte Sophie, während sie erneut über ihre Ehe nachdachte. Über Ferdinand und wie er sich schon kurz nach der Hochzeit verändert hatte. Zum Negativen verändert. Über das tägliche Einerlei. Über ihre Angst vor ihrem Mann. Über die Tatsache, dass sie vor dem Krieg schon putzen gehen musste, um die Familie halbwegs über Wasser zu halten. Es war kein schönes Leben, es war eintönig und angstgeprägt. Lediglich ihre Kinder bereiteten ihr viel Freude. Aber sonst? Morgens aufstehen, Frühstück machen, putzen, Mittagessen kochen, putzen, einkaufen, Angst vor einem neuen Luftangriff haben, abends Radio hören oder etwas lesen und dann schlafen gehen, um am nächsten Morgen wieder aufzustehen und Frühstück zu machen. Nun ja, momentan hatten sie ein wenig Abwechslung. Daran war der Krieg schuld. Weiterhin war ja momentan noch nicht einmal klar, ob es jemals wieder so sein würde wie vorher.

»Haben Sie niemals mit ihm gelacht?«, fragte Maximilian. »Hatten Sie schon mal Spaß zusammen? Freuten Sie sich, wenn er nach Hause kam? Machten Sie sich extra schick für ihn? Gingen Sie abends aus? Zum Tanzen? Führten Sie lange Gespräche?«

»Warum wollen Sie das alles wissen?«

Er stützte seinen Kopf in beide Hände und die Kerze blakte. »Weil ich all diese Fragen mit Nein beantworten würde«, kam es dann, und nun sah er ihr direkt in die Augen. »Meine Frau heißt Caroline.« Er sagte das so, als sei der Vorname eine Erklärung. Sophie wartete ab. »Wir haben geheiratet, als ich zwanzig war. Mein Vater wollte das so, und er setzt seinen Willen immer durch. Andere Meinungen interessieren ihn nicht. Geld zu Geld heißt es ja so schön. Und ihm ist es enorm wichtig, dass das Umfeld stimmt. Finanziell gesehen zumindest.« Maximilian schnaubte kurz auf. O ja, sein Vater, der Bankier, und sein Schwiegervater, der hanseatische Kaufmann Albert Janssen. »Was glauben Sie, wurde ich auch nur ein einziges Mal gefragt, ob ich Caroline heiraten möchte? *Ob ich sie liebe*?«

»Nein«, antwortete Sophie.

»Nicht *ein Mal*«, wurde ihre Vermutung bestätigt.

Er stand auf und ging ein paar Schritte auf und ab. Dann blieb er vor ihr stehen, legte den Kopf zur Seite. Sie schaute schnell weg. Nein, das durfte alles nicht sein.

»Warum sind wir uns nicht früher begegnet?«, fragte er traurig, drehte sich um und kam auf Sophie zu. Er reichte ihr beide Hände, die sie ergriff, und er zog sie hoch.

»Darf ich Sie umarmen?«, fragte er, ohne nachzudenken, und noch bevor sie nicken konnte, hatte er sie an sich gezogen und vergrub sein Gesicht in ihrer Halsbeuge.

Sophie sagte gar nichts, sie streichelte nur seinen Rücken.

Sie merkte, dass er weinte, und sie ließ ihn weinen.

Er kam ihr ungemein stark vor in diesem Moment, in dem er sich ihr emotional derart auslieferte. Sie fand Männer, die weinten, keinesfalls lächerlich. Männer, die weinten, hatten Gefühle. Sie konnten Trauer verspüren, aber auch glücklich sein.

Es waren einfach Männer.

Also stand sie da und hielt ihn fest.

»Es ist ja nicht so, dass ich keine eigene Meinung hätte. Aber mein Vater ist ein Despot, er lässt einfach keine andere Ansicht als seine eigene gelten.« Er hatte sich beruhigt, umarmte sie aber immer noch, überlegte sich dabei, wie er es anstellen könnte, sie noch lange nicht loszulassen, und redete dann einfach weiter. Wenn er gar nicht auf die Situation einging, dann müsste er sie auch nicht ändern. Außerdem hatte er nicht den Eindruck, dass ihr diese Nähe unangenehm war. Im Gegenteil. Sie schien sich an ihn zu schmiegen, er spürte ihren warmen Körper, ihre Brüste, ihre Traurigkeit. Es wunderte ihn, dass er überhaupt keine körperliche Erregung verspürte, obwohl diese junge Frau ihn so faszinierte und er sie außerordentlich anziehend und sympathisch fand. Aber da war etwas, das es ihm verbot. So als ob sie viel mehr wert sei als eine kurze Erregung, als eine flüchtige Liaison. Sie war sie selbst, ungeschminkt, ohne auch nur den Hauch von Falschheit oder Arroganz oder billiger

Koketterie auszustrahlen. Sie war einfach ein echter Mensch.

Und er hatte bei ihr weinen können.

Das hatte er vorher bei keiner Frau getan. Nie im Leben wäre er auf einen solchen Gedanken gekommen.

Einige Minuten später wollte er sich von ihr lösen, doch sie hielt ihn immer noch fest und machte keine Anstalten, das zu ändern. Ihr Körper wirkte angespannt und fest in seinen Armen; sie bewegte sich nicht.

Er sagte: »Es geht mir wieder besser«, doch er erhielt darauf keine Antwort. Sie schwieg einfach weiter, so wie sie auch nichts gesagt hatte, als er eben geweint hatte. Von ihr kam kein überflüssiges »Es wird alles wieder gut« oder sonstige banale Worte, die man in solch einer Situation sowieso nicht gebrauchen konnte, weil sie alles schlimmer machten. Sie war einfach da gewesen und war es auch jetzt.

Langsam entspannte er sich, und langsam wurde ihm klar, dass das, was hier passierte, etwas ganz Besonderes war.

Maximilian genoss den Moment und sog ihn in sich auf.

Er war trotz der misslichen Situation unfassbar schön.

5

Bad Homburg im Taunus,
3. Januar 1945, 12 Uhr 28

Meine Lebensliebe,

Du fehlst mir. Du fehlst mir so sehr. Bei allem, was ich tue, bei jeder Entscheidung, die ich treffen soll, frage ich mich, was Du wohl dazu sagen würdest. Du mit Deiner Klugheit und Intelligenz, mit Deiner Bildung und Deiner Gabe, die Dinge nüchtern zu betrachten, wenn es sein muss und voller Gefühl, wenn Du es Dir leisten kannst. Ich möchte so gern die Tage zählen, bis wir uns wiedersehen, aber leider geht dies nicht. Und so kann ich nur hoffen, dass die Tage gezählt sein werden. Im Moment fließt mein Leben zäh vor sich hin, so als wollte es nicht weitergehen. Es erinnert mich an einen Bach, der aufwärts fließen soll, es aber nicht schaffen kann. Nur weil es immer mal wieder kurz gutzugehen scheint, bekommt er die Kraft, doch ein Stück weiterzufließen. Gut geht es immer dann, wenn ich mir selbst Mut zuspreche und zwar in der Form, dass es ein Wiedersehen geben wird und ein Leben auf ewig mit Dir.

Deine Sophie

*

Sie hielten einander immer noch fest, als ein Dröhnen und Grollen zu ihnen drang.

»Wieder ein Angriff?«, flüsterte Sophie, doch bevor Maximilian antworten konnte, ließ eine Detonation den Steinberg vor ihnen ins Rutschen kommen. Der Lärm war unerträglich. Der Einschlag musste in unmittelbarer Nähe gewesen sein. Sophie hatte das Gefühl, ihr Herz würde so laut schlagen, dass es ihr beinahe den Brustkorb sprengte. Sie versuchte, ruhig zu bleiben und ruhig zu atmen, dachte gleichzeitig daran, was passieren würde, wenn eine neue Bombe direkt über ihnen einschlagen würde. ›Lass mich gleich tot sein‹, wünschte sie sich. ›Bitte lieber Gott, es soll schnell gehen.‹ Einige Minuten lang passierte nichts, bis auf die Tatsache, dass sie noch weniger Luft bekam als vorher. Verwundert bemerkte sie irgendwann, wie fest Maximilian sie an sich presste. Sie konnte kaum noch atmen. Er zitterte, das konnte sie deutlich spüren, und sie fragte sich, ob er es wegen der Kälte tat, aus Angst oder weil es ihn anstrengte, sie festzuhalten. ›Spielt das eine Rolle?‹, dachte sie, und in diesem Moment wurde es stockdunkel, alles bebte um sie herum und der Boden war nicht mehr da, wo er sich eben noch befunden hatte. Alles schien sich um sie zu drehen, sie strauchelte, wurde offenbar gegen eine Wand geschleudert, an der sie keinen Halt fand, dann spürte sie spitze Gegenstände im Rücken, an den Schultern, überall, es roch verbrannt, widerlich verbrannt, so als hätte jemand ein Stück Fleisch viel zu lange und zu heiß gebraten. Dann roch sie gar nichts mehr, öffnete die Augen, sah immer noch nichts, es wurde wärmer, noch wärmer, heißer, noch heißer, viel zu heiß. Und Maximilian hatte sie losgelassen, aus welchen Gründen auch immer. Wo war er? Brannte das Haus?

»Maximilian!«, schrie sie, und wieder schlug rechts oder links oder oben oder unten etwas ein, der Lärm war kaum auszuhalten. Keine Antwort. Und ein erneutes Beben. Sie fiel auf die Knie, kroch in eine Richtung, von der sie hoffte, dass es die richtige war, dass sie hier Maximilian finden würde, dass es hier sicherer war als anderswo in diesem Inferno, aber sie stieß auf Widerstand. Direkt neben ihr krachte etwas auf den Fußboden, in ihrem rechten Ohr fing es an zu rauschen, dann hörte sie gar nichts mehr und ihr wurde schwindlig, obwohl sie auf allen vieren war. ›Ich bin taub‹ war der erst Gedanke, und der zweite war: ›Ich werde sterben, ich werde sterben.‹ Sie spürte einen Schlag auf den Kopf, wunderte sich, dass er gar nicht weh tat, fragte sich, ob man keine Schmerzen mehr spürte, wenn man nichts mehr hörte, musste plötzlich hysterisch lachen, dann fuhr sie sich mit der Zunge über die Lippen, stellte fest, dass sie einen metallischen Geschmack ausmachte, griff an ihr Gesicht und bemerkte, dass es feucht war. Von was? Von Schweiß, von Blut? Sie wusste es nicht, sie befand sich in einem dichten Nebel, dem sie blind ausgeliefert war. Es donnerte und krachte weiter, aber sie nahm es nur noch unbewusst wahr, sie konnte nichts mehr zuordnen, sie dachte, ›Vielleicht bin ich schon tot‹, musste wieder lachen, schmeckte wieder Metall, oder war es einfach nur Schmutz? Ihr Husten ging in dem grauenhaften Lärm unter. War sie alleine oder war eine Wand eingestürzt und hier neben ihr befanden sich ganz viele Menschen, die sie nur nicht sehen konnte? Wollte sie das? Oder wollte sie lieber ganz allein bleiben?

›Was will ich, wo bin ich, was ist los?‹ Sie konnte sich keine Antwort darauf geben, sie spürte ihren Herzschlag nicht mehr, ihr war kalt, dann heiß, dann hatte sie das Gefühl, in Wasser zu treiben, nein, das war doch kein Wasser, das war wieder eine Wand. Wo kam sie her? Wo musste sie entlang?

Sophie schloss die Augen und ließ sich treiben. Die Angst war vorbei.

Die Resignation hatte sie besiegt.

*

Frankfurt am Main,
18. April 1945, 13 Uhr 12

Meine Sophie,

gerade komme ich zurück vom Römer und habe dort genau fünf Minuten gewartet, wie wir es uns versprochen hatten. Es kamen und gingen sehr viele Menschen, nur der, auf den es ankam, ist nicht gekommen, um für immer zu bleiben.

Maximilian

*

»Sie waren ohnmächtig«, hörte sie Maximilian von weit her sagen. »Und Sie bluten. Bleiben Sie still liegen, ja? Kommen Sie bitte erst einmal wieder richtig zu sich.«

»Es ist in Ordnung«, sie richtete sich auf, und wieder drehte sich alles um sie. »Was war denn? Was war das eben?«

»Eben war gar nichts. Vor ein paar Stunden gab es offenbar einen neuen Angriff«, sagte Maximilian. Oder waren es Tage gewesen? Er hatte zwischenzeitlich jedes Zeitgefühl verloren. Er konnte noch nicht einmal genau sagen, wie lange eine Minute dauerte. Verwundert stellte Sophie fest, dass keine Kerze brannte, sie ihn aber trotzdem gut erkennen konnte. Merkwürdig – ohne Kerzenlicht sah er noch lieber aus, obwohl Kerzenlicht ein Gesicht doch eher unecht und sehr, sehr weich wirken ließ.

»Ich war noch nie ohnmächtig«, war alles, was Sophie erwiderte. Ihre Zunge fühlte sich pelzig an, wie Watte. Und angeschwollen.

»Wir müssen sehr vorsichtig sein bei allem, was wir nun tun«, redete Maximilian weiter und zog sie zurück auf seinen Schoß.

»Das waren ... recht heftige Einstürze ringsum. Aber nun haben wir wenigstens richtige Atemluft, und mit ein wenig Glück schaffen wir es auch nach draußen.«

»Ja.« Maximilian nickte. »Andererseits können wir nicht mehrere Tage hier in dieser Position sitzen bleiben und abwarten.«

»Das heißt, wir sollten versuchen herauszukommen?«

»Ja.« Das Ja klang zögerlich und nicht recht überzeugend.

»Sagen Sie mir die Wahrheit«, forderte Sophie. In ihrem Kopf begann es zu schmerzen, erst ganz langsam, dann immer heftiger.

Maximilian schaute sie an und lächelte. »Das ist die Wahrheit. Wir müssen versuchen, hier herauszukommen, aber wir sollten dabei sehr vorsichtig sein. Wenn alles gutgeht, sind wir in ein paar Stunden zu Hause. Jeder in seinem«, fügte er dann noch hinzu.

»Warum sagen Sie das?«

»Was?«

»Jeder in seinem Zuhause.«

»Weil es doch so ist.« Er lächelte immer noch.

»Das weiß ich auch.« Schon wieder klang sie schnippisch. »Sie mussten es nicht extra betonen. Ich bin kein dummer Mensch, auch wenn ich nicht aus so gutem Haus komme wie Sie.«

»Das ist wirklich nicht zu fassen.« Ungläubig sah er sie an. »Gerade eben waren Sie noch ohnmächtig, und kaum sind Sie aufgewacht, fangen Sie an, mich anzukeifen.«

»Ich keife nicht.« Sie versuchte, so normal wie möglich zu schauen, aber die Kopfschmerzen waren zu heftig. »Ich finde nur, dass Sie es nicht extra hätten sagen müssen. Das weiß ich auch, dass wir kein gemeinsames Zuhause haben.« Sie stand auf und klopfte den Schmutz von ihrem Kleid, das auch schon bessere Tage gesehen hatte. »Das ist mein Lieblingskleid. Sollten wir jemals hier herauskommen, wird mir nichts anderes übrigbleiben, als es wegzuwerfen.«

»Nein«, sagte Maximilian schnell. »Werfen Sie es nicht weg. Behalten Sie es bitte.«

Sie drehte sich langsam zu ihm um. »Warum?«

»Ich finde, Sie sollten etwas haben, das Sie an das hier erinnert.«

»Warum?«

»Bitte, werfen Sie es nicht weg. Es könnte ja immerhin sein, dass …«

»Was könnte sein?«

»Nichts«, jetzt blickte er zu Boden. »Es war nur so eine Redensart.«

»Das mag ich nicht«, sagte Sophie. »Wenn jemand erst anfängt, etwas zu erklären, und dann nicht weiterspricht. Warum können Sie mir nicht einfach sagen, was Sie mir sagen wollten? Sprechen Sie den Satz zu Ende. Es könnte ja immerhin sein, dass … dass was?«

Hilflos hob Maximilian beide Hände. »Dass wir uns wiedersehen und Sie dann vielleicht das Kleid tragen«, kam es lahm von ihm.

»Sind Sie der Ansicht, dass Sie mich nur dann wiedererkennen würden?«

»Nein, natürlich nicht, es ist nur so, dass … ich das Moosröschenkleid so schön finde.« Er zögerte. »Und Sie auch. Am liebsten würde ich … nein, sagen Sie jetzt nichts, gleich rede ich weiter. Das passiert mir nicht alle Tage, dass ich so etwas sage, es ist so, dass … ich würde so gern mit Ihnen zusammen nach Hause gehen. In unser gemeinsames Zuhause. Verstehen Sie, was ich meine?«

Sophie sagte nichts. Sie sahen sich nur an. Eine Minute, zwei, drei vergingen.

»Komm her«, sagte Sophie. »Komm her zu mir. Näher. Ganz nah.«

Schließlich stand er so dicht vor ihr, dass sie den Atem des anderen spüren konnten. »Ich möchte, dass wir so tun, als seien wir zusammen und hätten ein gemeinsames Zuhause«, flüsterte Sophie. »Danach können wir gehen. Danach ist nichts mehr wichtig.«

»Nichts wird danach jemals wieder wichtig sein«, sagte Maximilian und umarmte Sophie. Sie war dankbar, dass er nicht sehen konnte, dass ihr die Tränen kamen.

»Glück ist fassbar.« Sie lagen nebeneinander auf dem kühlen Boden und Sophie versuchte, ihre Gefühle in Worte zu fassen. Sie waren verschwitzt, und langsam kroch die Kühle des Bodens in ihnen hoch.

»Nein«, entgegnete Maximilian. »Bislang war ich immer der Meinung, dass Glück unfassbar ist. Nein … bislang war ich der Meinung, dass es Glück gar nicht gibt. Insofern doch unfassbar.«

»Glaub mir einfach, es ist fassbar.« Sophie lächelte ihn an. »Berühre mich. Mach schon«, sagte sie, als er es nicht tat. Er nahm ihre Hand. »Was spürst du?«

»Dich.«

»Und ich spüre dich. Glück ist sehr wohl fassbar, manchmal dauert es nur ein wenig, bis man es gefunden hat.« Sie streichelte über seinen Unterarm, spürte die Muskeln, die Sehnen. Wollte, dass er genau in dieser Haltung blieb und den Kopf wieder schräg legte, weil es sie aus der Fassung brachte. Sie hätte nie gedacht, dass es einmal so schön sein würde, aus der Fassung gebracht zu werden.

Maximilian sah nachdenklich aus. »Was sollen wir denn jetzt tun?«, fragte er nach einiger Zeit. »Ich meine, wie geht es jetzt weiter? Wir können doch nicht so tun, als sei das nicht passiert, als wären wir nicht … zusammen gewesen … und wir können genauso wenig einfach in unser altes Leben zurückgehen und alles vergessen. Ich zumindest nicht.«

»Ich auch nicht.« Sophie begann zu frieren und griff nach ihrem Kleid, zog es über den Kopf und war verwundert. Warum roch es plötzlich so intensiv nach Rosen? Oder war das ihr eigener Geruch? Wie konnte es hier unten nach Rosen duften? Ganz kurz schoss ihr der Gedanke durch den Kopf, dass das alles hier gar nicht wirklich passierte, dass es ein Traum war, aus dem sie aufwachen würde, dass es diesen Luftschutzkeller gar nicht gab und den Krieg auch nicht, genauso wenig wie Maximilian und die Tatsache, dass sie Ehebruch begangen hatten. Aber dann war der Gedanke schon wieder weg und sie wusste, dass es stimmte. Dass es Realität war.

»Wir können nicht hier unten bleiben«, sagte sie langsam und sah ihn an.

Er sah ernst aus und irgendwie aufgeregt. »Warum eigentlich nicht?«, fragte er dann.

6

»Das meinst du doch nicht ernst«, erwiderte Sophie fassungslos.

Maximilian war aufgestanden und lief rastlos hin und her. »Natürlich müssen wir erst mal versuchen, ob wir überhaupt herauskönnen«, sagte er. »Und natürlich müssen wir ab und an hier heraus, um uns zu versorgen ... irgendwie. Wie, das wird sich finden. Ich könnte versuchen, meinen Bruder zu treffen, ohne dass es jemand mitkriegt. Er würde uns vielleicht helfen.«

»Halt, halt, halt«, unterbrach Sophie ihn. »Das hat doch alles keinen Sinn. Das wird nicht gehen.«

»Warum sollte es nicht gehen? Ich meine, wir sind ja jetzt auch hier und es geht, oder nicht?«

»Es wäre aber nicht lange gegangen. Früher oder später wären wir gestorben«, entgegnete sie ruhig und sachlich. »Wir wären wahrscheinlich verdurstet, verhungert oder erstickt.«

»Aber jetzt ist alles anders.« Maximilian blieb vor ihr stehen und packte sie an den Schultern. »*Alles*. Wir könnten hierbleiben oder ganz woanders hingehen, ohne dass uns jemand sucht. Natürlich nicht gleich, aber irgendwann. Und dann ein neues Leben beginnen.«

»Maximilian ...«, kam es von Sophie. »Das geht nicht,

und das weißt du auch ganz genau. Wir haben beide Kinder.«

»Ja«, nickte er immer noch voller Eifer. »Die Kinder, die holen wir dann natürlich zu uns. Wir könnten uns scheiden lassen …«

»… und würden beide schuldig geschieden. Niemals bekämen wir die Kinder zugesprochen.«

Nun wirkte er beleidigt und auch trotzig. »Wenn man alles schon vorher schwarzsieht, dann kann es ja auch nicht wahr werden.«

Sophie trat einen Schritt näher und sah ihn durchdringend an. »Möglicherweise sind wir beide gerade etwas durcheinander«, sagte sie leise. »Das ist mehr als verständlich. Aber ich bin nicht die Frau, die ihre Kinder im Stich lässt. Und ich glaube auch nicht, dass du der Mann bist, der das tut.« ›Ich will es doch auch so gern‹, schoss es ihr durch den Kopf. ›Nichts möchte ich lieber, als mit dir zusammen sein. Aber wie?‹ Zum ersten Mal wurden ihr die Unwirklichkeit und die Absurdität ihrer Situation bewusst. Schließlich sagte sie lahm: »Wir müssen vernünftig sein«, und kam sich so unsagbar feige dabei vor. »Außerdem – ich kann meine beiden nicht bei diesem Vater zurücklassen, das wirst du sicher verstehen können. Dazu kommt, dass meine Mutter ein schwaches Herz hat. Wenn sie sich aufregt, läuft sie manchmal blau an, und das würde sie aufregen, das weiß ich. Mit dieser Schuld könnte ich nicht leben. Niemals. Sie ist so gläubig, meine Mutter, es käme mir vor, als würde ich sie verraten. Ich möchte mich nicht schuldig fühlen, Maximilian. In keinster Weise. Nein, das kann ich nicht.«

Maximilian nickte. »Du hast natürlich recht. Das

war … eine ganz dumme Idee von mir. Es ist nur, weil, weil … ich das Gefühl habe, mit uns geschieht etwas ganz Besonderes.«

»Das tut es doch auch«, war Sophies Antwort, und sie meinte es ernst. »Das, was hier passiert, wird nie wieder so passieren. Da bin ich mir ganz sicher.«

»Aber das nützt uns jetzt auch nichts«, sagte er leicht verbittert, schaute nach oben, dahin, wo die Detonation eine kleine Öffnung zurückgelassen hatte. Es würde schwierig werden, weil die Öffnung recht hoch lag, aber wenn sie sich vorsichtig auf den herabgefallenen Steinen bewegten, müsste es funktionieren. Natürlich bestand immer noch die Gefahr, dass mehr herunterkam, aber er würde es riskieren. Möglicherweise kam dieser Luftzug aber auch von ganz woanders her. Nein, es war eindeutig, frische Luft strömte von der oberen rechten Ecke nach unten. Es war kein Tageslicht zu erkennen. Also musste es Nacht sein. Wie schnell man jedes Zeitgefühl verlor. Er drehte sich zu Sophie um, die nun die Kerze hochhielt.

»Glaubst du, dass du es schaffen kannst?« Mit einem Mal fiel ihm ein, dass er sie noch gar nicht gefragt hatte, ob sie Schmerzen hatte. Ihr Gesicht war verschwitzt und auf der linken Wange befand sich eine längliche Schramme, aus der kleine Blutstropfen quollen. Sie stand leicht gebückt da, so als ob sie eine schwere Last zu tragen hätte.

»Ich glaube schon«, sie nickte. »Ich muss es schaffen. Aber müssen wir beide gleichzeitig da hoch? Wäre es nicht sinnvoller, wenn einer zuerst ginge und schaut, was dort ist und ob es überhaupt möglich ist, hinauszukommen? Wenn wir beide jetzt anfangen, hier hochzuklettern, dann stürzt dieser Berg vielleicht ein.«

»Das ist richtig. Ich gehe zuerst hoch, und du versuchst, die Kerze möglichst so zu halten, dass ich einigermaßen sehen kann.«

»Gut. Aber du kommst zu mir zurück?«

Jetzt war er verwundert. »Was glaubst du denn? Dass ich dich hier unten alleine lasse?«

Sie zuckte mit den Schultern. »Man weiß ja nie. Nein, eigentlich glaube ich es nicht. Ich möchte nur sichergehen.«

»Ich würde dich niemals alleine lassen. Vertrau mir.«

»Niemals?« Ihre Stimme hatte eine spöttische Nuance. »Das wirst du aber müssen. Das haben wir ja schon besprochen.«

Er kam zu ihr zurück und blieb nah vor ihr stehen. »Aber niemand sagt, dass ich das will.«

»Und?«, rief Sophie von unten. Sie hatte sich auf die Zehenspitzen gestellt und hielt die Kerze so weit wie möglich nach oben.

»Es ist tatsächlich ein kleiner Ausgang ... glaube ich.«

»Warum glaubst du das und weißt es nicht?«

»Weil es dunkel ist. Ich kann ja nur tasten.« Maximilian rutschte aus und hoffte, dass deswegen nun nicht auch noch der kleine Schuttberg einstürzte, auf dem er sich befand.

»Hallo!«, rief er. »Ist da irgendjemand?«

»Du musst lauter rufen«, sagte sie aufgeregt. »Lauter. Viel lauter.«

Er tat, was sie sagte, und Sophie selbst fing auch an zu rufen. Aber nichts passierte. Von nirgendwoher kam eine Antwort. Wenn sie schwiegen, war es totenstill.

Nach ein paar Minuten kletterte Maximilian vorsichtig zu Sophie zurück. »Das verstehe ich nicht«, meinte er besorgt und nahm sie in den Arm. »Nach einem Angriff müssen doch Leute auf der Straße sein, Ärzte oder zumindest Schwestern, die sich um die Verletzten kümmern. Es kann doch nicht sein, dass da draußen überhaupt niemand ist.«

Sophie schluckte. »Oder es ist wirklich so, dass uns niemand hört. Dass unsere Stimmen draußen gar nicht ankommen. Lass uns versuchen, die Steine aufeinanderzustapeln. Es ist doch nur …«, sie sah nach oben. »… nur ein Meter. Glaube ich zumindest.«

»Nein. Ich war oben, ich habe es gesehen. Es sind mindestens zwei Meter bis zu der kleinen Öffnung. Und selbst die müssten wir noch vergrößern.«

Sie schwiegen und hielten sich aneinander fest. Dann befreite sich Sophie von ihm. »Ich habe die Lösung!«

»Und wie lautet die?«

»Dass wir darauf nicht gleich gekommen sind! Wir klettern da gemeinsam hoch und dann hebst du mich auf deine Schultern, dann versuche ich, das Loch zu vergrößern. Das müsste klappen.«

»Aber wenn es nicht klappt und alles einstürzt, wären wir froh, nicht auf diese Idee gekommen zu sein.«

Sie schüttelte den Kopf. »Fast könnte man meinen, du möchtest hier gar nicht hinaus.«

Er lächelte und strich ihr über die Wange. »Wie klug du bist«, sagte er dann und begann sie zu küssen. Sophie schloss die Augen und befahl sich, für den Moment glücklich zu sein. Nachdenken konnten sie später immer noch. Auch darüber, dass sie langsam, aber sicher hungrig und durstig wurde. Aber diese Sekunden waren wertvoller als nagende Gefühle in der Magengegend, zumal sie diese schon aus der Vergangenheit kannte, auch wenn Hunger zum größten Teil nicht der Grund gewesen war.

Sie versuchten es über mehrere Stunden, mit Pausen dazwischen, versuchten es weiter und wieder und erneut, aber es schien, als hätten sich die Steine gegen sie verschworen. Und sie riefen um Hilfe, immer wieder. Sophie aber konnte nach einiger Zeit einfach nicht mehr, weil sie immer durstiger wurde, je mehr sie schrie. Fast bekam sie den Eindruck, dass sie sich in einer eigenen Welt befänden oder in einer Art Luftblase, um die herum es Leben gab, die aber von Außenstehenden nicht wahrgenommen wurde, weil sie zu klein war. Oder einfach zu unscheinbar. Die andere Möglichkeit war noch schlimmer, dass es nämlich in ihrem näheren Umfeld einfach gar kein Leben gab, dass über den Trümmern weitere Trümmer lagen und über diesen die nächsten, dass das mit dem Luftzug nur eine lächerliche Einbildung gewesen war, dass ihre Wahrnehmung ihnen eventuell einen bösen Streich spielte und es nur noch eine Frage der Zeit war, bis alles vorbeiging, was doch gerade erst angefangen hatte.

Sophie hörte irgendwann ganz mit dem Rufen auf. Es nützte ja doch nichts, und ihre Kehle fühlte sich inzwischen an, als bestände sie komplett aus Sandpapier. Erschöpft und ratlos ließ sie sich wieder auf den Boden sinken und versuchte, nicht zu weinen. Aus welchen Gründen auch immer nahm sie an, dass sie dann noch mehr Flüssigkeit verlieren und ihr Durst noch stärker werden würde, wenn das überhaupt noch möglich war.

Maximilian setzte sich neben sie und zündete eine Kerze an. »Ich bin ratlos«, war alles, was er sagte.

»Das bin ich auch.« Sophie versuchte zu lächeln, aber es gelang ihr nicht. »Dein Wunsch scheint in Erfüllung zu gehen. Du wolltest doch bleiben.«

»Aber doch nicht unter diesen Umständen. Das möchte ich ganz sicher nicht.«

»Ich fühle mich schrecklich«, sagte sie. »Verklebt, verschwitzt, hungrig, durstig, ich fühle mich genau so, wie ich mich nicht fühlen möchte.«

»Ich finde dich wunderschön«, war Maximilians Antwort. Er legte den Arm um sie und zog sie näher an sich.

»Wie soll es nun weitergehen?«

»Wir versuchen es gleich noch einmal, ich möchte nur ein paar Minuten mit dir hier sitzen.«

»Nein«, Sophie kuschelte sich an ihn. »Ein bisschen länger. Nur ein kleines bisschen länger. Noch haben wir Zeit.«

»Erzähl mir von deiner Frau.«

»Warum möchtest du etwas über sie wissen?«

»Nun, ich möchte gern wissen, wie sie so ist.«

Maximilian schüttelte den Kopf. »Mir wäre es lieber, wenn ich nicht über sie reden müsste.«

»Bitte. Wie sieht sie aus? Über was unterhaltet ihr euch? Wie kleidet sie sich?«

»Also gut«, er straffte die Schultern, beinahe resigniert. »Wenn du es wirklich willst. Sie ist kleiner als ich. Sie hat braune Haare, ziemlich dunkel, fast schwarz. Ihre Augen sind auch dunkel. Und sie ist sehr schlank, aber nicht zu dünn, manch einer würde sagen: wohlgeformt ... Ich mag nicht von ihr sprechen.«

»Rede bitte weiter. Ich will sie mir vorstellen können.«

Maximilian seufzte. »Aber Sophie, das ist … herrje, sie ist in allem anders als du. Sie lacht nie.«

»Ich glaube nicht, dass ich besonders viel lache«, sagte Sophie bitter.

»Das mag für den Moment wohl stimmen. Aber du kannst es. Oder besser gesagt, du *könntest* es. Ich glaube, dass wir beide sehr viel miteinander lachen würden, wenn die Umstände andere wären.«

»Sind sie aber nicht. Leider.«

»Noch nicht«, Maximilian sah gleichzeitig traurig und hoffnungsfroh aus. »Aber vielleicht können wir ja doch etwas verändern. Gewiss, mein Vater würde aus allen Wolken fallen, wenn ich ihm von uns erzählte. Wenn ich das Wort Scheidung ausspräche. Mit Sicherheit würde er damit anfangen, mich enterben zu wollen, aber auch das wäre ja zu ertragen, weil …«

Sophie unterbrach ihn, ohne auf seine letzten Worte einzugehen. »Deine Frau hat also keinen Humor?«

»Wenn ich etwas weiß, dann das. Dabei hat sie sonst alles. Sogar jetzt im Krieg. Meinst du nicht, wir könnten versuchen, es …«

»Was meinst du mit ›alles‹?«

»Es geht ihr gut. Sie hat genug zu essen. Sie wohnt in einem großen Haus, hat Personal. Obwohl die Situation gerade ziemlich schwierig ist, muss sie nie Hunger leiden, sich um nichts sorgen. Sie hat Schmuck, Pelze, einen Chauffeur, wenn sie nicht selbst fahren will. Sie hat all das, wovon jede normale Frau träumt.«

»Ich träume nicht von Schmuck.«

»Das war ja auch nur sinnbildlich gemeint. Sie klagt eben, ohne einen Grund dafür zu haben.«

»Vielleicht ist sie unglücklich.«

»Das ist sie bestimmt. Ich frage mich nur, warum.«

»Eine Möglichkeit wäre, dass sie weiß, dass du sie nicht liebst.«

»Aber sie liebt mich doch auch nicht.«

»Warum habt ihr dann überhaupt geheiratet?«

»Wegen der Familie.«

»Maximilian«, Sophie fuhr sich durch die Haare. »Hast du keine eigene Meinung?«

»Ich darf keine haben. Das ist eben so in ... in diesen Kreisen.«

»Aber das ist doch ein riesengroßes Opfer.«

»Mein Vater sagte damals zu mir, dass die Tradition alles exakt vorschreibt. Dass das Geld zusammengehalten werden muss, dass er und mein Großvater und Urgroßvater nicht umsonst derart hart gearbeitet hätten, damit irgendjemand Dahergelaufenes in unsere Familie einheiratet, der nichts mitbringt. Das Vermögen soll vermehrt werden, von Generation zu Generation soll es mehr werden, verstehst du? Hätte ich eine Frau geheiratet, die keine Mitgift einbringt, hätte die Familie ja nichts davon gehabt.«

»Das ist ja fast wie im Mittelalter.«

»Nein«, sagte Maximilian. »Das ist einfach bloß pure Geldgier. Ohne Geld wäre ich bestimmt glücklicher geworden.«

»Aber ganz so schlecht ist es nun auch wieder nicht, Geld zu haben«, sagte Sophie lakonisch. »Da wären einige Dinge, die mich daran reizen würden. Es im Winter warm zu haben, hin und wieder ein Stück Fleisch zu essen. Meinen Kindern eine kleine Freude zu machen, und wenn es nur frisch gebackenes Brot ist. Und ich rede jetzt nicht davon, weil wir uns gerade im Krieg befinden, sondern weil man sich eben nie sehr viel leisten kann, wenn man nicht gut betucht ist.«

»Ich möchte auf gar keinen Fall, dass du denkst, ich wüsste das nicht zu schätzen oder klage grundlos.«

»Das sage ich auch gar nicht. Ich möchte dir bloß zeigen, wie unterschiedlich wir letztendlich sind.«

»Ist das nicht *gerade* schön?«

»Das könnte es vielleicht sein. Aber leider befinden wir uns in der Realität, und die ist nun mal so, wie sie ist.«

Nun schüttelte er den Kopf und atmete laut aus. »Du bist so vernünftig.«

»Ja, das bin ich wohl. Ich nenne die Dinge gern beim Namen. Und das Träumen hab ich wohl verlernt mit den Jahren.«

»Du könntest es wieder lernen. Wir beide könnten es lernen. Zusammen.«

»Ach Maximilian.« Sophie stand auf und schaute nach oben, dorthin, wo sich ein Ausweg befand oder auch nicht. Man würde es irgendwie herausfinden müssen. Wie so vieles im Leben.

7

Es hatte funktioniert, obwohl es eine Zeitlang dauerte. Maximilian schlug vor, die herumliegenden Steine, die man anheben konnte, so zu schichten, dass eine Art Treppe entstand, angelehnt an das Geröll, das sich nicht bewegen ließ. Sie konnten anschließend nicht mehr sagen, wie lange es gedauert hatte, weil alles so zeitlos schien, seitdem sie hier waren. Ganz zum Schluss hatte er Sophie hochgehoben, sie klammerte sich mit den Beinen um seine Schultern und konnte so den Kopf durch die kleine Öffnung stecken, um dann festzustellen, dass sich hier oben eine Art Hohlwand befand, die recht stabil wirkte und durch die man ungefähr zwei Meter robben musste, um nach draußen zu kommen. Ja, sie war sich sicher, dass es nach draußen ging, weil sie die frische Luft deutlich riechen und spüren konnte; außerdem war da ein Hauch von Tageslicht – kein künstliches. Der Steinhügel, auf dem sie standen, war stabil, jedenfalls erschien er es ihnen, und deswegen sollte es hoffentlich kein Problem sein, ihn mehrfach zu belasten. Einige lose Steine schichteten sie nun so aufeinander, dass Maximilian sich hochstemmen und durch die Öffnung kriechen konnte.

»Willst du es wirklich riskieren?«, wollte Sophie ängstlich wissen. »Das sind ja alles nur Vermutungen, es könnte sein, dass du zu schwer bist.«

»Natürlich ist es ein Risiko. Aber ich muss. Irgendwann müssen wir etwas tun. Ich werde vorsichtig sein und komme auch so bald es geht zurück.«

»Du willst ganz nach draußen?«, fragte sie hysterisch.

»Natürlich. Ich werde versuchen, etwas zu essen und zu trinken aufzutreiben.«

»Aber ein neuer Luftangriff könnte ...«

Er nahm sie in den Arm. »Könnte, könnte ... alles *kann* passieren. Aber wir haben doch keine andere Wahl.«

Sie nickte. »Du hast recht. Aber wohl ist mir nicht bei der ganzen Sache. Nur dass du es weißt. Lass mich nicht so lange alleine. Bitte.«

»Ich lasse dich gar nicht alleine. Ich bin immer bei dir. Vergiss das nicht.«

Ihr schossen die Tränen in die Augen. »Gar nichts vergesse ich. Niemals.«

»Siehst du.« Er streichelte ihre Wange, die trotz der körperlichen Anstrengung, die sie hinter sich hatten, kalt war. Dann drehte er sich um, griff mit beiden Händen in die Öffnung und zog sich geschickt nach oben. Nichts bröckelte. Alles schien stabil. Behutsam hangelte er mit den Knien nach dem Boden und stützte sich mit den Händen auf. Ein wenig Staub rieselte zu Sophie hinab.

»Ich krieche jetzt langsam vorwärts«, sagte er ganz leise, so als ob eine lautere Stimme einen Einsturz verursachen könnte.

Fast hätte Sophie gerufen: »Sei vorsichtig!«, aber sie ließ es, weil ihr diese Phrasen schon immer sinnlos vorgekommen waren. ›Sei vorsichtig‹ genauso wie ›Pass auf‹

oder ›Komm gesund zurück‹. Es lag nicht in ihrer Macht. Selbst wenn jemand vorsichtig war, hieß das nicht automatisch, dass nichts passieren würde.

Also sagte sie nur: »Ja.« Und wartete, hoffte, dass es nicht zu lange dauern würde und dass er auch zurückkäme. Nicht dass sie befürchtete, er könne sie hier unten im Stich lassen, aber niemand wusste, was da draußen, ein paar Meter weiter, vor sich ging. So absurd es klang, ihr kam es vor, als wäre es hier unten sicherer als außerhalb der Mauern des Kellers. Und sie wunderte sich darüber, dass sie sich über Dinge Gedanken machte, über die sie sich schon lange keine Gedanken mehr gemacht hatte – seitdem sie hier unten war zumindest.

Sie sah ihn nicht mehr, ihr Herz klopfte unregelmäßig wie so oft in der Vergangenheit, schon bevor sie hier unten eingeschlossen war. Manchmal hatte sie das Gefühl, es würde stehenbleiben, manchmal hatte sie es sogar gehofft, immer dann, wenn sie dachte, es nicht eine Sekunde länger mit Ferdinand auszuhalten. Aber ihr Herz schien genauso robust zu sein wie ihre Seele, es schlug einfach immer weiter, zwar mit Aussetzern hin und wieder, aber es schlug. Ab und an dachte Sophie, es wolle sie vor irgendetwas warnen. Oder ihr ein Zeichen geben. Doch sie hatte sich verboten, länger darüber nachzudenken, und den Alltag weitergelebt. Nachdenken hätte Fragen aufgeworfen, deren Antworten sie unterbewusst sehr wohl kannte. Vor diesen Antworten hatte sie Angst. Sie würden bedeuten, dass sie ihr Leben grundlegend ändern müsste, und diese Kraft fehlte ihr schon immer, nicht nur momentan. Augenblicklich war zwar alles schwieriger, weil eben Krieg war, aber auch sonst hatte sie wenig

Kraft. Zumindest zu wenig, um auszubrechen aus diesem Dasein, das von Gewalt und Gleichgültigkeit, von Armut und dem Geruch nach Kohlsuppe und Sauerkraut geprägt war.

Von oben rieselte Schmutz.

»Maximilian?«

Es rieselte stärker, kleine Steinstücke fielen von oben herab und schlugen leise auf den Boden auf. Der feine Sand, der ebenfalls herunterkam, bahnte sich seinen Weg durch die Ritzen des Schuttberges und hatte irgendwann sein Ziel gefunden. Die Geräusche verebbten, und man hörte gar nichts mehr. Die Stille war fast so grauenhaft wie das Sirenengeheul vor einem Luftangriff. Sophie kam sich schutzlos und schrecklich alleine vor.

Sie dachte, ›Bleib vernünftig, es wird schon nichts passiert sein, er muss ja auch erst einmal schauen, was los ist, und er muss vor allen Dingen vorsichtig sein und die Lage erkunden, wir wissen ja gar nichts ... ‹, aber dann dachte sie eine Sekunde später: ›Wenn er nicht zurückkommt und ich es nicht alleine schaffe, mich dort hochzuziehen, was dann? Irgendwann muss ich etwas trinken und etwas essen, hier sind ja nur Kerzen, und was ist, wenn alles einstürzt, wenn es doch nicht hält?‹, aber all die Fragen, die sie sich stellte, wurden von einer anderen in den Hintergrund gedrängt. Es war keine Frage, die mit Nahrung oder Tod zu tun hatte, eigentlich war es auch gar keine Frage, sondern eine Feststellung: ›Ich liebe ihn‹, dachte sie. ›Ich kann ohne ihn nicht sein, und ich will es auch nicht. Bitte, Maximilian, komm zurück zu mir. Ich brauche dich.‹ Absurderweise konnte sich Sophie in diesen Sekunden ein Weiterleben ohne ihn so wenig vorstellen wie die Möglichkeit, hier unten kläglich zugrunde zu gehen. Er würde es nicht zulassen. Sie wollte ihm vertrauen. ›Ich brauche ihn wirklich. Es ist so, als wären wir füreinander gemacht‹, stellte sie verwundert und gleichzeitig froh fest. Oh, bestimmt hatte auch er Angewohnheiten und Ansichten, die sie nicht gutheißen würde, aber spielte das denn überhaupt eine Rolle? Man würde zusammenfinden, sich gegenseitig respektieren, lernen, auch mit solchen Dingen klarzukommen. Bestimmt würde auch Maximilian an ihr das eine oder andere kritisieren, ja, ganz gewiss, aber sie würden gemeinsam an sich arbeiten, sie würden miteinander leben, lachen und die Liebe spüren. Jeden Tag aufs Neue.

Nein.

Würden sie nicht.

Weil es nicht ging.

Was ging nicht?

Nichts von all dem würde sich bewahrheiten.

Weil sie beide schon anderen gehörten.

Sie gehörten niemandem.

Doch.

Nein.

Es musste gehen.

Sie wollte es doch so sehr.

Und er? Doch. Bestimmt wollte er es auch.

Oder sah er dies hier nur als Zwischenstation, als nette Abwechslung für zwischendurch, bis sein normales, gutbürgerliches Leben wieder anfing? Ein Leben, das nach dem Krieg, wenn dieser endlich einmal zu Ende sein würde, von Sorgenfreiheit, Reichtum und der Gewissheit geprägt sein würde, dass man nie Not zu leiden hatte?

Und ihr Leben? Wie würde das weitergehen? Nun, genau so wie vorher, gestand sie sich ehrlich ein. Was sollte sich daran auch großartig ändern? Sie würde weiterhin jede Mark zehnmal umdrehen müssen, sofern überhaupt Geld da war, sie würde ihren alten Wintermantel noch einmal wenden und die abgestoßenen Ränder mit der Hand säumen. Sie würde sich wochenlang auf die Suche nach den billigsten Stoffen machen, um den Kindern etwas zu nähen, sie würde Strümpfe stopfen und ab und an morgens ganz früh auf der Straße stehen, hoffend, dass niemand sah, dass sie die Kohlen stahl, die immer bei Morgengrauen angeliefert wurden. Ja, so würde es weitergehen. Ihr Leben war so ganz anders als das von Maximilian. Sie könnte sich doch gar nicht darin zurechtfinden. Nur einmal angenommen, sie machten es, alles aufgeben, neu anfangen, schuldig geschieden werden, ohne die Kinder … und wenn sie an ihre Mutter dachte, nein, das war für Sophie ausgeschlossen. Sie liebte ihre Mutter und ihre beiden Kinder. Clara und Johannes waren ihr Ein und Alles. Nur für sie lohnte sich überhaupt irgendetwas. Was sie wohl gerade machten? Ob sie sich um sie sorgten? Waren sie überhaupt noch am Leben? Natürlich hatte sich Sophie diese Frage schon vorher gestellt, aber jetzt auf einmal prallte die Angst um ihre Kinder auf sie ein wie ein Orkan und ihr Herz schmerzte bei dem Gedanken, dass ihnen etwas zugestoßen sein könnte. Die Tränen schossen in ihre Augen, sie schluckte, um dem Weinen etwas entgegenzusetzen, aber dann sank sie hinunter auf die Knie und schlug die Hände vors Gesicht. Alles erschien ihr so ausweglos. Und sie war so alleine. So schrecklich alleine und so fürchterlich unglücklich. Und sie war so durcheinander, die Gedankenfetzen wirbelten durch ihren Kopf, ohne dass eine Lösung auch nur im Ansatz zu finden war. Ihre Eltern, was würden ihre Eltern zu allem sagen, Vater und Mutter? Sie würden es doch gar nicht verstehen. Ihre Eltern waren seit über dreißig Jahren verheiratet, natürlich auch mit Höhen und Tiefen. Es gab Streitigkeiten, das hatte Sophie oft miterlebt, aber es war niemals auch nur ein Mal die Rede von Trennung oder Scheidung gewesen. Ihre Eltern gehörten zusammen, sie waren eine verschmolzene Einheit für Sophie, und nicht nur ein Mal hatte ihre Mutter zu ihr gesagt, dass man nicht mehr wählen könne, wenn man geheiratet habe. Wie hatte sie das nur gemeint? Wollte sie auch schon einmal gehen, ein neues Leben anfangen? Gab es vielleicht nach der Hochzeit mit ihrem Vater noch einen anderen Mann, in den sie sich verliebt hatte und den sie nicht hatte haben können, weil es eben so war, wie es war? Sophie wusste es nicht und sie hatte ihre Mutter nie danach gefragt.

Sie würde sie fragen, wenn sich die Gelegenheit ergab. Das nahm sie sich fest vor. Natürlich musste sie an das Herz ihrer Mutter denken.

›Aber an mein eigenes doch auch‹, schoss es Sophie durch den Kopf.

An einen Menschen dachte sie in diesen Minuten kein einziges Mal: an ihren Mann, an Ferdinand. Er war für sie so weit weg wie die Sterne, die man in klaren Nächten am Himmel sehen konnte. Es interessierte sie nicht, wie es ihm ging, was er tat, ob er lebte, verletzt oder tot war.

Sie dachte an ihre Kinder, betete, dass ihnen nichts geschehen war – die Chancen standen gut, immerhin waren sie zur Zeit des Luftangriffs nicht in Frankfurt gewesen, sondern im benachbarten Bad Homburg bei ihren Schwiegereltern – und sie dachte an Maximilian, weil das alles war, was sie berührte. Für den Moment zumindest.

Einige Zeit später zündete sie die Kerze an, weil sie die Dunkelheit nicht mehr ertragen konnte. Sie stand auf, hielt sie hoch, damit sie eventuell blakte und sie wusste, dass hier ein Luftzug wehte, den man sonst nicht spüren konnte.

Da rieselte wieder feiner Sand, gemischt mit kleinen Steinen, von oben herab.

»Maximilian?«, rief sie. »Bist du da?«

Sie wischte sich die Tränen an ihrem Moosröschenkleid ab und wartete auf die erlösende Antwort, die endlich zu ihr hinunter drang.

»Ich komme!«, rief er fast fröhlich. »Ich bin gleich bei dir.«

Das Nächste, was sie sah, war eine Holzleiter, die aus der Öffnung nach unten geschoben wurde. Sie sah Maximilians Hände, die sie hin- und herbewegten, um ihr einen festen Stand zu sichern, dann warf er zwei Beutel herab, sie sah seine Beine und kurze Zeit später ihn ganz; er kletterte nach unten. Ihr war ganz egal, was sich in den Beuteln befand, die Hauptsache war, dass er bei ihr war. Vor lauter Glück und Erleichterung hätte sie am liebsten irgendetwas geschrien, irgendetwas, aber sie sagte gar nichts, weil sie ihn nicht erschrecken wollte. ›Wobei‹, dachte sie, ›ich glaube nicht, dass ihn so schnell etwas erschrecken kann.‹

Sie breitete die Arme aus, er stieg vorsichtig den Steinberg hinab und kam langsam auf sie zu. Das warme Licht der Kerze, die sie in der einen Hand hielt, gab ihr etwas Tröstliches.

Dann war er bei ihr und umarmte sie.

Für den Moment war alles gut.

Er streichelte ihren Rücken, küsste ihren Hals, löste sich dann von ihr und sah ihr in die Augen.

»Du hast geweint«, sagte er.

»Ja, habe ich. Weil ich Angst hatte, dass du nicht zurückkommst.«

»Sophie«, in seiner Stimme lag unendlich viel Zärtlichkeit und er sprach dieses eine Wort so aus, als müsste er seine ganzen Gefühle und seine ganze Zuwendung für sie hineinlegen. »So etwas darfst du nicht denken. Ich habe dir doch gesagt, dass ich wiederkomme und dass ich immer bei dir bin.«

Sie nickte und brachte ein Lächeln zustande. »Das weiß ich ja eigentlich auch. Aber ich hatte trotzdem Angst, auch davor, dass dir etwas passieren könnte.«

»Mir ist aber nichts passiert«, sagte er leise. »Weil ich vorsichtig war und immer daran gedacht habe, dass du hier unten auf mich wartest.« Er drückte sie wieder an sich.

»Wie sieht es denn draußen aus?«, wollte sie wissen.

Er ging nicht auf ihre Frage ein. »Mir ist etwas klargeworden.«

»Was denn?«

»Ich liebe dich.«

Sie nickte, und wieder kamen die Tränen. Ihre Wange lag an seinem Hemd, und sie ließ die Kerze einfach fallen.

Die Dunkelheit kam plötzlich und hatte etwas Endgültiges. Und es war mit einem Mal so einfach, zu antworten.

»Ich liebe dich auch«, sagte Sophie. »Du ahnst nicht, wie sehr ich dich liebe.«

»Das ist das erste Mal«, redete er leise weiter. »Als ich draußen stand, da hatte ich dieses merkwürdige Gefühl, das ich nie vorher hatte. Da wurde es mir klar. Also da wusste ich plötzlich, was es war. Es war die Liebe.«

»Die Liebe«, sagte Sophie. »Die Liebe. Sie kann so schön sein und so grausam. Mir geht es genauso. Gerade eben.«

»Glaub es mir oder glaub es mir nicht, aber ich spüre es«, er begann sie zu küssen. »Ist das nicht wundervoll?«

»Wird es wundervoll bleiben?«

»Wir können es wundervoll machen. Es liegt an uns«, sagte er und ein klein wenig Trauer lag in seinen Worten. Denn er wusste genau wie sie, dass das alles nicht so einfach war. Worte konnten leicht gesprochen, Träume geträumt werden bis zum Schluss – man konnte es seiner Phantasie überlassen, wie sie ausgingen. Aber die Wirklichkeit ging oft ihre eigenen Wege. Oder man ging diese Wege, weil sie einem vorgegeben waren und weil es von einem erwartet wurde.

»Lass uns jetzt nicht darüber reden. Lass uns die Liebe genießen. Bitte«, flüsterte er.

»Das tue ich«, sagte Sophie. »O ja, das tue ich.«

Ihr wurde heiß und kalt und sie presste sich an ihn, spürte ihn, wollte ihn am liebsten aufsaugen mit ihrem ganzen Ich. Und sie genoss die Liebe mit ihm, und sie hatte die schönsten Tagträume ihres jungen Lebens, dachte an ein Haus im Grünen, an Apfelbäume, eine große Wohnküche, in der sie ihm seine Leibgerichte kochte, sie dachte an die

Tage und Nächte, die sie zusammen sein würden, und der schönste Gedanke war, ›Mein Mann‹ sagen zu können.

Sie lebten den Moment intensiv, genauso intensiv genossen sie ihr Beisammensein, weil die Realität unheilvoll über ihnen schwebte, die da sagte: Alles hat seine Zeit. Bald schon kann alles vorbei sein.

*

Bad Homburg im Taunus,
9. Januar 1946, 8 Uhr 10

Guten Morgen Maximilian,

hast Du gut geschlafen? Letzte Nacht hatte ich wieder diesen Traum, den ich gleichzeitig so liebe und so hasse. Ich hatte Dir bislang noch nicht davon erzählt, weil ich hoffte, dass ich ihn irgendwann nicht mehr träume, aber es hört und hört nicht auf damit. Ich liebe ihn, weil er unser Leben beschreibt, das wir nicht haben, das ich mir aber so sehr herbeiwünsche wie den nächsten 18. April. Es ist noch über drei Monate hin bis zu diesem Datum, aber jeder Tag bringt uns ein Stückchen näher, und irgendwann wird er da sein. Zum zweiten Mal. Vielleicht werden wir Glück haben und das Schicksal meint es gut mit uns.

Aber ich schweife ab. Ich wollte Dir ja von diesem Traum berichten. Er fängt ganz harmlos an. Ein altes Bauernhaus steht in einem großen Garten mit Apfel- und Kirschbäumen. Eine Schaukel befindet sich dort und liebevoll gepflegte Moosröschensträucher in vielen Farben, weiß, rot, rosa. Ich sehe mich selbst in diesem Traum, ich stehe da und schneide einige Rosen ab und trage da-

bei das Kleid, das Du so liebst. Und dann geht eine Tür auf, Du trittst in den Garten hinaus, in dem unsere Kinder spielen. Es sind unser beider Kinder. Sie lachen laut und glücklich auf. Aus dem Haus dringt der Duft von einem Braten, ich rieche jedes einzelne Gewürz in diesem Moment und jede Zutat. Und dann kommst Du zu mir und umarmst mich, Du sagst: Ich liebe Dich so sehr. Ich war viel zu lange von Dir getrennt. Dabei kommst Du eigentlich nur von der Arbeit, bist morgens um sieben Uhr aus dem Haus gegangen und es ist gerade mal später Nachmittag. Es ist übrigens immer Sommer, wenn ich das träume, ein wunderbarer, sonniger Tag, so wie man ihn sich im Bilderbuch vorstellt. Wir stehen einfach da und genießen es, beieinander zu sein, genießen das Leben und unsere Liebe. Mich durchströmt in diesen Sekunden immer ein Glücksgefühl, das ich überhaupt nicht beschreiben kann. Es ist so ausfüllend, so befriedigend und so intensiv, wie es schöner nicht sein kann.

Aber dann wache ich auf, so wie heute auch. Ich liege im Bett, es ist kalt, ich starre an die Decke, an der sich Wasserflecken befinden und die dringend gestrichen werden müsste. Ich rieche den Geruch des Bratens nicht mehr, sondern den Geruch des Schlafzimmers, der mir nicht besonders behagt, weil er von ihm geprägt ist. Du merkst, ich möchte den Namen nicht nennen; ach, es ist einfacher, ›er‹ zu schreiben, es verschafft eine gewisse Distanz zu den Dingen.

Im ersten Moment trage ich das Glücksgefühl noch in mir, doch dann kommt die grauenvolle Gewissheit, dass es leider nur ein Traum war. Die Wirklichkeit schlägt mit voller Wucht auf mich ein, und ich hasse sie.

Aber ich liebe Dich!

Heute ist es unglaublich kalt – uns fehlt Brennmaterial, also heißt es, sich dick anziehen. Die Kinder brauchen dringend neue Fäustlinge, ich muss schauen, ob ich bei einer Nachbarin für ein paar Pfennige einen Wollrest bekomme, damit ich stricken kann. Den Kauf neuer Ware kann ich mir nicht leisten.

Kürzlich fuhr ich zu Lotti nach Frankfurt. Während wir in der übervollen Straßenbahn standen, hatte ich plötzlich ein ganz merkwürdiges Gefühl, so als ob Du ganz in der Nähe wärst. Ich habe mich umgeschaut und umgeschaut, aber Du warst nirgends zu sehen. Da war nur ein Mann mit einem Hut, der ungefähr Deine Statur hatte, aber er ging sehr gebückt und wirkte viel älter als Du, und er stieg an der nächsten Haltestelle aus, ohne sich umzudrehen. Nein, Du warst es nicht. Du kannst es gar nicht gewesen sein. Du gehst mit geraden Schultern durchs Leben, schaust nach vorn, für uns, nicht wahr?

Noch ein paar Monate, Geliebter, dann ist unsere Hoffnung erneut da – wir werden sie hoffentlich nutzen.

Pass bitte auf Dich auf, auf Dein Leben, auf Deine Seele. Auf Dein Ich. Tu es für mich. Lache manchmal, wenn es um Dich herum dunkel ist, und denke daran, dass Du mit mir lachen wirst, vielleicht in naher Zukunft, vielleicht in ferner.

Lotti übrigens betet für uns und dafür, dass wir glücklich werden. Sie sagt immer wieder, wenn man etwas ganz stark will, dann schafft man auch, es zu bekommen.

Schaffen wir es?

Ich hoffe es so sehr, Maximilian, so sehr.

In Liebe, Deine Sophie!

8

Sophie trank und trank, bis sie einfach nicht mehr konnte. »Mir hat noch nie etwas so gut geschmeckt wie dieses Wasser«, sagte sie erschöpft und griff nach dem Brotlaib, riss ein Stück ab und kaute bedächtig darauf herum. »Wo hast du denn das so schnell herbekommen?«

»Aus einer Bäckerei«, sagte Maximilian. »Woher wohl sonst?«

»Hast du denn deine Lebensmittelkarte dabei?«, fragte Sophie verwundert.

»Nein, hatte ich nicht.«

»Aber wie bist du dann an das Brot gekommen?«

Sie hatten mittlerweile wieder eine Kerze angezündet und sie konnte sein Erröten sehen.

»Nein, das glaube ich nicht«, sagte sie dann und musste lachen. »Du hast es gestohlen?«

»Ja«, gab er zu. »Ich bin in einen Hinterhof gegangen und mit einem Mal roch es so gut nach frischem Brot. Kannst du dir vorstellen, wie das ist, wenn man so lange nichts gegessen hat und dann diesen Geruch wahrnimmt?«

»O ja.« Sophie nickte. »Das kenne ich nur zu gut.«

»Verzeih mir, ich wollte dich nicht kränken. Ich weiß wohl, dass du … dass ihr nicht viel Geld habt. Jedenfalls konnte ich nicht anders. Ich musste es tun. Hier, schau, ich habe noch ein Brot, und in dem anderen Beutel ist ein halber Schinken und ein Stück Käse.« Jetzt lachte er auch. »Ebenfalls gestohlen, drei Häuser weiter.«

Sophie sah ihn prüfend an. »Das ist dir bestimmt sehr schwergefallen.«

»Gar nicht«, sagte er. »Es war doch für dich.«

»Für uns«, wurde er von Sophie korrigiert.

»Gut, dann eben für uns. Und für uns habe ich es gern getan. Wobei ich zugeben muss, dass ich mich als Dieb nicht wirklich eigne. Ich hatte die ganze Zeit Angst, dass man es mir ansieht. Also, auf dem Weg hierher.«

»Wir werden es wiedergutmachen«, lächelte sie. »Irgendwann wird sich eine Möglichkeit dazu ergeben. Aber nun möchte ich diesen Schinken essen. Am liebsten alles davon.«

Sie schnitten kleine Stücke mit seinem Taschenmesser ab und kauten langsam und bedächtig, so als wäre dies das letzte Essen für lange Zeit. Dankbar bemerkte Sophie, dass es ihr von Sekunde zu Sekunde besser ging. Das nagende Hungergefühl verschwand und ihr schrecklicher Durst ebenso. Schließlich lehnte sie sich gegen die Wand. »Ich bin zum ersten Mal nach sehr langer Zeit satt«, sagte sie. »Danke schön. Aber nun erzähl mir bitte ... wie sieht es draußen aus? Ist es schlimm? Und welche Tageszeit haben wir? Wo bist du überall gewesen und woher hast du die Leiter ... oje, ich sehe es schon an deinem Gesicht – auch gestohlen, oder wollen wir lieber sagen geliehen? Das hört sich nicht so kriminell an.«

»Eins nach dem anderen«, antwortete Maximilian. »Das Wichtigste zuerst. Frankfurt steht noch, auch wenn es wirklich nicht gut aussieht. Ich habe mit einigen Leuten auf der Straße gesprochen, das war der wohl schlimmste Angriff der Alliierten überhaupt. Es wird Monate dauern, bis alle Trümmer beiseitegeräumt sind.«

»Wie schrecklich.« Sophie musste schlucken und bekämpfte die Panik, die in ihr aufstieg. »Clara und Johannes! Wenn ihnen etwas zugestoßen ist … das ertrage ich nicht.«

»Ich denke dasselbe über meine beiden Söhne«, pflichtete Maximilian ihr bei. »Aber ich habe eine, wie ich finde, recht gute Idee.«

»Welche?«

Er setzte sich aufrechter hin. »Die Sache ist die …«, begann er, seufzte, schüttelte den Kopf und zögerte.

»Welche Idee denn?« Sophie wollte aufstehen, aber er hielt ihren Arm fest und sagte: »Hör mir doch bitte zu. Nur für einen Moment.«

Sie schüttelte den Kopf und deutete auf die Leiter. »Nein, ich werde jetzt da hochklettern und zu meinen Kindern gehen. Für wen hältst du mich?«

»Ich halte dich für die bestimmt beste Mutter auf dieser Welt«, sagte Maximilian. »Selbstverständlich werden wir zu ihnen gehen. Ich für meinen Teil möchte auch gern wissen, ob der Rest der Familie wohlauf ist. Aber …«

»Worauf warten wir dann noch?«

»Das möchte ich dir ja erklären«, sagte er leise, und sie lehnte sich wieder zurück.

*

»Es ist dunkel«, sagte Sophie und schaute sich um. »Wie spät ist es?«

»Es muss bald Mitternacht sein. Es ist ja kaum noch jemand auf der Straße. Vorsicht, nicht stolpern, hier liegt noch überall etwas herum. Wir müssen sowieso aufpassen, wegen der Ausgangssperre.«

Sie gingen weiter die menschenleere Offenbacher Landstraße entlang. Das Wohnhaus, in dem sich der Luftschutzkeller befand, stand nicht mehr. Nur die armseligen Reste der Hausmauern standen noch und taten kund, dass hier einmal Menschen gewohnt hatten. Ob sie noch lebten? Hatten sie es alle rechtzeitig nach draußen geschafft? Und wenn sie es nicht geschafft hatten, wo waren sie jetzt? Lagen sie tot oder schwer verletzt unter den Trümmern? Hatten sie vielleicht noch um Hilfe gerufen, bis sie nicht mehr konnten? Waren sie verdurstet oder erstickt? Obwohl ihr eben noch recht warm gewesen war, fröstelte sie und griff nach Maximilians Hand. Sie blieben stehen und atmeten durch. Die plötzliche frische Luft, die Sophie eingeatmet hatte, nachdem sie aus dem Keller geklettert waren, sorgte dafür, dass sie sich immer besser fühlte. Fast schien es, ihre Lungen seien dankbar. Beinahe konnte sie den Frühling riechen, der keine Rücksicht auf den Krieg nahm, er kam, egal, was passierte. Sie hatten Mitte März, und es würde nicht mehr lange dauern, bis er sich entschließen würde, richtig da zu sein.

Nirgendwo brannte ein Licht, nur vereinzelt sah man einen diffusen Schein zwischen Gardinen; die Bewohner Frankfurts dunkelten nachts alles ab, um den Luftangriffen nicht als Zielscheibe zu dienen.

»Wo wohnt Lotti?«, fragte Maximilian leise.

»In der Balduinstraße. Es ist nicht weit von hier. Nur noch ein paar Schritte.«

Sophie hoffte einfach nur, dass das Haus noch stand. Dass Lotti unversehrt war – und vor allen Dingen, dass Lotti wusste, ob es Clara und Johannes gutging.

Sophie hoffte sogar, dass es Ferdinand gutging, weil er nun einmal der Vater ihrer Kinder war. Und bei allem, was er ihr, Sophie, bislang angetan hatte, die Kinder hatte er nie angerührt. Sie musste einfach wissen, ob alles in Ordnung war.

Einige Minuten später standen sie vor dem Haus mit der Nummer zwölf, dem ganz offensichtlich nichts passiert war, trutzig ragte es in die Höhe. Die Bomben hatten es verschont. Aus einem der rechten Fenster im ersten Stock drang ein schwacher Lichtschein, obwohl die schweren Vorhänge zugezogen waren.

Sophie deutete auf das Fenster. »Da wohnt Lotti. Das ist das Wohnzimmer.«

»Dann scheint sie zu Hause zu sein«, Maximilian sah sie an. »Worauf wartest du noch?«

»Ich weiß nicht, ob sie mich verstehen wird.«

»Du musst es versuchen, sonst wirst du die Antwort nicht erfahren.«

»Gut.« Sie atmete noch einmal tief durch und stellte fest, dass sie jetzt nicht mehr nur die frische Luft roch, sondern auch die anderen Gerüche. Gerüche von Verbranntem, von Rauch. Sie bückte sich und hob einige kleine Steinchen auf, die sie zielsicher gegen die richtige Fensterscheibe warf. Nichts geschah. Sie warf noch einen Stein, diesmal fester. Vielleicht schlief Lotti schon und hatte nur vergessen, das Licht zu löschen. Aber dann ging oben der Vorhang zur Seite und das Fenster wurde geöffnet. Jemand lehnte sich langsam heraus.

»Bist du das, Lotti?«, wisperte Sophie.

»Wer ist da?«, fragte eine Frauenstimme genauso leise zurück.

»Ich bin es, Sophie.«

»WAS?« Nun schrie die Frau fast. »Ich kann es kaum glauben. Sophie! Ich dachte ... o Gott! Komm herauf!«

»Nein«, wiegelte Sophie ab. »Bitte komm du herunter. Und sei leise, sag Karl nichts davon, dass ich hier bin.«

»Er schläft bereits«, sagte Lotti. »Aber weshalb ...«

»Lotti, bitte. Stell mir jetzt keine Fragen. Und sei bitte nicht so laut. Komm einfach zu uns runter.«

»Zu uns?« Lotti beugte sich weiter aus dem Fenster. »Was meinst du mit uns?«

»So ist sie immer«, sagte Sophie entschuldigend zu Maximilian. »Sie möchte immer alles ganz genau wissen.«

»Ihr scheint euch sehr ähnlich zu sein«, sagte Maximilian lapidar.

»Bitte«, rief Sophie leise nach oben, und tatsächlich wurde das Fenster geschlossen und der Vorhang wieder zugezogen.

»So ähnlich sind wir uns nun auch wieder nicht. Ich bin noch viel, viel neugieriger als Lotti«, gestand Sophie, während sie warteten und das Licht im Treppenhaus schließlich anging.

»Das ist richtig«, antwortete er schmunzelnd.

Und dann ging die Tür auf. Sophie stürzte sich in die Arme der Freundin. »Hast du etwas von Clara und Johannes gehört?«, war ihre erste Frage.

»Ihnen geht es gut.« Lotti nickte beruhigend. »Ich habe

mit den beiden telefoniert, es ist ihnen nichts passiert. Du kannst es dir bestimmt nicht vorstellen, aber es gibt tatsächlich noch einige Fernsprecher, die funktionstüchtig sind. Das hat mir mein Nachbar erzählt, der Herr Schmitz, der ja immer alles weiß. Ferdinand meinte, es sei besser, wenn sie bei seinen Eltern bleiben, solange du nicht wieder da bist. Aber jetzt bist du ja da, und alles, alles wird gut.«

»Es gibt da etwas, worüber ich mit dir sprechen möchte. Ach ja, und darf ich dir Maximilian vorstellen? Wir waren gemeinsam im hinteren Teil eines Kellers, bevor alles einstürzte.«

»Guten Abend«, sagte Lotti, und Maximilian nickte ihr freundlich zu. Lotti war rein äußerlich das absolute Gegenteil von Sophie. Sie war sehr groß, hatte breitere Schultern, als Frauen sie gewöhnlich hatten, ihr Gesicht konnte man als herb bezeichnen. Sie hatte ausgeprägte Wangenknochen, dichte, dunkle Augenbrauen und sehr volle Lippen. Und diese Augen, die ihn argwöhnisch musterten – er fragte sich, welche Farbe sie wohl hatten, bei der herrschenden Dunkelheit war das nicht zu erkennen. Lotti hatte lange, glatte, fast schwarz wirkende Haare, die sie zu einem Zopf geflochten hatte. Die Hände mit den kurzgeschnittenen Nägeln sahen so aus, als könnten sie zupacken. Die ganze Frau wirkte wie jemand, der nicht lange herumredete, sondern lieber etwas tat. Sophie dagegen wirkte neben Lotti beinahe wie eine filigrane, blonde Puppe, die es in ihrem Moosröschenkleid zu beschützen galt.

Und in diesem Moment liebte er sie noch einmal mehr.

»Bist du dir ganz sicher, Sophie?«, wollte Lotti nun zum wiederholten Male wissen.

Sophie nickte. »Verstehst du mich? Wenigstens ein klein wenig? Der Tag, an dem ich zurückgehe, ist auch Claras Geburtstag. An diesem wichtigen Datum werde ich wieder da sein.«

Lotti lächelte sie liebevoll an. »Natürlich verstehe ich dich. Ich finde das sehr mutig von dir ... von euch. Ihr könnt euch auf mich verlassen. Von mir erfährt keiner etwas. Den Kindern geht es gut, das ist das Wichtigste. Und wenn du am Geburtstag zurückkommst, ist die Wiedersehensfreude doch noch größer.«

»Ich habe ein furchtbar schlechtes Gewissen«, sagte Sophie schuldbewusst. »Jede andere Mutter würde sofort zurückgehen, aber ich ...«

»Du gehst ja zurück. Nur noch nicht gleich. Du denkst zum ersten Mal in deinem Leben an dich selbst. Das kann dir niemand übelnehmen. Außerdem hat Ferdinand den beiden gesagt, du seiest verreist. Deine Schwiegermutter hatte diese Idee. Man wollte Johannes und Clara nicht unnötig aufregen.«

»Das ist gut«, sagte Sophie. »Das ist gut. Wenigstens denken sie nicht, dass ich tot bin.«

»Nein, das denken sie nicht. Das verspreche ich dir.«

»Aber wohin sollte ich verreist sein in dieser entsetzlichen Zeit?«, warf Sophie immer noch unschlüssig ein.

»Zu einer alten Freundin, die deine Hilfe braucht, eben weil diese Zeit so schwer ist«, sagte Lotti.

Sophie nickte. »Gut. Dann ... ist ja erst einmal alles in bester Ordnung.«

»In bester Ordnung ist gar nichts, Sophie, und das

weißt du auch, ohne dass ich jetzt weiter ausschweifen muss. Aber ich bin dafür, dass du es tust. Tu einmal etwas für dich ganz allein und denke nicht darüber nach, welche Folgen es haben könnte, denn es wird keine haben.« Lotti nickte, als wolle sie ihren Worten dadurch mehr Nachdruck verleihen. Dann lächelte sie Maximilian zu. »Sie werden gut auf meine Freundin aufpassen?« Sie hielt ihm die Hand hin, und er wusste vorher, dass dieser Händedruck nicht weich sein würde, sondern sehr fest, und er irrte sich nicht. Er wunderte sich zwar darüber, dass Sophie als beste Freundin jemanden hatte, der so gänzlich anders zu sein schien als sie selbst, aber er kannte diese Lotti ja gar nicht richtig. Natürlich – sie wirkte sehr burschikos, sie trug Hosen und Stiefel und ein etwas zu großes Hemd, fast kam sie ihm vor wie ein derber Bauernjunge. Was jedoch in ihrem Kopf vorging, welche herausragenden Charakterzüge und welches Wesen sie hatte, ob sie warmherzig war und ob man auf sie zählen konnte, dies alles, das musste Sophie am besten wissen, und er traute ihr Menschenkenntnis zu.

»Ich werde auf sie aufpassen und sie heil zurückbringen«, versprach er Lotti ernst.

9

»Ist das richtig, was wir tun?« Sie gingen Hand in Hand die dunkle Straße entlang, immer darauf bedacht, von niemandem gesehen zu werden. Kam ihnen jemand entgegen, dann schlüpften sie schnell in einen Hauseingang oder bogen in eine Nebenstraße ein. Aber mittlerweile war es weit nach Mitternacht und kaum noch jemand war um diese Zeit aus dem Haus gegangen; die Frankfurter schienen zu schlafen. Sie blieben stehen und schauten nach oben. Der Himmel war klar, man konnte die Sterne sehen, die dem Krieg zu trotzen schienen. Unbeirrt strahlten sie über Frankfurt, und die Tatsache, dass es sie eigentlich schon lange nicht mehr gab, machte ihnen ganz offenbar nichts aus.

›Hoffentlich gibt es heute keinen neuen Angriff‹, waren Maximilians Gedanken. ›Wenn der Himmel klar ist, kann man die Ziele viel besser erkennen. Man sollte sich Nebel wünschen.‹ Aber er sagte das nicht laut.

»Ich weiß nicht, ob es richtig ist«, sagte er schließlich. »Ich weiß nur, dass es das ist, was ich will.«

Sophie korrigierte ihn: »Was wir wollen.«

»Ja.«

»Dann sollten wir jetzt beschließen, dass wir kein schlechtes Gewissen haben.«

»Das tun wir.«

»Wir denken jetzt vier Wochen lang nur an uns.«

»Ja.« Ihre Stimme klang zögerlich.

»Sophie.« Er drehte sich zu ihr um. »Bitte. Vergiss einmal deine Zweifel. Lass es für diese kurze Zeit nur uns beide geben.«

»Das tue ich doch. Mir schwirren nur so viele Gedanken im Kopf herum.«

»Glaubst du denn, mir nicht? Nimmst du an, das Ganze geht spurlos an mir vorbei? Das tut es nicht. Ich bin genauso durcheinander wie du.«

»Ich möchte dich so vieles fragen.«

»Das kannst du doch.«

»Aber ich weiß nicht, womit ich anfangen soll.«

»Das wird sich schon finden. Lass uns noch ein Stück spazieren gehen, vielleicht zum Main. Und dann gehen wir nach Hause.«

Sophie musste lächeln, weil er den Luftschutzkeller als Zuhause bezeichnete. Er bemerkte es trotz der Dunkelheit und umarmte sie. »Ich mein das ernst. Für mich ist das ein Zuhause. Unser Zuhause.«

»Ja«, sagte Sophie. »Unser Zuhause.«

Und sie blieben noch einen Augenblick stehen und hielten sich fest.

»Ich habe Ferdinand auf einer Geburtstagsfeier meiner Tante kennengelernt«, erzählte Sophie. »Vor sechs Jahren. Er war sehr witzig, temperamentvoll und hatte einen unglaublichen Charme. Jedenfalls dachte ich das damals, ich war gerade achtzehn Jahre alt. Es war ein wirklich wunderschöner Abend. Die Feier fand in Bad Nauheim statt, und da gab es dieses wunderschöne Lokal, es hieß Teichhaus und lag direkt am Wasser. Sehr romantisch. Es war Sommer, draußen hingen Lampions, und Ferdinand forderte mich zum Tanzen auf. Ich weiß noch, dass die Kapelle Heinz Rühmann spielte. Ferdinand hat dazu gesungen und ich fand das unglaublich, wie er mich dabei angesehen hat.« Sie machte eine kurze Pause und dachte nach. Mittlerweile befanden sie sich wieder im Keller. Lotti hatte ihnen dicke Decken mitgegeben und Kissen. Sie lagen seitlich dicht beieinander und Maximilian hielt Sophie umschlungen.

»Einige Stunden später hat er mich gefragt, ob ich eine Bootsfahrt mit ihm machen möchte, und wir sind hinunter zum Teich gegangen. Mitten auf dem Teich hat er mich geküsst …«

»Wie ging es weiter?«

»Es war mein erster Kuss. Ich war völlig durcheinander, aber auch stolz, dass ein so gestandener Mann wie Ferdinand mich attraktiv fand.« Sie räusperte sich. »Ich habe mich sehr von ihm blenden lassen. Wie auch nicht, ich hatte ja überhaupt keine Erfahrung mit Jungen. Er war der Erste, ich hatte vorher keinen, der mir Avancen gemacht hat. An diesem Abend fragte er mich, ob wir uns wiedersehen, und ich habe ja gesagt. Dann, ein paar Tage später, stand er mit Blumen vor der Tür. Einen kleinen Strauß für mich und einen für meine Mutter. Sie war natürlich sehr angetan von diesem höflichen Mann und hat mir gut zugeredet. Mein Vater ebenfalls. Sie haben mir dann ihren Segen gegeben, und ich durfte mit ihm ausgehen. Schon drei Wochen später hat er mich gefragt, ob ich ihn heiraten möchte. Nun, ich habe zugestimmt, ich fühlte mich sehr geehrt und sehr erwachsen. Meine Eltern stimmten ebenfalls zu, also haben wir geheiratet.« Nun seufzte sie. »Und ich beging den größten Fehler meines Lebens.«

»Du kannst es jetzt nicht mehr rückgängig machen«, sagte Maximilian.

»Das weiß ich«, entgegnete Sophie und hatte wieder diesen schnippischen Unterton, den Maximilian mochte, weil er sie so rebellisch wirken ließ. »Aber es war nun einmal der größte Fehler meines Lebens. Komischerweise ist mir das vorher nie bewusst geworden. Ich kannte es ja nur so. Doch seitdem du da bist, ist eben alles anders geworden.«

»Oh, Sophie ...«, er küsste ihren Nacken. »Mir ging es noch nie so gut. Mit dir ist in der Tat alles anders. Ich wünschte, es könnte immer so bleiben.«

»Wie wahr«, sagte Sophie traurig.

Sie schwiegen einige Minuten, es reichte ihnen, so beieinanderzuliegen und sich zu spüren. Unfassbar intensiv.

›Ich spüre die Liebe‹, dachte Maximilian. ›Mein Gott, ist das schön.‹

»Möchtest du mir erzählen, wie es weiterging?«

»Willst du es denn?«

»Ich möchte alles von dir wissen.«

»Nun ja, wie war es ... wir haben geheiratet und bezogen eine kleine Wohnung hier in Frankfurt. Es hätte mir in der Vergangenheit schon auffallen müssen, dass Ferdinand mehr Alkohol trank als andere. Viel mehr. Erst dachte ich, es sei normal, dass Männer in diesem Alter so viel trinken, außerdem tat er es nur auf Festen und mit Freunden. Doch irgendwann bemerkte ich, dass er auch zu Hause trank, heimlich. Ich fand leere Flaschen im

Schlafzimmerschrank, ganz weit hinten hat er sie gehortet. Als ich ihn darauf ansprach, erlebte ich seinen Jähzorn. Wahrscheinlich fühlte er sich ertappt, in die Enge gedrängt, vorgeführt, ich weiß es nicht. Jedenfalls hat er mich damals zum ersten Mal geschlagen.«

Maximilian atmete zischend ein und zog sie noch dichter an sich.

»Es schien dann, als ob ein Bann gebrochen war. Von da an hat er sich nicht mehr verstellt, sondern mir sein wahres Gesicht gezeigt. Und er trank und trank. Kurze Zeit später verlor er seine Arbeit, er arbeitete als Gleisbauer bei der Reichsbahn, man hatte ihn dort oft ermahnt, pünktlich zu sein und während der Arbeitszeit nicht zu trinken; das habe ich von einem Kollegen erfahren, den ich zufällig auf der Straße getroffen habe, aber Ferdinand hielt sich nicht daran. Eines Tages hat er einen Vorarbeiter nach einer Rüge beinahe krankenhausreif geprügelt. Natürlich unter Alkoholeinfluss. Daraufhin wurde er sofort entlassen und angezeigt. Ich hätte damals einfach gehen sollen und ihn ebenfalls anzeigen sollen. Beweise hatte ich genug. Mein ganzer Körper war ein einziger Beweis. All die blauen Flecken, Schürfwunden, Prellungen. Ganz kurz habe ich mal darüber nachgedacht, aber an genau diesem Tag habe ich bemerkt, dass ich schwanger bin. Geahnt hatte ich es schon vorher, doch dann hatte ich die Gewissheit. Und ich bin bei ihm geblieben. Ich wollte ja auch meinem Kind ein Zuhause geben. Meine Eltern waren mir keine Stütze. Ihnen war nur wichtig, was die Leute reden, und du kannst dir sicher vorstellen, wie eine geschiedene, schwangere Frau ins Gerede kommt und wie sie behandelt wird.«

Sophie drehte sich unter der Decke zu Maximilian um und kuschelte sich an ihn.

»Mit dir wäre alles anders gewesen.« Sie seufzte.

»Mit mir *ist* alles anders.«

»Aber wir wollen jetzt nicht darüber sprechen.«

»Nein«, er schüttelte den Kopf. »Aber reden möchte ich mit dir. Am liebsten Tag und Nacht. So wie ich alles am liebsten Tag und Nacht mit dir machen möchte.«

»Alles«, sagte Sophie leise und legte ihre Hand auf seine linke Brust. Sie spürte, wie sein Herz schlug. Rhythmisch und stark.

Sophie wollte nicht mehr über die Vergangenheit nachdenken, jetzt, in diesem Moment. Nur an die Zukunft wollte sie denken, auch wenn die Zukunft in vier Wochen vorbei war und dann selbst zur Vergangenheit würde.

Vier Wochen, die vielleicht für ein ganzes Leben genügen mussten.

10

So begannen die Tage, die nur Sophie und Maximilian gehörten.

Auch wenn Sophie anfangs von seinem Vorschlag nicht angetan war, für einen Monat alles hinter sich zu lassen – letztendlich war sie froh und dankbar, zugestimmt zu haben.

Natürlich dachten sie darüber nach, den Keller zu verlassen und woanders Unterschlupf zu suchen, aber keiner von beiden wusste, wohin sie gehen sollten. Es war zu gefährlich. Und so groß Frankfurt auch war, der Zufall konnte ihnen zum Verhängnis werden. Zu Lotti durften sie nicht. In ihrem Haus wohnte jemand von der SS, und Sophie hatte Angst, dass er sie verraten und Maximilian in letzter Konsequenz als Deserteur vors Kriegsgericht stellen würde.

Maximilian überprüfte, ob der Keller sicher war – soweit er es beurteilen konnte, schien das der Fall zu sein. Sie hatten Decken und Kerzen und wurden von Lotti, so gut es ging, mit Lebensmitteln versorgt.

Überhaupt Lotti … sie kümmerte sich rührend um sie. Da sie überall sehr gute Kontakte hatte, gab es hin und wieder ein Stück Schinken, ein wenig gepökeltes Fleisch, ein Stück Käse und frisch gebackenes Brot; ab und an sogar eine Kanne Milch. Sie verabredeten feste Tage in der Woche, an denen Lotti kam und in einem der Hauseingänge nahe dem Keller heimlich die Lebensmittel deponierte. Und es war Lotti, die Erkundigungen darüber einzog, ob man schon bald mit den Aufräumarbeiten des Luftschutzkellers beginnen wollte, was glücklicherweise nicht der Fall war. Einmal pro Woche konnten sie Lottis Waschküche benutzen; der große Badezuber war stets schon mit heißem Wasser gefüllt, und sie konnten baden, während Lotti draußen nach dem Rechten sah und sie lange alleine ließ. Jedes Mal hatte Maximilian sich bedankt, aber Lotti lachte immer nur und sagte: »Das wird schon alles gut werden!«

»Hast du eigentlich ein gutes Verhältnis mit deinen Eltern?«, fragte Sophie, während sie sich zum ersten Mal im warmen Wasser gegenübersaßen und an den Händen hielten.

»Ich arrangiere mich mit ihnen«, lautete Maximilians leicht lakonische Antwort. »Meine Mutter ist sehr krank …«, Sophie nickte; er hatte ihr erzählt, dass sie an multipler Sklerose litt, »… und sie ist sehr launenhaft, teilweise auch schwermütig. Ihre Stimmung kann von einer Sekunde auf die andere umschlagen, das ist natürlich nicht immer einfach. Für meinen Vater ist das schlimm, er ist es gewohnt, dass alles so funktioniert, wie er sich das vorstellt und wie er es möchte. Er kann mit der Krankheit nicht umgehen und ignoriert sie, so gut es geht. Er kümmert sich auch nicht richtig um Mama. Sie sitzt manchmal tagelang allein in ihren Zimmern herum und tut gar nichts, außer zu weinen oder vor sich hin zu starren.«

»Das ist ja schrecklich. Wie ist das für dich?«

»Nicht schön, zumal Mama früher ganz anders war. Voller Lebensfreude. Sie war immer sehr agil, sie war für alle da, hatte immer ein offenes Ohr und den passenden Rat. Aber dann kam die Krankheit und alles wurde anders. Ich glaube, dass mein Vater einen Großteil der Schuld daran trägt, dass sie nun so ist. Er hat sie immer untergebuttert. Allerdings erinnere ich mich an einen Tag, da ging es ihr recht gut und sie hatte einen klaren Kopf. Da sagte sie mir, dass es ein Fehler wäre, Caroline zu heiraten. Wir saßen spätabends alleine vorm Kamin, die Verlobungsfeier stand unmittelbar bevor. Es musste recht viel geplant und wichtige Leute eingeladen werden. Als Caroline und ihre Eltern ins Hotel und mein Vater zu Bett gegangen waren, blieben wir noch eine Weile unten sitzen und ließen den Abend Revue passieren. Meine Mutter, sie heißt übrigens Inge, saß in einem dunkelgrünen Ledersessel, das weiß ich noch ganz genau, beugte sich nach vorn, sah mich klug und wach an und nahm meine Hand. Sie sagte wortwörtlich: ›Du wirst mit dieser Frau nicht glücklich werden, das spüre ich. Sie hat kein Herz im Leib. Überlege dir gut, was du tust.‹«

»Ja, aber was *hättest* du denn tun sollen? Dein Vater hat dich doch gezwungen.«

Maximilian nickte. »Das ist richtig. Aber Mama sagte: ›Wo ein Wille ist, ist auch ein Weg. Wenn du Caroline *nicht* heiraten möchtest, musst du es deinem Vater sagen. Und du musst stark sein. Mach nicht den gleichen Fehler wie ich. Setz dich durch.‹«

»Und dann?«

»Am nächsten Tag bin ich nach dem Abendessen zu meinem Vater in die Bibliothek gegangen und habe ihm gesagt, dass ich diese Hochzeit nicht will, weil ich Caroline nicht liebe, ja, noch nicht einmal sympathisch finde.« Maximilian runzelte die Stirn und schüttelte dann den Kopf. »Du kannst dir nicht vorstellen, wie er reagierte. Er schlug mit der Hand auf den Tisch, brüllte mich an, dass die Wände wackelten und sagte, dass in diesem Hause das gemacht wird, was *er* sagt, und dass ich schon sehen könnte, wo ich bliebe, wenn ich mich ihm widersetze.« Er ließ sich etwas tiefer ins Wasser gleiten. »Ja«, erinnerte er sich. »Er hat mir richtiggehend gedroht, mir auch ein schlechtes Gewissen gemacht. Für wen er denn arbeiten würde? Doch nur für mich und meinen Bruder und dass wir beide die Zukunft wären. Aber für eine gute Zukunft bräuchte man Geld. Und von dem konnte er nicht genug kriegen. Carolines Eltern sind so reich, dass man es sich gar nicht vorstellen kann. Sie kommen aus Hamburg, der Vater ist Kaufmann.«

Sophie nickte. »Erzähl weiter.«

»Ja, er ist auch an Schiffen und an einer großen Kaffeerösterei beteiligt. Ich war natürlich mittlerweile schon einige Male in Hamburg. Ihre Eltern wohnen in einer Villa in Blankenese mit Blick auf die Elbe, eigentlich ist es eher ein Schloss. Ich konnte die Zimmer gar nicht zählen, es müssen an die vierzig gewesen sein.«

Sophie, von der nur noch der Kopf zu sehen war, setzte sich so ruckartig auf, dass das Wasser über den Zuberrand schwappte. »*Vierzig* Zimmer? Gibt es das? Das kann ich gar nicht glauben …«

»Es ist aber so. Für Caroline ist das natürlich ganz normal. Sie ist so aufgewachsen – immer mit der Gewissheit, dass hinter jedem Raum der nächste kommt.«

»Aber euer Haus …«

»… ist bei weitem nicht so groß. Natürlich ist es geräumig, aber mit dem Hamburger Anwesen kann man es nicht vergleichen.«

»Wie groß ist es denn?«

»Ich sagte doch schon, es ist geräumig.«

»Du *willst* es nicht sagen.«

»Nein, ich will es nicht sagen.«

»Und weshalb nicht? Hast du Angst, ich könnte neidisch werden?« Sie lachte auf. »Keine Sorge.«

»Nein, das ist es nicht. Nur … wenn ich darüber nachdenke, muss ich mir immer vorstellen, wie es wäre, mit dir dort zu leben.«

»Ach Maximilian …«, Sophie seufzte. »Wie schön das wäre. Ich liebe dich so sehr.«

»Das weiß ich.«

»Ach ja? Du scheinst dir ja sehr sicher zu sein.«

Er setzte sich ebenfalls auf und nahm ihr Gesicht in beide Hände. »So sicher war ich mir nie zuvor in meinem Leben. Und weißt du, was das Beste ist?«

»Was denn?«

»Dass es mir genauso geht.«

*

Frankfurt am Main,
9. Februar 1947, 11 Uhr 45

Meine Sophie!

Ich glaube, wir haben einen schwerwiegenden Fehler gemacht. Warum bist Du mir nicht früher begegnet? Das ist so ungerecht. Ich bin so unglücklich. Mit meinem Leben. Mit mir. Ich möchte bei Dir sein. Für immer bei Dir sein. Wir hätten nicht in unsere alten Leben zurückgehen sollen. Ja, ich weiß, eigentlich blieb uns keine andere Wahl. Trotzdem. Letzte Nacht habe ich von Dir geträumt. Von Deinem Lachen und Deinen klugen Augen mit den blauen Tupfen darin. Ich möchte Dir so gern wieder in die Augen schauen. Es ist alles so absurd. Dort unten in diesem kargen Raum hatten wir nichts und doch alles, was wir brauchten; aber draußen warteten Menschen, die ein Recht auf unsere Rückkehr hatten. Draußen warteten Verantwortung, Alltag und Normalität. Draußen wartete all das, was wir beide gar nicht schlimm gefunden hätten, hätten wir zusammen *rausgehen, die Verantwortung tragen, den Alltag und die Normalität leben können.*

Mein Herz tut weh, wenn ich daran denke, dass ich mit Dir nicht mehr zusammen sein kann, dass es das letzte Mal am Römer wieder nicht hat sein sollen. Es tut so weh, dass ich beinahe keine Luft mehr bekomme und Angst habe, mein Herz könnte einfach stehenbleiben.

Ja, wir wussten beide, dass es nicht leicht werden würde. Aber mittlerweile bereue ich unsere Entscheidung. Ich würde es sogar in Kauf nehmen, schuldig geschieden zu werden. Wenn ich nur bei Dir sein kann.

Ja, ab und an denke ich, Du bist gerade bei mir, was aber nicht stimmt. Ich habe dann ein merkwürdiges Gefühl, vor ungefähr einem Jahr zum Beispiel. Ich war in der Innenstadt unterwegs und fuhr in der vollbesetzten Straßenbahn. Da hatte ich das intensive Gefühl, Du bist nah bei mir. Aber als ich mich umschaute, sah niemand auch nur annähernd so aus wie Du.

Du fehlst mir so schrecklich. Was soll ich tun?
Sagst Du es mir?
Maximilian

*

»Weißt du, was mir gerade einfällt?« Mittlerweile waren sie wieder zu Hause in ihrem Keller angekommen. Es wurde zwar von Tag zu Tag wärmer, aber hier unten herrschte immer die gleiche kühle Temperatur.

»Nein«, antwortete Maximilian.

»Wir wissen gar nicht viel voneinander, noch nicht einmal unsere Nachnamen.«

»Das stimmt.« Er zündete eine Kerze an. »Warum haben wir daran nicht gedacht?«

»Vielleicht, weil es Wichtigeres gab«, sagte Sophie, die ein wenig müde war. »Komm her zu mir.« Sie hatte sich bereits auf das Lager gelegt und hob eine der Decken hoch, und er ging mit der Kerze zu ihr, ließ ein wenig Wachs auf den Steinboden tropfen, klebte die Kerze fest und legte sich dann zu ihr.

»Du bist so schön warm«, Sophie robbte näher an ihn heran. »Ich möchte für immer so liegen bleiben.«

»Ich nicht«, sagte Maximilian.

»He ...«, sie knuffte ihn in die Seite. »Was ist denn in dich gefahren?«

»Ich möchte für immer mit dir *zusammen sein.*« Er küsste sie. »Das möchte ich auch. So wie jetzt könnte es ewig weitergehen.« Er küsste sie wieder.

»Also«, sagte sie. »Fangen wir an. Wie alt bist du?«

»Ich bin sechsundzwanzig.«

»Und ich bin vierundzwanzig.«

»Tja«, er nahm sie in den Arm. »Aber das hilft uns auch nicht bei unserem wirklichen Problem weiter.«

»Wir wollten doch nicht darüber sprechen, sondern nur diese Zeit genießen.«

»Ich genieße die Zeit, das kannst du mir glauben. Aber hin und wieder muss ich daran denken, dass sie endlich ist. Und insgeheim zähle ich, wie viele Tage uns noch bleiben.«

»Hör auf damit. Es macht mich traurig.«

»Mich auch«, er beugte sich über sie und sah ihre Augen im Schein der Kerze leuchten. »Aber die meiste Zeit bin ich glücklich darüber, mit dir hier zu sein.«

»Ich liebe dich so unendlich«, sagte Sophie, schloss die Augen, und Maximilian löschte die Kerze, woraufhin die Dunkelheit ihre sanfte Decke über sie beide ausbreitete.

11

Die meiste Zeit verbrachten sie unten in ihrem Keller, weil sie sich dort sicher und geborgen fühlten. Im Nachhinein hatte Sophie das Gefühl, nie vorher so viel gelacht zu haben. Ja, Maximilian war witzig, er erheiterte sie immer wieder aufs Neue, auch wenn er wie sie manchmal traurig war, weil die Zeit nun mal nicht stehenblieb.

Sie erzählten sich immer mehr von ihrer Vergangenheit, und sie erfanden Geschichten für die Zukunft, die sie sich in den schönsten Farben ausmalten, während sie von Satz zu Satz hofften, dass sie Wirklichkeit werden könnten.

»Und wenn wir es *doch* einfach tun …«, überlegte Maximilian manchmal laut, aber Sophie legte einen Finger auf seine Lippen und schüttelte den Kopf.

»Wir würden es uns niemals verzeihen«, sagte sie dann immer leise. »Ich müsste Tag und Nacht an meine Kinder denken und du an deine.«

»Das stimmt«, antwortete er regelmäßig und seufzte.

Und ab und zu, wenn ein neuer Tag angebrochen und sie sich geliebt hatten, danach eng beieinanderlagen, rechnete er die Tage und die Stunden aus, die ihnen noch blieben und die so schnell vorbeigingen. Er wunderte sich darüber, wie rasch die Zeit verflog, wenn man glücklich, und wie langsam doch, wenn man unglücklich war.

Jede Minute, die er mit Caroline verbracht hatte, verstrich zäh, und oft hatte er ganz erstaunt auf seine Armbanduhr geschaut, um festzustellen, dass wieder nur zwei Minuten vergangen waren.

Mit Sophie war es ganz anders. Die Zeit raste in Siebenmeilenstiefeln dahin, und er hätte Jahre seines Lebens dafür gegeben, um sie aufzuhalten.

Wenn sie beieinander waren, spürte Maximilian jedes Mal Aufregung, Verantwortung, Sinnlichkeit, Geben und Nehmen in gleichem Maße. Wenn sie ihn in diesen gewissen Momenten ansah, hatte er den Eindruck, eins mit ihr zu sein, auch wenn dieser Ausdruck sämtlichen Klischees entsprach. Er war froh und dankbar, dass sie ihre Augen nicht schloss, sondern dass er mitbekam, wie sie dunkel wurden vor Verlangen. Und wenn sie ihn mit ihren Armen umschlang, kam er sich vor wie in einer sicheren Festung.

Ein einziges Mal hatte er sie gefragt, was wäre, wenn sie schwanger werden würde. Aber sie hatte den Kopf geschüttelt und gesagt: »Ich kenne mich und meinen Körper. Es wird nicht passieren.« Und er hatte es dabei belassen, war sogar froh, dass sie ihm das Nachdenken darüber abnahm. Also nahm er die Tatsache als gegeben hin, auch wenn sie die letzte Hoffnung zunichtemachte. Die nämlich, dass man die Entscheidung neu würde überdenken müssen, wenn sich herausstellte, dass ... natürlich müsste man etwas warten, bis sie sicher war, aber dennoch ...

Sophie wollte alles aus seiner Vergangenheit wissen. »Ich muss doch etwas mitnehmen«, hatte sie gesagt. »Je mehr ich über dich weiß, desto besser kann ich mir alles vorstellen, wenn ... wenn es vorbei ist.«

»Es wird nie *wirklich* vorbei sein.«

Sie hatte nicht geantwortet, sondern ihn nur angesehen.

Sophie war klug. Sie spürte ganz genau, dass er schwächer war als sie, und ein Wort von ihr würde genügen. Doch das wollte sie nicht. Die Konsequenzen wären nicht tragbar. Sie würden beide nicht froh mit ihrem Leben werden. Sophie zwang sich zu akzeptieren, dass ihre gemeinsame Zeit begrenzt war, auch wenn die Vorstellung, ihn niemals wiederzusehen, ihr das Herz in Stücke riss. Aber einer von ihnen musste realistisch bleiben. Das war nun mal so.

In solchen Momenten versuchte sie immer, ihn mit anderen Dingen abzulenken.

»Wie ist euer Haus eingerichtet?«, war nur eine Frage, um ihn auf andere Gedanken zu bringen. Und Maximilian erzählte von dem großen Haus, das 1874 erbaut worden war, von der großen Eingangshalle, die mit Marmor aus Carrara gefliest war, von dem venezianischen Kronleuchter, den sein Großvater einem Adligen abgekauft und der so große Prismen hatte, dass er als Kind oft Angst hatte, einer könnte herunterfallen und ihn erschlagen. Er beschrieb ihr die dreihundert Jahre alte Truhe, die in der Halle stand und in der sich einst die Aussteuer seiner Mutter und der Frauengenerationen vor ihr befunden hatte, er schilderte ihr die Bibliothek, in der es so wunderbar nach alten Büchern roch und nach Pfeifenrauch, von den grünen Leselampen und den handgeknüpften Orientteppichen, auf denen sich Pferd und Reiter befanden, oder Rot- und Niederwild, im Hintergrund ein Herbstwald in schillernden, satten, warmen

Farben. Er beschrieb ihr die Kamine, die die Räume in ein gemütliches, flackerndes Licht tauchten, er ließ Sophie teilhaben an Heiligen Abenden, an denen er noch klein und seine Welt noch in Ordnung war. Er beschrieb ihr das Marionettentheater und berichtete von der wunderschönen, in Schweinsleder gebundenen Enzyklopädie, die er einst geschenkt bekommen hatte, und von dem köstlichen Essen, das aufgetischt wurde. Und Sophie wollte wissen, was es damals an den Heiligen Abenden zu essen gab und machte große Augen, als er von frisch gebackenem Weißbrot, köstlichen Suppen mit Sahnehauben, den Wildkeulen mit der kräftigen braunen Soße, den Pfifferlingen und Steinpilzen, den ganzen Fischen, die mit Petersilienbutter gegessen wurden und von den wunderbar süßen Maronennachspeisen mit Himbeersoße schwärmte. Von dem angenehmen Gefühl des Sattseins und dem Wohlstand, der seit Generationen herrschte und einem diese Gewissheit gab, dass man sich geborgen fühlen konnte.

Sophie wiederum erzählte ihm von ihrer Kindheit und von ihren Weihnachtsfesten.

»Wir hatten nicht viel Geld, noch nie. Mein Vater ist einfacher Arbeiter bei einer Stahlbaufirma. Bei einem Betriebsunfall hat er vor Jahren einen Arm verloren. Wenigstens wurde er deswegen nicht eingezogen. Er kann zwar noch arbeiten, aber er ist langsam und er wird schnell müde. Er sieht so alt und kraftlos aus, mit gerade mal achtundvierzig Jahren. Meine Mutter arbeitet auch, sie ist mittlerweile in der Wäscherei des Roten Kreuzes beschäftigt. Eigentlich möchte ich nicht mehr, dass sie heute überhaupt noch etwas tut, wegen des schwachen

Herzens, aber von nichts kommt ja nichts. Ich und mein Bruder, wir waren früher viel allein.«

»Du hast einen Bruder?«

»Ich *hatte*. Er ist vor zwei Jahren gefallen. Im treuen Dienst fürs Vaterland. Man konnte uns noch nicht einmal sagen, woran er gestorben ist. Und wo, das wissen wir auch nicht. Irgendwo in Afrika, heißt es. Manchmal glaube ich, sie wollen es nicht sagen.«

»Das tut mir sehr leid.«

»Es war schrecklich, als wir es erfuhren. Vor allem für meine Mutter. Sie und Arndt haben sich unglaublich gut verstanden. Ich will damit nicht sagen, dass ich meiner Mutter nichts bedeute, aber das zwischen ihnen beiden war etwas ganz Besonderes. Seitdem Arndt nicht mehr ist, wurde es mit dem Herzen immer schlechter. Und seitdem er tot ist, versuche ich, Arndt zu ersetzen, aber ich merke jedes Mal, dass mir das misslingt.«

»Man kann einen anderen Menschen nicht ersetzen.«

Sophie nickte. »Ich weiß. Aber ich versuch es trotzdem. Ich liebe meine Mutter sehr. Und ich hab Angst um ihre Gesundheit. Sie ist gut, verstehst du? Auch wenn sie andere Ansichten hat als ich.«

»Mhm. Ja, verstehe ich. Erzähl bitte weiter.«

»Arndt und ich teilten uns ein Zimmer, das so klein war wie eine Mausefalle. Mit einem schmalen Schrank und Stockbetten übereinander. Er war der Ältere und durfte oben schlafen, was mich immer sehr neidisch gemacht hat. Aber manchmal hat er mir sein Bett abgetreten. Wenn ich beim Mensch-ärgere-dich-nicht-Spielen gewonnen hatte.« Sie lachte auf. »Darin bin ich richtig gut. Sogar heute noch, glaube ich jedenfalls. Ich hab es lange nicht mehr gespielt.« Sie dachte kurz nach. »Tja, unser Leben war anders als deins. Wenn wir von der Schule nach Hause kamen, waren unsere Eltern nicht da. Ich machte den Abwasch, Arndt kehrte den Ofen aus, holte frisches Holz und Briketts aus dem Keller. Nachmittags hat er bei einem Metzger gearbeitet und beim Schlachten geholfen. So gab es hin und wieder ein Stück Fleisch, das übrig geblieben war, und wir hatten etwas, das wir in die Suppe legen konnten. Beheizt wurde nur die Küche. Die Wohnstube war gleichzeitig das Schlafzimmer meiner Eltern, das Bett war mit einem Vorhang vom restlichen Raum getrennt. Das war mein Zuhause.«

»Das war *alles*? Ihr habt zu viert in zwei Zimmern gewohnt?«

»Nun schau mich nicht so an. Kennst du denn nur reiche Leute mit großen Häusern? Es ist heutzutage ganz normal, so zu wohnen …«

»Nun ja«, musste er zugeben, »unser Fahrer lebt wohl ähnlich, und eins der Hausmädchen wohnt noch bei ihren Eltern, da ist es genauso. Entschuldige, natürlich weiß ich, dass es nicht nur Wohlstand gibt. Gerade in diesen Zeiten. Ich meine nur, du hast etwas Besseres verdient.«

»Das wünsche ich mir manchmal auch. Heute ist es ja nicht anders. Ich hätte so gern eine Wohnung mit eigenem Klosett und Badezimmer. Es ist so unangenehm, immer die halbe Treppe runtergehen zu müssen und nur einmal pro Woche ins Volksbad zum Waschen. Ihr selbst habt doch bestimmt ein großes Badezimmer mit allen Finessen?«

Obwohl es ihm unangenehm war, nickte Maximilian.

Wie gern hätte er mit Sophie in seinem Elternhaus gelebt, in der großzügigen Wohnung mit den sechs Zimmern im zweiten Stock, die einen wundervollen Ausblick auf den Main und auf die Frankfurter Grünanlagen hatte. Sie würde es zu schätzen wissen, da war er sich sicher. Wenn er an seine missmutige Frau dachte, die sich mit ihrer schrillen Stimme immer über alles beschwerte, was sie ›von Haus aus anders gewohnt war‹, sank seine Laune auf den Tiefpunkt. Er konnte es einfach nicht verstehen. Caroline war mit *nichts* zufrieden. Das Essen, das von Margot, der langjährigen Köchin, aufgetragen wurde, war ihr stets zu salzig oder zu fahl gewürzt, der Bordeaux schmeckte sauer und nach Kork, ihre Schneiderin war eine Quasselstrippe, brachte aber sonst nichts zustande und konnte noch nicht einmal die einfachste Haute Couture der Pariser Modeschöpfer nachnähen, und dabei hatte Carolines Vater doch extra edle Stoffe aus Frankreich unter der Hand nach Deutschland bringen lassen. Für ein horrendes Geld.

Maximilian war nun seit sechs Jahren mit Caroline verheiratet, und er bereute jeden Tag davon. Selbst als die beiden Söhne auf die Welt kamen, konnte er sich nicht richtig freuen, weil sie ihm die Luft zum Atmen nahm, sobald er einen Raum betrat, in dem sie sich befand. Die Geburten von Leonhard und Philipp waren unkompliziert und schnell gewesen, aber Caroline wehklagte monatelang und weigerte sich, das Wochenbett, außer für die allernotwendigsten Gänge, zu verlassen. Sie ließ sich von hinten bis vorne bedienen und nahm seine Geschenke – zu Leonhards Geburt gab er beim Hausjuwelier einen Ring mit baguetteförmig angebrachten Saphiren in Auftrag, als Philipp zur Welt kam, ließ er ihr die dazugehörigen Ohrgehänge anfertigen – mildtätig und wie von einem Bittsteller an, besah sie kritisch und mit einem süffisanten Lächeln, das aussagte: ›Zu mehr hat es wohl nicht gereicht.‹ Fortan musste er sich anhören, dass zu Ohrgehänge und Ring auch das passende Collier sowie eine Brosche gehörten und sie lag ihm so lange damit in den Ohren, bis er ihr die beiden Dinge zu Geburtstag und Weihnachten schenkte. Aber auch damit war es nicht genug. Caroline forderte weiter. Sie war von klein auf gewohnt, das zu bekommen, was sie wollte. Bei ihren Eltern hatte sie wie eine kleine Königin gelebt; keinen Wunsch hatte der Vater ihr ausgeschlagen. Egal ob es seidene Bettwäsche war, ein eigenes Reitpony oder Geburtstagsfeiern für fünfzig Personen im illuminierten Garten an der Elbe mit Darbietungen von Artisten und Jongleuren sowie mehrstöckigen Torten, Gebäck und Kakao im Überfluss: Caroline wollte etwas haben, und sie bekam es, ohne dass darüber auch nur ansatzweise diskutiert wurde. Schon als sie vier Jahre alt war, nahm ihr Vater sie mit auf seine Geschäftsreisen nach Tanger und New York, und Caroline lernte in Schiffs- und Hotelrestaurants, dass es Menschen gab, die man noch mehr herumkommandieren konnte als die Angestellten in der Villa, und sie tat es und führte dies weiter fort, nachdem sie wieder zu Hause waren. Die kläglichen Versuche ihrer etwas bodenständigeren Mutter Johanna, sie zu maßregeln, wurden vom Vater im Keim erstickt. Und die Mutter fügte sich, weil sie ihrem Mann keine Widerworte gab. Als Caroline Maximilian kennenlernte, dachte sie gar nicht daran, an ihrem Lebensstil und bequemen Dasein etwas zu ändern.

Gleichwohl hatte das Phänomen der permanenten Übersättigung von ihr Besitz genommen – sie freute sich über gar nichts mehr und wurde mit den Jahren zu einer permanent schlechtgelaunten Person, der man nichts recht machen konnte. Maximilian hätte ihr die britischen Kronjuwelen und alle seidenen Stoffe und Villen der Welt schenken können, sie hätte sich niemals gefreut.

Genauso erzählte er es Sophie.

»Ich begreife das einfach nicht. Es *will* mir nicht in den Kopf gehen. O Maximilian, ich glaube, dass ich völlig überfordert wäre mit alldem. Ich würde mich über *jede* Kleinigkeit freuen. Wobei es ja gar keine Kleinigkeiten sind …«

»Mit Kleinigkeiten kann man ihr nicht kommen«, sagte Maximilian resigniert und seine Stimme hatte einen bitteren Klang. »Wie oft schon habe ich mir vorgestellt, wie mein Leben ohne sie ablaufen würde. Detailgetreu hab ich es mir ausgemalt. Caroline gibt einem immer das Gefühl, minderwertiger zu sein als sie. Kommt man in einen Raum, in dem sie sich aufhält, wird einem kalt. Meine Mutter hatte recht. Caroline hat kein Herz. Sie ist egoistisch und missgünstig. Ich hoffe nur, dass die Kinder mal nicht genauso werden wie sie.«

»Das werden sie nicht«, sagte Sophie. »Schließlich bist du ihr Vater.« Liebevoll zog sie mit dem Zeigefinger die Konturen seiner Wangenknochen nach.

»Wie wohl unsere Kinder wären, wenn wir gemeinsam welche hätten?«, fragte sie kurze Zeit später.

»Wunderbare Menschen würden es sein. Mit deinen Augen, deinem Charakter, deiner Sanftmut und deiner Stärke«, sagte Maximilian ohne Zögern.

»Und mit deiner Liebe«, brachte Sophie es auf den Punkt. Sie lehnte sich an ihn und spürte seine Wärme und den männlichen, wundervollen Geruch, den sie nie vergessen würde und den sie so mochte. Sie hörte ihn atmen, gleichmäßig und leise, und sie fuhr mit der Hand über sein Gesicht, spürte die Bartstoppeln, die sie sachte kitzelten.

Und die Sekunden und Minuten rannten wieder einmal davon, ohne sich wenigstens einmal umzudrehen und zu fragen: »Soll ich langsamer vorbeigehen?«

12

»Ich kann es nicht glauben«, sagte Maximilian viele, viele Tage später. »Uns bleibt nur noch eine Woche.«

»Ich weiß.« Sophie nickte langsam und beobachtete ihn.

»Das kann doch nicht sein. Ich will nicht, dass es wahr ist.«

»Es *ist* aber wahr. Wir haben das vorher gewusst.«

Er stand mit dem Rücken an eine der Steinwände des Kellers gelehnt und hatte die Arme verschränkt.

›Wie ist das möglich?‹, dachte er verwundert. ›Ich habe drei Wochen lang so gut wie gar nicht geschlafen und fühle mich trotzdem, als könnte ich Bäume ausreißen … *noch* fühle ich mich so. Das wird schnell wieder vorbei sein.‹ Sophie sah ebenfalls ausgeruht und frisch aus.

»Ja, sicher«, antwortete er langsam. »Ich habe nur gerade einmal wieder darüber nachgedacht …«

»Maximilian …«

Er drehte sich um und lehnte die Stirn an die kalte Mauer. »Ich ertrage das nicht.«

»Wir werden es tun müssen. Uns bleibt keine andere Wahl.«

»Warum bist du so schrecklich vernünftig?«

»Weil einer von uns einen klaren Kopf bewahren muss. Deshalb.«

»Ich weiß ja, dass ich ein hoffnungsloser Romantiker bin, aber es ist nun mal so, wie es ist. Wie gern würde ich mit dir zusammen sein. Mein Leben mit dir verbringen. Für immer, Sophie. Allein die Vorstellung, dich nie mehr in diesem Moosröschenkleid zu sehen, macht mich krank.«

Sie lächelte. Das Moosröschenkleid hatte sie bei Lotti waschen können und trug es nun wieder. Es wurde ja von Tag zu Tag wärmer und sie konnte auf Strumpfhosen und Jacke beinahe verzichten. Zumindest wenn sie nach draußen gingen. Abends war es zwar immer noch sehr frisch, aber der Frühling hatte Einzug gehalten.

Oft gingen sie nachts am Main spazieren, immer darauf bedacht, bloß von keiner Menschenseele gesehen zu werden.

Und beinahe jede Nacht liebten sie sich.

»Mir ist es ganz egal, wie wir leben. In Reichtum oder in Armut. Hauptsache, ich bin bei dir«, sagte Maximilian, und nun klang er fast trotzig. »Wenn es nach mir ginge, könnten wir auch hier unten in diesem Keller bleiben. Auf immer und ewig.«

»Nun sag doch nicht so etwas«, Sophie trat zu ihm und kuschelte sich an seinen Rücken. »Das macht alles nur noch viel schlimmer.«

»Das ist mir ganz gleich!« Er schrie fast.

»Maximilian …«

Er drehte sich zu ihr um. »Warum verstehst du mich nicht?«

»Das tue ich ja. Aber alles ist gesagt worden.«

»Ja, ja. Alles gesagt. Eigentlich ist nichts gesagt worden, nur dass wir vernünftig sein sollen. Ich will aber nicht.«

»Wir waren und sind unvernünftig. Wir haben uns

diese vier Wochen geliehen und unsere Familien im Glauben gelassen, dass uns etwas zugestoßen ist.«

Er schien ihr gar nicht zuzuhören. »Wir nehmen unsere Kinder und gehen irgendwohin.«

Sie schüttelte den Kopf. »Es ist Krieg. Man wird dich suchen. Davon abgesehen: Wohin sollen wir gehen?«

»Das weiß ich nicht. Dorthin, wo wir ein neues Leben beginnen können. Ins Ausland.«

»So einfach ist das nicht. Wir wissen nicht, wie lange der Krieg dauert und wie es danach wird. Und wir haben kein Geld.«

»Das wird sich alles finden. Man muss es nur wollen.«

»Wenn wir beide alleine wären, ich würde sofort ja sagen, das schwöre ich. Aber wir sind es nicht.«

»Ja, ja, ich weiß. Familiäre und geschäftliche Verpflichtungen, meine Mutter hat multiple Sklerose, deine ein schwaches Herz. Herrje!«

»Hör auf, so zu reden. Du weißt, dass ich recht habe.«

Er schniefte. »Sicher. Lass mir einen Augenblick, ich … ich habe mich gleich wieder beruhigt.«

»Ich verstehe dich doch«, sagte sie. »So gut.«

Maximilian presste sich so fest an sie, wie es nur ging und küsste ihr Haar. Er verharrte für eine Minute, dann ließ er sie los.

»Vielleicht ist es ja Schicksal«, meinte er. »Und wir sind bestimmt, eben dieses Schicksal herauszufordern. Was hältst du von dieser Idee?«

»Ich versteh nicht, was du meinst.«

Maximilian packte sie an den Schultern. Auf einmal glitzerten seine Augen im Schein der Kerze. »Ich weiß, was wir tun werden.«

»Ja?«

»Hör mir bitte zu – und unterbrich mich nicht gleich. Mir ist da gerade etwas durch den Kopf geschossen. Wenn es funktioniert, dann wird das Schicksal für uns entscheiden.«

»Was ist es? Wovon redest du überhaupt?«

»Also ...«, er holte Luft, dann sagte er es ihr.

»Ich kann nicht«, fest umklammerte Sophie Maximilians Hand, so lange, bis ihre Fingerknöchel weiß wurden und sie befürchtete, die Haut würde platzen. Doch das war ihr gleichgültig. Diese Wunden vergingen und sie würde die Narben in Kauf nehmen. Alles wäre besser als *das hier*.

Maximilian versuchte zum ersten Mal seit vier Wochen, vernünftiger zu sein als sie. Er nahm sie in den Arm.

»Alles wird gut werden, ich weiß es«, flüsterte er ihr zu. »Ich weiß es ganz sicher. Es kann nicht sein, dass *nichts* gut wird. Jetzt müssen wir da durch. Irgendwie wird es klappen. Und wenn nicht ... nun, wenn ein bisschen Zeit vergangen und dieser Krieg endlich vorbei ist, dann werde ich mit Caroline sprechen. Möglicherweise willigt sie ja in eine Scheidung ein.«

»Und dein Vater?«, fragte Sophie traurig.

Maximilian sah ratlos aus. »Ich weiß es nicht«, sagte er dann.

Hand in Hand verließen sie das Versteck, das ihnen mehrere Wochen lang das Zuhause war, das sie beide vorher nie gehabt hatten.

Das helle Tageslicht irritierte und blendete sie; Sophie musste die Augen schließen. All die Zeit, in der sie im

Luftschutzkeller waren, hatten sie sich nur nach Einbruch der Dunkelheit auf die Straße getraut. Jetzt liefen überall Leute herum. In der Schwärze der Nacht hatte stets alles so friedlich gewirkt, im hellen Licht des Tages erschreckte die Trümmerwüste sie.

Da fiel Sophie plötzlich etwas ein. »Wir kennen immer noch nicht unsere Nachnamen«, beinahe musste sie auflachen. »Und wir wissen nicht, wo der andere wohnt. Wie absurd das ist ...«

»Vielleicht ist das auch besser so«, meinte Maximilian und schaute in den bewölkten Himmel. Gleich würde es regnen. »Sonst kommen wir in Versuchung, uns doch nach eigenem Ermessen finden zu wollen.«

Sie nickte. »Gut.« Sie wusste nicht, warum, aber irgendwie fand sie es richtig, dass sie diesen Plan hatten. Sie konnte es nicht erklären, aber ihr tat es gut, jemand anderen über sie beide entscheiden zu lassen, auch wenn dieser Jemand Schicksal hieß. Oder Zufall.

Maximilian nahm sie fest in den Arm. »Lass uns jetzt nicht länger warten«, flüsterte er. »Sonst wird es nur noch schlimmer.« Sie, die sonst die Starke war, atmete seinen Duft tief ein, weil sie etwas von ihm mitnehmen und behalten wollte.

Ihr schossen die Tränen in die Augen.

Er löste sich von ihr. »Ich gehe jetzt«, sagte er mit fester Stimme, dann streichelte er ihre Wange. »Ich gehe jetzt«, wiederholte er, als müsste er sich Mut zusprechen.

»Noch nicht. Warte ...« Sie holte etwas aus ihrer Jacke. Zwei Steine aus ihrem Keller, die sie, während er schlief, am Boden zu zwei Herzen geschliffen hatte, so gut es eben ging. Sie hatte sich bemüht, nicht allzu viel Lärm zu machen, und er hatte es auch nicht mitbekommen. Die Herzen waren aus weißem Stein und sahen rein und unschuldig aus, auch wenn sie nicht perfekt geformt waren. Sie legte eins davon in seine Hand.

»Oh, Sophie …«, sagte Maximilian heiser.

»Damit du mich nicht vergisst«, antwortete sie.

»Wie könnte ich das, sag es mir?«

»Ich weiß es nicht, aber ich will, dass du den Stein immer bei dir trägst. Versprichst du es mir?«

»Ich verspreche es.« Er ließ ihn in seine Hosentasche gleiten, küsste sie ein letztes Mal, lange, intensiv und voller Liebe, dann ließ er von ihr ab, drehte sich um und entfernte sich langsam von ihr. Sie ging in die entgegengesetzte Richtung, drehte sich noch einmal um und sah ihn in der Ferne stehen. Er hob die Hand und winkte ihr zu. Eine Sekunde später war er um die Ecke verschwunden.

In diesem Augenblick zersprang Sophies Herz, und sie hatte den Eindruck, es hören zu können. Es war kein schöner Klang, er war hart und metallisch.

Einige Sekunden später wurde ihr bewusst: *Die Liebe meines Lebens hat mich verlassen.*

Noch ein paar Minuten blieb sie stehen, sah sich um, nahm wahr, dass der Himmel sich zuzog und nun tatsächlich ein leichter Nieselregen einsetzte. Und dann ging sie weiter und dachte daran, dass sie bald wieder in der Wohnung wäre, die nie mehr ihr Zuhause sein könnte.

Lediglich die Tatsache, dass ihre Tochter heute Geburtstag hatte und sie diesen Tag mit ihr verbringen würde, hielt sie aufrecht.

13

»Sophie!« Lotti nahm die Freundin fest in die Arme. »Ich habe gehofft, dass du zuerst zu mir kommst. Die Zeit ist vorbei ...«

»Ich weiß.« Sophie erwiderte die Umarmung schwach. Sie hatte beschlossen, doch erst zu Lotti zu gehen.

Plötzlich fühlte Sophie sich müde und ausgelaugt, schwerfällig und ungelenk. Es war, als würde der Abschiedsschmerz ihr mit voller Wucht alle Kräfte rauben.

»Komm, setz dich.« Lotti zog sie in die Küche, und nachdem Sophie sich am Küchentisch niedergelassen hatte, fing sie am ganzen Körper an zu zittern. Sie schlug die Hände vors Gesicht und begann zu weinen. Lotti stellte eine Tasse mit heißem Tee vor sie und legte ein Taschentuch daneben. Sie ließ Sophie weinen.

»Tut mir leid«, schniefte Sophie nach einigen Minuten. »Aber ich habe, glaube ich, gerade den größten Fehler meines Lebens gemacht.« Sie nahm das Taschentuch und putzte ihre Nase.

»Weil du beschlossen hast, dein Leben weiterzuleben?«

»Ja. Ich vermisse Maximilian jetzt schon. Wie wird das erst morgen oder übermorgen sein?«

»Es ist trotzdem richtig, dass du tust, was du tun musst.« Lotti streichelte ihr über die tränennasse Wange.

»Hast du wieder etwas von Clara und Johannes gehört?«

Die Freundin nickte. »Sie sind immer noch in Bad Homburg. Mit Ferdinand natürlich. Und sie glauben nach wie vor, dass du verreist bist. Wenn du dorthin gehst, und das wirst du ja nun tun, sagst du, dass du erst bei mir warst, weil du zu Hause niemanden angetroffen hast. Das ist wichtig. Sonst wundert man sich, woher du weißt, dass sie in Bad Homburg sind. Und dann kannst du ihnen irgendeine Geschichte erzählen. Habt ihr euch etwas überlegt?«

»Ja.« Sophie putzte sich nochmals die Nase. »Wir werden beide sagen, dass wir am 18. März bei dem Angriff verletzt wurden und von Fremden versorgt und mit nach Hause genommen worden sind. Dass wir Fieber hatten und lange Zeit nicht ansprechbar waren. Und dass diese Leute uns gepflegt haben. Jetzt geht es uns wieder gut und wir können zurück nach Haus. Von den Leuten selbst wissen wir nur, dass sie mit Nachnamen Müller heißen, und sie wohnen auch gar nicht mehr dort, weil das Haus einsturzgefährdet ist. Sie mussten ihre Wohnung räumen, und am gleichen Tag sind wir von ihnen weggegangen.«

»Hm«, machte Lotti. »Nun, heutzutage wird keiner besonders viele Fragen stellen. Ferdinand war vorgestern noch einmal hier«, wechselte sie das Thema.

»Was hat er gewollt?«

»Das Übliche. Er hat gefragt, ob ich etwas von dir gehört hätte, wie schon die Male davor. Seine Eltern waren beim Roten Kreuz und haben eine Vermisstenanzeige aufgegeben und ...«

»Seine Eltern? Warum nicht er selbst?«

»Sophie, du kennst deinen Mann. Wann ist er denn

nicht betrunken? Selbst als er hier war, hatte er eine Alkoholfahne. Ich frage mich bloß, woher er den Nachschub bekommt. Das ist doch im Moment mehr als schwierig.«

»Wenn er etwas will, kann er sehr erfinderisch sein«, sagte Sophie sarkastisch. »Und auch sehr fleißig. Wenn es um die Beschaffung von Alkohol geht, allemal. Außerdem hat er überall halbkriminelle Freunde, die werden schon wissen, wo man etwas bekommen kann. Vermutlich tauscht er wieder die paar Lebensmittel, die ihm und den Kindern zustehen, gegen Hochprozentiges. Das hat er ja schon immer so gemacht.« Sie seufzte. »Wenn ich daran denke, dass ich ab heute wieder mit ihm zusammenleben muss, graust es mich.«

»Was ich verstehen kann. Trink doch deinen Tee.«

Sophie nahm einen Schluck. »Ich bin so schrecklich müde. Ach Lotti, wenn wir doch bloß in einer Zeit leben würden, in der alles einfacher wäre. Aber wird die jemals kommen?«

»Das wird die Zukunft zeigen«, meinte Lotti ernst. »Nun geh einen Schritt nach dem anderen. Und vielleicht … vielleicht wird alles gut, wenn der Krieg hoffentlich irgendwann vorbei ist. Wenn er jemals vorbeigehen wird … Bestimmt wendet sich dann alles zum Guten.«

»Wird es nicht«, sagte Sophie leise. »Jedenfalls nicht erst dann. Wir haben etwas verabredet. Eine Abmachung getroffen.«

»Welche Abmachung?«

Sophie stellte die Tasse zurück auf den Tisch und sah ihre Freundin an. »Einmal im Jahr werden wir uns am Römer treffen, immer am 18. April, also am heutigen Datum. Wir …«

»Am Rathaus? Weißt du denn nicht, dass es durch einen Bombenangriff fast ganz zerstört wurde?«

»Nein«, sagte Sophie. »Das wusste ich nicht. Nur dass das Dach im letzten Jahr Schaden genommen hat. Also gibt es den Römer gar nicht mehr?«

»Doch, schon. Aber die Luftangriffe vom 22. März haben einiges angerichtet. Fast die ganze Altstadt ist zerstört. Das habt ihr in diesem Keller nicht richtig oder gar nicht mitbekommen. Und Teile vom Römer sind ebenfalls kaputt. Wie viele Tote es gab, kann man nur mutmaßen.«

»Wie schrecklich.« Sophie schüttelte den Kopf und dachte an den furchtbaren Angriff, kurz nachdem sie und Maximilian sich schon im Keller befanden und sie ohnmächtig geworden war. So viel wurde zerstört. Wie viele Menschen hatten ihr Leben schon lassen müssen und wie viele würden es noch sein?

»Aber erzähl weiter«, bat Lotti sie. »Einmal im Jahr also? Am Römer?«

»Ja. Zu einer beliebigen Uhrzeit. Immer zwischen sechs Uhr morgens und Mitternacht. Wir werden beide jeweils exakt fünf Minuten warten. Wenn der andere während dieser Zeit auch dort hinkommt, dann werden wir es tun. Unser Leben ändern. Dann ist das Schicksal. Dann nehmen wir alles in Kauf. Wenn nicht, warten wir wieder ein Jahr. Sollte etwas Wichtiges passieren, zum Beispiel, dass wir krank werden oder Frankfurt verlassen müssen, werden wir in einer Mauerritze eine entsprechende Nachricht hinterlassen.«

»Das ist doch Wahnsinn«, sagte Lotti halb fassungslos, halb ehrfürchtig.

»Nein.« Sophie schüttelte vehement den Kopf. »Das ist Liebe.«

Sie blieb noch eine Stunde bei Lotti sitzen. Der Regen ließ langsam nach. Bald würde die Sonne wieder zum Vorschein kommen.

»Wie seid ihr auf diese Idee gekommen?« wollte Lotti neugierig wissen.

»Es war Maximilian. Er meinte, wenn sich das Schicksal für uns entscheidet, hat das seinen Grund, dann wird alles seinen guten Weg gehen und wir müssen kein schlechtes Gewissen haben.«

»Aber Sophie. Angenommen, es klappt, was dann? Eine Scheidung wird in diesen Tagen weder gern gesehen, noch ist sie einfach zu haben. Du bist rechtskräftig verheiratet und darfst ohne Zustimmung deines Ehemannes noch nicht mal umziehen oder einen eigenen Wohnsitz haben. Ja, schau mich nicht so an, das ist leider Gottes eine Tatsache. Und ich weiß es, weil ich auch schon mal darüber nachgedacht habe, Karl zu verlassen. Um unsere Ehe steht es ja auch nicht gerade zum Besten. Mir gefallen seine politischen Ansichten nicht und ihm gefällt nicht, dass ich das über die Maßen kundtue. Aber bei dir ist es etwas anderes. Du hast zwei kleine Kinder, er auch. Du weißt, dass du …«

»Ja, ich würde schuldig geschieden werden«, unterbrach Sophie sie. »Aber auch dann werden wir einen Weg finden.«

»Ich bin sicher, dass dir deine Kinder in einem solchen Fall nicht zugesprochen werden. Ehebruch wird nämlich sehr ungern gesehen.«

»Ich weiß«, sagte Sophie und kniff die Lippen zusammen.

Lotti merkte, dass ihr Entschluss feststand und sie durch nichts davon abzubringen war. »Nun gut«, meinte sie dann ein wenig resigniert. »Vielleicht ist das ja wirklich der Weg, den ihr einschlagen sollt. Wenn eine höhere Macht das so möchte …«

Sophie stand auf. »Bestimmt«, sie nickte bekräftigend. »Nun werde ich mich aufmachen. Ich werde aber erst noch mein Fahrrad holen müssen.«

»Nimm meines, ich brauche es momentan nicht«, sagte Lotti. »Und sieh zu, dass du vor Einbruch der Dunkelheit dort bist. Fahr über die Felder und meide die Hauptstraßen.«

Sophie nickte und sah auf Lottis Küchenuhr, die über dem alten Küchenbuffet hing. »Es ist noch früh genug. Erst kurz nach Mittag. Und es bleibt ja abends schon länger hell.«

»Wann sehen wir uns?«, fragte Lotti.

»Ich denke, wir werden demnächst wieder nach Frankfurt umsiedeln«, überlegte Sophie. »Ich melde mich, sobald es geht. Vielleicht funktionieren ja auch die Fernsprecher irgendwann wieder einmal.«

»Schön wär's.« Sie umarmten sich.

Sophie holte Lottis Fahrrad aus dem Hinterhof und machte sich auf den Weg, dachte an das, was vor ihr lag.

Clara war heute vier Jahre alt geworden! Wie würde sie jubeln, wenn die Mutter vor ihr stand. Johannes natürlich auch!

Ferdinand wurde ihr mit jedem der zwanzig Kilometer, die sie zurücklegte, widerlicher.

Ab und an tastete sie nach dem Stein in ihrer Tasche. Wenigstens er war da.

*

Frankfurt am Main,
12. Dezember 1947, 10 Uhr 35

Meine Sophie, meine Schöne,

seit geraumer Zeit sitze ich nun in meinem Büro und müsste eigentlich Schriftstücke unterzeichnen und Briefe verfassen, aber ich kann mich nicht konzentrieren. Ja, Du errätst es – ich muss an Dich denken.

Ich bin so froh darüber, dass mir die Idee gekommen ist, mein Leben und meinen Tagesablauf ab und an für Dich aufzuschreiben. So kann man doch etwas festhalten!

Wenn wir uns wiedersehen sollten – woran ich ganz fest glaube, wirklich – werde ich Dir all das zu lesen geben, nein, was rede ich, wir werden es zusammen lesen. Wie findest Du diese Idee?

Mir kommt immer wieder unser Abschied in den Sinn, der so schmerzhaft für uns beide war. Weißt Du, was für mich am schlimmsten war, als wir unseren Keller verlassen haben? Dich zum letzten Mal zu sehen. Wie ich Dich noch einmal geküsst, dann losgelassen habe und gegangen bin. Kurze Zeit später habe ich mich noch einmal umgeblickt. Du standest da in Deinem Moosröschenkleid, hast noch einmal zurückgeblickt und mir zugewinkt; das war so endgültig, und mir kam es so vor, als hätte man mir das Wertvollste genommen, das ich je besessen hatte. Ich möchte nicht theatralisch werden, aber Du sollst wis-

sen, wie ich fühle. Ich will auch, dass Du weißt, wie viel Du mir bedeutest, auch wenn ich es Dir gerade nicht persönlich sagen kann.

Als ich nach unserer Zeit im Keller wieder nach Hause kam und im Regen vor meinem Haus stand, habe ich tatsächlich gezögert. Ich wollte nicht weitergehen. Nicht hinein, in dieses Haus. Zu ihr. Natürlich sind da meine Söhne, aber eben auch Caroline. Ich mag gar nicht schreiben ›meine Frau‹, weil sie das schon lange nicht mehr für mich ist.

Meine Frau bist Du. Und wirst es immer bleiben. Das musst Du mir einfach glauben.

Ob es richtig war, dass wir einen so romantischen und wohl auch unwirklichen Plan gefasst haben? Was ist, wenn er nicht aufgeht und wir uns niemals wiedersehen? Ja, ich weiß, gerade habe ich geschrieben, dass ich mir sicher bin, dass es passieren wird, habe aber Angst davor, dass das Gegenteil eintreten könnte. Das kannst Du sicherlich verstehen.

Aber eigentlich wollte ich ja von mir erzählen, von dem, was ich seit meiner Rückkehr getan habe. Da fällt mir zuallererst ein, dass Caroline mir die Tür öffnete und meinte: »Wo warst du so lange?« Ja, tatsächlich, das hat sie gefragt. Sie wollte nicht etwa wissen, was passiert sei oder wie es mir geht, sie fragte, wo ich so lange war. Wie wenig muss ich dieser Frau wert sein? Beinahe hatte ich den Eindruck, ihr war es gar nicht recht, dass ich zurückgekommen bin. Sie musste auf keine Annehmlichkeit im Alltag verzichten. Mein werter Vater hat gut vorgesorgt.

Leonhard und Philipp hatte man erzählt, ich sei ver-

wundet und in ein entferntes Krankenhaus eingeliefert worden. Dass die beiden außer sich vor Freude waren, als ich unvermittelt zurückkehrte, kannst Du Dir bestimmt vorstellen.

Ständig muss ich daran denken, wie es wäre, wenn wir beide und unsere Kinder eine Familie wären.

Sophie, ich möchte, dass Du gut auf Dich aufpasst. Ich möchte nicht, dass Dir weh getan wird. Lass nicht zu, dass er Dich schlecht behandelt. Wenn er Dich schlägt, dann unternimm bitte etwas. Vertrau Dich Lotti an, geh zur Polizei. Es ist unerträglich für mich, dass ich Dich nicht beschützen kann.

Ich denke an Dich. Jede Stunde, jede Minute, jede Sekunde. ›Unser‹ Herz trage ich immer bei mir.

Auf ewig Dein Maximilian

*

Der Frühling im Jahr 1944 verging, der Sommer kam und entfaltete sich in seiner vollen Pracht.

Der Krieg blieb.

Sophie blieb ebenfalls.

Sie mochte diesen Sommer nicht, beinahe hasste sie ihn, weil er sie an die immer wiederkehrenden Träume erinnerte, die von ihr und Maximilian in dem schönen Garten mit der Schaukel handelten. Sie sah die grünen Wiesen, die schönen Blumen und musste daran denken, wie herrlich das alles wäre, würde er bei ihr sein. Die Tatsache, beinahe jede Sekunde an ihn zu denken, gab ihr die Kraft, durchzuhalten.

Das Leben mit Ferdinand war nach wie vor unerträglich, um nicht zu sagen: Es war noch schlimmer geworden.

Vor ein paar Wochen, als sie mit Lottis Fahrrad nach Bad Homburg gefahren war, bei ihren Schwiegereltern vor der Tür stand und ihn dann sah, erschrak sie, was möglicherweise daran lag, dass sie ihn nun vier Wochen lang nicht gesehen hatte. Sein Gesicht war aufgedunsen und rotgeädert, seine Augen kränklich gelb, die Haare strähnig, er dünstete eine widerwärtige Mischung aus Schweiß, Tabak und Alkohol aus, die sie automatisch zwang, vor ihm zurückzuweichen. Unter den Fingernägeln hatte sich eine permanente Schwärze gebildet, die Hose hing speckig an ihm herunter und wurde von zwei ausgeleierten Hosenträgern gehalten, sein Hemd hätte man wohl besser im Ofen verfeuert.

Er hatte sie angestarrt, war auf sie zugewankt und hatte unverständliches Zeug gebrabbelt.

Ihre Kinder und der Schwiegervater waren gerade nicht da, wohl aber seine Mutter Hilde, die sich aufrichtig und herzlich freute und auch sichtlich erleichtert war, sie zu sehen.

»Er hat schon beinahe zwei Flaschen Selbstgebrannten intus«, flüsterte sie Sophie später panisch zu, als die erste Wiedersehensfreude sich gelegt hatte und sie beide in der Küche saßen, während Ferdinand wieder ins Wohnzimmer taumelte und sich in den Ohrensessel fallen ließ. So als ob gar nichts Nennenswertes passiert wäre.

»Sein Freund Ludwig – du kennst ihn doch? – brennt das Zeug heimlich im Keller. Wenn das rauskommt, wird es Strafen hageln, aber das ist ihm egal. Im Tausch für den Alkohol nimmt er Lebensmittel an, die Ferdinand uns hier wegnimmt. Wir haben selbst kaum genug zum Beißen. Aber wenn ich die Sachen verstecke und er keinen Alkohol bekommt, nun ja, du weißt ja, wie er reagiert. Er schlägt alles kurz und klein.«

»Ist er handgreiflich gegen dich geworden?«, fragte Sophie, die wusste, wovon sie sprach.

»Nein, das nicht. Ich glaub, im Innern weiß er, was ihm dann blüht. Dass wir ihn dann rausschmeißen. Wobei …«, wieder senkte Hilde die Stimme, »ich weiß nicht, ob ich's wirklich tun würde. Immerhin sind da noch Johannes und Clara. Nicht auszudenken, wenn die beiden allein mit ihm in Frankfurt wären. Sie würden verwahrlosen, weil er sich um nichts kümmert außer um seinen Nachschub. Deswegen ist er auch hiergeblieben, nachdem du nach dem Luftangriff im März verschwunden warst. Es war wohl bequemer für ihn, und uns war's recht. Du weißt, wie sehr wir an den beiden Kleinen hängen.«

Sophie nickte abwesend. Der entsetzliche Anblick ihres Mannes saß immer noch tief. Wenn sie Ferdinands Aussehen mit dem Maximilians verglich, konnte sie einfach nicht fassen, mit wem sie da verheiratet war. Noch etwas kam ihr in den Sinn: Wenn Maximilian ihn, also Ferdinand, sehen könnte! Es wäre ihr unsagbar peinlich gewesen. Sie stellte sich beide nebeneinander vor und schüttelte innerlich den Kopf. Es war ein Unterschied wie Tag und Nacht.

Ein Geräusch von draußen ließ sie aufhorchen.

»Das sind die Kinder mit Heinz«, freute sich Hilde. »Sie waren bei den Nachbarn, ein paar Eier holen. Wie werden sie sich freuen! Und Heinz auch!«

Ja, es war wundervoll, die Kinder wiederzusehen, die

erst ungläubig im Türrahmen standen und dann mit ausgebreiteten Armen lachend auf sie zugerannt kamen. Claras Haare waren in den vier Wochen ein Stück gewachsen, ihre Zöpfe waren länger geworden, und Johannes war in die Höhe geschossen und sah somit noch schlaksiger aus. Seine braunen Haare waren verstrubbelt wie eh und je und beide Wangen rot. Clara freute sich so sehr, dass Sophie da war, und das war ihr Geburtstagsgeschenk genug. Viel hatte es sowieso nicht gegeben. Eine Ananastorte aus Kürbisersatz, und dann hatte ihr die Großmutter eine Puppe genäht.

Trotz der kargen Zeit sahen sie gesund und einigermaßen gut genährt aus, was mit Sicherheit an Hilde lag, die unermüdlich ihre Kontakte pflegte und alles dafür tat, um an Lebensmittel zu kommen – wenn der Sohn ihr nicht in die Quere kam, um sie in Schnaps einzutauschen.

Wenig später saßen alle außer Ferdinand, der immer noch schlief, um den Küchentisch und Sophie erzählte ihre erfundene Geschichte, die man ihr vertrauensvoll glaubte. In den momentanen Wirren der Zeit war ja nichts undenkbar, und so wurden Sophies Lügen geschluckt. Es gab Wichtigeres. Die Zukunft zum Beispiel.

»Ich halte es für besser, wenn ihr noch eine Zeitlang hierbleibt«, meinte Heinz, nachdem Clara und Johannes zum Spielen nach draußen gegangen waren.

Sophie betrachtete ihre Schwiegereltern. Sie sahen beide abgekämpft aus. Heinz war mager und ausgemergelt, und er musste in zwei Tagen wieder zurück zu seiner Truppe. Heimaturlaub, so wie Maximilian ihn gehabt hatte. Ob er gleich wieder eingezogen wurde? Ob man ihm seine Geschichte mit den Leuten, die ihn aufgrund seiner Verletzung aufgenommen hatten, geglaubt hatte? Was er wohl jetzt gerade tat? Sie hoffte so sehr, dass es ihm gutging. Ihr kam es vor, als seien schon Wochen vergangen, seitdem sie sich getrennt hatten, dabei waren es gerade mal ein paar Stunden.

Sie dachte daran, wie es sein würde, wenn sie mit Ferdinand im Schlepptau zurück nach Frankfurt müsste, in die kleine, enge, feuchte, übelriechende Wohnung, und ihr wurde kalt bei dieser Vorstellung.

»Ich bleibe erst einmal bei euch«, nickte sie ihren Schwiegereltern zu, dankbar dafür, dass sie ihr dieses Angebot gemacht hatten. Und sicher war es besser. Wenn sie an die Trümmer in Frankfurt dachte, allemal.

14

Frankfurt am Main, im Februar 1945

»Der Krieg wird nicht mehr lange dauern. Dafür gibt es viele Anzeichen.« Theodor Dannenbeck zündete seine erloschene Pfeife erneut an und erhob sich von seinem lederbezogenen Lehnstuhl, der hinter dem wuchtigen Schreibtisch aus Kirschholz stand. Er ging zum Kamin und lauschte einige Zeit dem beruhigenden Knistern der Scheite.

Sein jüngerer Sohn Victor, der auf dem Stuhl vor dem Tisch Platz genommen hatte, stand schwerfällig auf und humpelte auf Krücken zu seinem Vater. Für ihn war der Krieg seit Januar zu Ende. In Breslau hatte er eine schwere Kopfverletzung erlitten, hatte einen Monat in einem katastrophal ausgestatteten Lazarett im, wie ihm schien, Nirgendwo verbracht und wurde dann, so sagte man ja, in Ehren entlassen und konnte heimkehren. Fast wäre er damals an Unterversorgung gestorben, war völlig geschwächt und mit hohem Fieber in Frankfurt angekommen. Aufgrund der guten Beziehungen seines Vaters bekam er jedoch sofort die notwendige und beste medizinische Versorgung, und nun befand er sich auf dem Weg der Besserung. Körperlich zumindest. Seelisch fühlte er sich ausgebrannt, wie ein Wrack und so, als sei sein Leben schon vorbei, noch bevor es richtig angefangen hatte. Dazu kam, dass der Splitter einer Granate ihn im Rücken verletzt hatte, was ihm immer noch Schmerzen bereitete.

Victor war das komplette Gegenteil seines älteren Bruders. Während Maximilian groß, kräftig und dunkelhaarig war, schien er im Vergleich zu ihm filigran. Er hatte schmale Schultern, war nicht allzu groß und sehr schlank, sein blondes Haar war glatt und seidenweich, das dunkle von Maximilian schwarz und wie Draht. Auch charakterlich waren die Brüder so unterschiedlich wie Tag und Nacht. Maximilian war ein Rebell und wollte stets mit dem Kopf durch die Wand, was ihm auch oft gelang, von der Eheschließung mit Caroline einmal abgesehen; Victor dagegen wirkte eher unterwürfig und verträumt, er hatte schon als Dreijähriger mit dem Klavierspielen angefangen und war literarisch sehr interessiert. Er konnte stundenlang musizieren oder lesen. Der Krieg allerdings hatte ihm diese Interessen genommen. Victor war ein Müßiggänger geworden. Die Versuche des Vaters, ihn ins normale Leben zurückzuholen, gingen bei Victor ins eine Ohr hinein und zum anderen hinaus. Ab und an nickte er abwesend und sagte: »Ja, Papa.« Und hoffte, dass Theodor ihn in Ruhe lassen würde. Wenn man nichts von ihm verlangte, lag Victor stundenlang auf seinem Bett und starrte an die Decke oder einfach so ins Nichts. Zu seiner Misere kam hinzu, dass Judith weg war. Mit ihr war er seit Sandkastentagen befreundet gewesen, sie war ein Jahr jünger als er, ihr Vater war der Hausarzt der Familie gewesen, sie hatte gleich um die Ecke gewohnt.

Aber eines Tages war Judith mitsamt der Familie fort. Und keiner wusste, wohin sie gegangen waren, auch wenn alle darüber tuschelten, was geschehen sein konnte. Victor wollte es nicht wahrhaben und auch nicht darüber nachdenken.

»Wir müssen dafür beten, dass dein Bruder heil nach Hause zurückkehrt«, sagte Theodor, der noch immer in die Flammen starrte.

Victor nickte folgsam und mechanisch.

Schon zwei Tage nach seiner Heimkehr musste Maximilian zurück an die Front. Natürlich hatte man nach dem Luftangriff am 18. März nach ihm gesucht und den Eltern aufgetragen, ihm auszurichten, er habe sich unverzüglich zu melden, sollte er von wo auch immer nach Hause kommen. Pflichtschuldig hatte er das auch getan. Die zwei Tage zu Haus hatte er überwiegend mit seinen Söhnen verbracht und die Nähe zu seiner Frau gemieden. Caroline hatte ihn spöttisch angeschaut, als er der Familie beim Essen seine Geschichte aufgetischt hatte. So als würde sie das alles überhaupt nicht ernst nehmen. Später dann, als die Kinder im Bett und sie beide sich in ihrem Schlafzimmer befanden, das sie zu Maximilians Verdruss miteinander teilen mussten, weil sich das laut Theodor »so gehörte«, hatte Caroline ein schwarzes Seidennégligé übergezogen und sich lasziv mit einer Federboa vor ihm aufgebaut, ähnlich wie eine Tänzerin im Varieté; ihm schien es, als wolle sie ihn auf die Probe stellen. Der dünne Stoff umspannte ihre üppigen Brüste, die Brustwarzen zeichneten sich deutlich unter der Brüsseler Spitze ab, und das figurbetonte Négligé umrahmte die ganze Figur mit einem Hauch von schlüpfrigem Nichts. Wenn man

Caroline nicht kannte, würde man sagen: »Was für eine Frau!« Ja, sie war in der Tat schön mit ihren dunklen Haaren und den glitzernden Augen, ihre Figur war schlank und biegsam, und sie hatte dieses gewisse Etwas, das manche Frauen einfach haben. Schon sehr oft war Maximilian zu diesem »Prachtweib« gratuliert worden. Natürlich von anderen Männern. Frauen hielten sich eher zurück und tuschelten hinter vorgehaltener Hand darüber, dass Caroline anders war als sie selbst. Und neidvoll mussten sie mit ansehen, wie ihre eigenen Ehemänner Caroline umkreisten wie die Ameisen den Honigtopf.

Was keiner außer Maximilian wusste: Das Glitzern in Carolines Augen konnte sehr schnell eiskalt werden, und diese gewisse Ausstrahlung war reinste Berechnung. Seine Ehefrau konnte sich verwandeln wie ein Chamäleon. Von einer Sekunde auf die andere.

Jeder andere Mann hätte in der momentanen Situation nicht lange überlegt und würde nehmen, was ihm angeboten wurde, aber in Maximilian regte sich nichts außer Müdigkeit und der Sehnsucht nach einem blonden, unerreichbaren Engel, der seinen Schutz und seine Liebe brauchte.

»So, so«, war Carolines zynische Reaktion auf seine abweisende Haltung gewesen. Sonst hatte sie nichts gesagt, sich lediglich in das breite Bett mit der Damastwäsche gelegt und dann so getan, als würde sie gleich einschlafen, während er mit Kopfschmerzen dalag und an Sophie dachte.

Je mehr er grübelte, desto stärker wurde das Pochen unter seiner Schädeldecke. Irgendwann fielen ihm vor lauter

Nachdenken und bleierner Müdigkeit die Augen zu. Er schlief und träumte wirr, wachte nach einigen Stunden auf, um sich ein Glas Wasser zu holen, stellte sich ans Fenster und sah in die Nacht hinaus. Am liebsten hätte er Sophies Namen gerufen, aber das ging natürlich nicht. Sie fehlte ihm so, dass er Angst davor hatte, wahnsinnig zu werden.

›Noch dreihundertvierundsechzig Tage‹, dachte er und freute sich über jede Sekunde, die verstrich. Aber sie vergingen quälend langsam, während die Zeit, die er mit Sophie verbracht hatte, so schnell vorangerast war, dass ihm manchmal schwindlig wurde.

Am nächsten Tag meldete er sich vorschriftsmäßig bei der zuständigen Stelle zurück, und am übernächsten Tag musste er Frankfurt verlassen.

Seine Mutter hatte er nicht sprechen können. Man hatte ihm kurz nach seiner Ankunft im väterlichen Haus beigebracht, dass sie sich vor zwei Wochen nach einem erneuten Krankheitsschub, der zeitweise Lähmungen und Sehstörungen sowie große Schmerzen mit sich brachte, das Leben genommen hatte.

Wie sie das getan hatte, darüber wurde nicht gesprochen in diesem ehrenwerten Haus.

Es war eben so.

Sein Vater hatte ihm die Hand auf die Schulter gelegt, wahrscheinlich wollte er dem Sohn damit sein Mitgefühl zum Verlust der Mutter übermitteln, doch Maximilian deutete diese Geste eher als eine Warnung, nicht weiter nachzufragen. Und er spürte bei dieser Berührung keine väterliche Nähe, sondern nur einen Hinweis darauf, was der Vater von ihm erwartete und welche Verantwortungen auf ihn zukommen würden.

Fast war er froh, wieder in den Krieg zurückzumüssen.

»Ja, Papa.« Victor nickte noch einmal.

»Ihr beide werdet viel zu tun bekommen, mein Sohn. Ich brauche euch beide, verstehst du? Ihr seid schließlich meine Zukunft.«

»Ja, Papa.« Victor gähnte verhalten und hoffte, dass der Vater es nicht mitbekam.

Theodor drehte sich zu ihm um. »Warum bist du so wortkarg? Mir scheint, du hast an nichts Interesse. Aber du musst!«

»Ja, Papa.« Victor stützte sich auf die Krücken. »Ich gehe auf mein Zimmer. Ich bin sehr müde.«

»Du bist immer müde. Morgens, mittags und abends. So kann das doch nicht weitergehen.«

Victor antwortete nicht und humpelte aus dem Kaminzimmer.

Er verspürte keine Lust, sich wieder eine der Litaneien des Vaters anzuhören, die immer nur ein und dasselbe zum Ausdruck brachten: Dass man im Leben stark sein und jede Hürde überwinden müsse. Dass eine Rückenverletzung kein Grund sei, den Kopf in den Sand zu stecken. Dass man einmal aus seiner Melancholie erwachen und nach vorn schauen solle. »Was uns nicht umbringt, macht uns stärker«, lautete Theodors Devise. Wer dabei auf der Strecke blieb, war ihm gleich. Hauptsache, es lief alles so, wie er es sich vorstellte.

Würde es nach Victor gehen, müsste gar nichts mehr laufen. Ihm war alles egal. Und um seinen Bruder machte er sich keine Sorgen.

Er hatte ihn nie gemocht. Maximilian war ihm immer vorgezogen worden. Er wünschte sich, er käme nie wieder.

*

Am 8. Mai 1945 wurde in Europa der Krieg offiziell als beendet erklärt, er hatte über 55 Millionen Menschen das Leben gekostet.

Nun sollte alles vorbei sein, was viele zunächst nicht glauben wollten, weil sie aus der Vergangenheit schmerzlich hatten lernen müssen. Doch es schien wahr zu sein. Der Krieg war vorbei.

Für Sophie ging er weiter.

Sie hatte erst sehr spät erfahren, dass ihre und Ferdinands Wohnung bei dem schweren Luftangriff auf Frankfurt am 22. März 1944, also vier Tage nachdem sie während des vorangegangenen Angriffs in den Keller geflüchtet waren, komplett zerstört worden war. Das Haus, die ganze Straße, nichts gab es mehr, kein Stein stand mehr auf dem anderen. Da sie aus Angst lange Zeit nicht zu Hause, sondern in Bad Homburg gewesen waren, weil sie sich dort sicherer gefühlt hatten, erfuhren sie es letztendlich von Lotti.

»Um ehrlich zu sein, bin ich froh«, hatte sie Sophie anvertraut. »So bist du nicht mit ihm alleine, und ich glaube, wenn andere dabei sind, reißt er sich eher zusammen. Wie war er in der letzten Zeit zu dir?«

Sophie rang sich ein Lächeln ab. »Er ist nur noch betrunken. Ich frage mich, wie es weitergehen soll. Wir können hier nicht ewig bleiben, es geht nicht, dass meine Schwiegermutter zusätzlich vier Personen ernähren muss.«

»Habt ihr noch nichts von Heinz gehört?«, fragte Lotti besorgt.

»Nein. Hilde hat schon Erkundigungen eingezogen. Wir wissen nur, dass er sich in Kriegsgefangenschaft befindet. Höchstwahrscheinlich in Schottland. Er hat ja im letzten Jahr in der Normandie gekämpft. Es ist unglaublich schwer, zuverlässige Informationen zu erhalten.«

»Ich weiß«, nickte Lotti. »Wie geht es deiner Schwiegermutter damit?«

»Sie versucht, stark zu bleiben, und ich helfe ihr dabei. Wie geht es bei euch?«

»Der Hunger gehört inzwischen zur Familie«, sagte Lotti und schaute hinab auf ihren Bauch, der sich mittlerweile schon gut sichtbar über ihrem einfachen Kleid aus dünner, grauer Wolle wölbte. »Ich weiß nicht, wie ich es schaffen soll, einigermaßen zu essen, wenn es nichts gibt.« Sie seufzte. »Trotzdem freue ich mich auf das Kind. Auch wenn ich es vielleicht alleine großziehen muss. Was mit Karl wird, kann ich noch nicht absehen. Er befindet sich immer noch in Haft.«

Sophie nickte. Karl war schon immer sehr jähzornig gewesen, er und Lotti hatten sich oft wegen Kleinigkeiten gestritten. Wenn etwas nicht nach Karls Kopf ging, sah er rot. Und eines Abends war er nach der Sperrstunde auf der Straße in ein Handgemenge geraten, hatte blind um sich geschlagen und zwei Männer krankenhausreif geprügelt.

Nun saß er im Gefängnis und die Zukunft war ungewiss. Alles befand sich im Augenblick wie in einem unwirklichen Schwebezustand.

Sophie ging es ähnlich. Einerseits war sie erleichtert, dass die grauenhaften sechs Jahre nun vorbei waren. Sie würde wie so viele andere Menschen erst noch lernen müssen, wieder durchzuschlafen, immerhin war da ständig die Angst vor nächtlichen Luftangriffen gewesen, andererseits fragte sie sich tagtäglich, was nun passieren würde.

Sie könnte versuchen, zurück nach Frankfurt zu gehen, ja, das wollte sie, allein schon, weil die Hoffnung bestand, Maximilian zufällig zu treffen, oh, wie sehr sie sich das wünschte. Und nun war die Gefahr gebannt, man konnte sich wieder frei in einer größeren Stadt bewegen, aber sie wusste, dass unzählige Häuser zerstört oder nicht bewohnbar waren. Wo sollte sie hin? Ohne Arbeit, mit kleinen Kindern und einem Alkoholiker zum Mann, dessen lichte Momente man an einer Hand abzählen konnte.

Sie musste etwas tun. Sophie war eine Kämpferin, sie würde sich nicht unterkriegen lassen. Sie war zwar klein und schmal, aber sie hatte mehr Kraft als manch ein Mannsbild, das dreimal so viel wog wie sie.

Und sie war es ihren Kindern schuldig.

Und Maximilian.

Im Grunde genommen war es der Gedanke an ihn, der ihr die Kraft gab, weiterzumachen und sich nicht aufzugeben, wie viele andere in dieser schweren Zeit es taten. Sie hatte nichts mehr, kein Obdach, keinen Hausstand, kein Geld.

›Das ist doch schon mal ein Anfang‹, dachte sie voller Sarkasmus.

Dann stand sie auf. »Ich werde mit dir nach Frankfurt zurückfahren«, sagte sie mit fester Stimme zu Lotti. »Clara und Johannes bleiben zunächst hier. Erst muss ich sehen, was ich für uns alle tun kann.«

15

Frankfurt am Main,
23. Mai 1947, 21 Uhr 30

Geliebter!

Heute ist wieder einer dieser Tage, an denen ich am Ende meiner Kräfte bin. Das soll nun nicht heißen, dass ich vorher gesund und munter war. Nein. Es ist immer noch katastrophal. Damit meine ich mein Leben.

Ich habe Dir in der Vergangenheit oft nur kurz geschrieben, heute nun habe ich Zeit für einen längeren Brief.

Lotti hatte einen Sohn bekommen und ist aus Frankfurt fortgegangen, nachdem der Kleine an Unterernährung gestorben ist. Die ganze Zeit sah es so aus, als würde sie ihn durchbringen, aber er kam schon viel zu früh auf die Welt und letztendlich gab es keine Hoffnung für ihn. Er erkrankte an Tuberkulose, dann dauerte es keine drei Wochen mehr. Lotti war seitdem nicht mehr dieselbe. Sie ist bei Nacht und Nebel verschwunden. Was aus ihrem Mann Karl geworden ist, weiß ich genauso wenig. Ich weiß nur, dass er verhaftet wurde. Es scheint, als ob alle einfach fort sind.

Ach Maximilian, es gibt so viele, die nicht mehr unter uns weilen. Ich kann sie gar nicht mehr zählen.

Es gibt nichts zu essen, immer noch nicht, die Kinder sammeln die Pferdeäpfel und picken die Haferkörner heraus, um etwas im Magen zu haben.

Und ich, ich bin immer noch eine der Frauen, die versuchen, das wieder aufzubauen, was der Krieg zerstört hat. Von morgens um sechs an schufte ich mit anderen Frauen in Frankfurt. Für ungefähr siebzig Pfennig die Stunde. Nun geht das schon beinahe zwei Jahre so, ein Ende ist nicht abzusehen. Schon sehr oft habe ich darüber nachgedacht, diese Knochenarbeit aufzugeben, aber dann, ist das nicht eine Ironie, wird einem die Lebensmittelkarte abgenommen. Das heißt, ich muss weitermachen – und jeden Tag über acht Stunden schwer arbeiten. Meine Hände, ich will gar nicht davon anfangen, wie sie aussehen. Aber ich muss durchhalten, schon der Kinder wegen. Immerhin steigt durch diese Arbeit meine Monatsration, aber ich muss auch viele versorgen: meine Kinder, meinen Mann und seine Mutter. Aber meine Schwiegermutter Hilde ist erfinderisch. Sie bringt es fertig, aus Löwenzahn, Gänseblümchen und Brennnesseln Salat zu machen und behauptet vor den Kindern, dies sei exquisit und es würde nicht jeder in diesen Genuss kommen. Die Kinder schauen Hilde mit großen Augen an und verspeisen den Salat, als würde es sich um ein Stück Filet handeln.

Nun muss ich kurz nachdenken, ich weiß nicht, wie mein letzter Brief an Dich endete – habe ich Dir schon berichtet, dass mein Schwiegervater Heinz sich immer noch in Kriegsgefangenschaft befindet? Nun wissen wir wenigstens, wo. Im schottischen Comrie. Hilde hat dies über Freunde herausgefunden. Die Gewissheit, dass es

Heinz gutgeht, lässt auch sie aufleben. Aber nichts ist sicher.

Vor kurzem schien während unserer Aufräumarbeiten die Sonne und ich sah etwas zwischen all den Steinen glitzern. Es war der Ehering einer Frau. Ich nahm ihn hoch und sah die Gravur: Auf ewig. Nichts kann uns trennen. Marie. Ich frage mich, warum der Ring dort lag. Hatte die Frau ihn abgenommen, wollte sie ihn vielleicht des Goldes wegen verkaufen oder tauschen? Ich werde es nie herausbekommen, wünschte mir aber, es wäre mein Ring, den Du mir einst geschenkt hättest.

Ich habe zu viele Tote gesehen. Kinder. Frauen. Männer. Dabei möchte ich doch nur Leben um mich haben.

Und Dich. Vorläufig aber habe ich nur Dein Herz in Form eines kleinen Steins. Dies muss zunächst genügen.

In Liebe, Deine Sophie

*

Frankfurt am Main, 1952

Die Jahre vergingen. Der 18. April war nun sieben Mal da gewesen, und sieben Mal waren Sophie und Maximilian zum mittlerweile wieder fast vollständig aufgebauten Römer gegangen und hatten die vereinbarten fünf Minuten gewartet. Warum sie wirklich nur fünf Minuten dort blieben, konnten sie sich selbst nicht erklären. Vielleicht war es die Abwälzung der Verantwortung auf das Schicksal, das ihnen jedoch nicht sonderlich wohlgesinnt schien. Aber sie hielten sich an ihre Abmachung.

Sie warteten genau fünf Minuten, dann gingen sie wieder ihrer Wege.

Manchmal blieb Sophie ein wenig länger, nur einige Sekunden, sah sich aufgeregt und fast atemlos um und hoffte, dass nun alles gut würde, dass der Mann, der sie liebte, auftauchte und sagte: »Ich liebe dich. Nun komm, alles wird gut.«

Aber er tat es nicht und sie fuhr unverrichteter Dinge wieder nach Hause und richtete den Geburtstag von Clara aus.

Sie träumte nach wie vor den Traum, den sie so liebte und hasste, in dem es einen Garten gab und eine Schaukel, der Traum, der ihre sehnsüchtigsten Wünsche widerspiegelte. Dieser Traum war ein gut gehütetes Geheimnis, von dem sie niemandem erzählte. Denn wenn sie nicht träumte, sondern wach war, erfand sie noch weitere Kapitel ihres gemeinsamen Glücks und hoffte, dass sie nachts die Fortsetzung träumen würde. Manchmal schweiften ihre Gedanken auch zurück in die imaginäre Vergangenheit, und sie malte sich die Hochzeit mit Maximilian aus. Sie sah sich in einem elfenbeinfarbenen Kleid mit langer Schleppe, in das geschickte Schneiderinnen Moosröschen gestickt hatten. Sie sah eine große, gutgelaunte Hochzeitsgesellschaft, die ihnen beiden Glück wünschte. Sie träumte mit offenen Augen von der unendlichen Liebe zu diesem Mann und mit geschlossenen von einer riesigen Hochzeitstorte aus Biskuit, die mit Zuckerglasur und Marzipan überzogen war.

Die Träume, ob des Tags oder Nachts, waren alles, was sie aufrecht hielt. Und natürlich das Warten auf den nächsten großen Tag, der ihr Leben ändern könnte.

Sie war inzwischen zweiunddreißig Jahre alt und fühlte sich, als sei sie siebzig.

Und Maximilian war nicht da.

Um ehrlich zu sein, hatte sie ab und an aus Selbstschutz gehofft, dass er, wie sie es sich selbst einst im Keller prophezeite, in ihrer Erinnerung verblassen würde. Dass er nur jemand gewesen war, der ihr in einer schweren Zeit geholfen hatte.

Aber auf ihren Schultern saß ein besonderer Dickschädel. Mit jedem Tag, jedem Monat und jedem Jahr wurde Maximilian präsenter, und sie konnte sich, je mehr Zeit verging, Einzelheiten, die ihn betrafen, fester ins Gedächtnis brennen.

Hatte sie anfangs nur gewusst, dass seine Haare dunkel waren und widerspenstig, konnte sie heute ganz genau sagen, wie sie lagen und wie er sie zurückgestrichen hatte, während er ihr von seinen Träumen und Hoffnungen erzählte. Sie konnte sogar sagen, wie die Wand hinter ihm im Kerzenschein ausgesehen hatte, wie sie beleuchtet war und ob da kleine Steine lagen und wie diese angeordnet waren.

Sophie wusste heute, plötzlich, nach all den Jahren, wie die Sehnen in seinem linken Unterarm verliefen, als er ihr an einem Abend in Lottis Badezuber die Kernseife reichte, und wie er sie dabei angesehen hatte. Sie konnte sich sogar daran erinnern, dass ein Hund draußen bellte.

Sie wollte das nicht, aber es geschah einfach.

Es war, als ob eine höhere Macht ihr befohlen hätte: »Vergiss es nicht.«

Und sie würde es auch nie vergessen.

Deutschland befand sich seit geraumer Zeit in einer Aufbruchstimmung. Das Schlimmste war überstanden, jetzt hieß es, das Wirtschaftswunder agieren zu lassen und alles zu tun, damit es nie mehr abwärts ging.

Die, die es sich leisten konnten, fraßen sich, so bezeichnete es zumindest Sophies Mutter, der es im Übrigen zunehmend schlechter ging, »die Hucke voll«, und die meisten, die es sich nicht leisten konnten, beobachteten das Ganze mit einer Mischung aus Neid und Bewunderung.

Sophie war weder neidisch, noch bewunderte sie irgendjemanden. Sie wollte für ihre Kinder da sein, ihnen eine gute Zukunft ermöglichen.

Als Erstes zogen sie in eine neue Wohnung im Frankfurter Stadtteil Bornheim. Ferdinand war es egal, wo sie wohnten, er wäre auch in Bad Homburg geblieben. Um ihn ging es ihr auch nicht.

Clara und Johannes waren mittlerweile zwölf und dreizehn Jahre alt.

Und da war noch Greta. Greta war ihre jüngste Tochter.

Und Maximilian war der Vater.

Das war Sophies Geheimnis, und sie bewahrte es gut.

Den anderen erzählte sie, dass sie die Kleine in einem der Schuttberge gefunden hatte. Es hätte sich herausgestellt, dass Greta eine Waise war, und Sophie hatte sie als Pflegekind mit nach Haus genommen.

Greta war nun sieben. Für Sophie war es, so jedenfalls lautete ihre Darstellung Dritten gegenüber, undenkbar gewesen, das Mädchen zum Roten Kreuz zu geben, und so hatte sie es mitgenommen nach Bad Homburg, nachdem sie für lange Zeit in Frankfurt gewesen und bei Lotti gewohnt hatte. Damals konnte sie nicht jeden Tag von Frankfurt nach Bad Homburg zum Schlafen fahren, wenn sie am nächsten Morgen schon wieder um sechs Uhr anfangen musste, mit der Spitzhacke Steine zu klopfen.

Nach Greta gefragt hatte – natürlich – niemand. Das Rote Kreuz und alle anderen Einrichtungen waren völlig überlastet, man war froh um jeden Fall, den man nicht bearbeiten musste. So erläuterte Sophie die Geschichte bei Bedarf.

Nur Lotti wusste die ganze Wahrheit über Greta.

Kurz nachdem Sophie und Maximilian den Luftschutzkeller in der Offenbacher Landstraße verlassen hatten, hatte sie festgestellt, dass sie sein Kind erwartete.

Ein einziges Mal war sie nach ihrer Heimkehr mit Ferdinand zusammen gewesen und dies auch nur, weil sie neue Handgreiflichkeiten seinerseits befürchtete.

Sophie wusste ganz sicher, dass sie von Maximilian schwanger war. Sie konnte rechnen. Ferdinand nicht. Außerdem hatte Greta Maximilians Grübchen und zwei kleine Muttermale an der Schulter, die Sophie hätte nachmalen können. Und sie hatte seine Augen und legte sogar manchmal den Kopf auf seine Art schief.

Sophie war sich eigentlich immer sicher gewesen, ihren Körper gut zu kennen. Offenbar hatte irgendjemand ihr hier einen Strich durch die Rechnung gemacht.

Es war gut so. Sie war dankbar, dass sie diese wunderbare Tochter bekommen hatte.

Keiner stellte in Frage, dass Greta ein Findelkind war.

Und auch das war gut so. Sophie hatte in weiser Voraussicht weite Röcke getragen, dicke Pullover und Jacken, später, als es immer wärmer wurde, feste Arbeitskleidung. Kein Mensch hatte etwas geahnt. Zu dieser Zeit gab es Wichtigeres.

Überleben zum Beispiel.

An einem Donnerstag im Dezember kam Greta in Lottis Waschküche neben dem Badezuber auf die Welt. Sophie hatte es übermenschliche Kraft gekostet, leise zu bleiben, aber sie hatte es geschafft, wie so vieles. Lotti und eine Hebamme aus der Nachbarschaft, die verschwiegen war wie ein Grab, hatten sie nach Leibeskräften unterstützt.

Als die Kleine da war, sah sie Sophie an, die daraufhin zu weinen begann. Vor Glück, dass Greta da war, vor Trauer darüber, dass sie dieses Glück nicht mit Maximilian teilen konnte.

Hilde hatte Greta angenommen wie ein eigenes Enkelkind.

Ferdinand war es gleich, solange genügend Alkohol im Haus war. Er hatte seine Vaterrolle nie ernst genommen, warum sollte sich das ausgerechnet jetzt ändern?

Sein Vater Heinz war immer noch nicht zurückgekehrt. Er galt als vermisst.

Hilde und Sophie hatten aufgehört, daran zu glauben, dass er wiederkäme. Sie glaubten an gar nichts mehr seit dem Krieg. Der hatte sie eines Besseren belehrt.

Sophie hatte bereits vor einigen Jahren versucht, mit ihrer Mutter über ihre Ehe zu sprechen, die keine mehr war, schon seit Jahren nicht mehr.

Mehrfach hatte sie es probiert. Vorsichtig natürlich. Sie dachte bei allem, was sie tat, an ihre Gesundheit und wollte sie nicht aufregen. Merkwürdigerweise versuchte sie es immer dann, wenn sie unverrichteter Dinge vom Römer zurückkam. Nach fünf Minuten Warten war sie zurückgekehrt, meistens direkt zu ihrer Mutter, die in einer Notwohnung lebte und den Vater versorgte, der mit den Jahren immer mehr abbaute. Ihre Mutter brauchte die Kraft für sich und ihn, alleine war Wilhelm zu nichts mehr in der Lage. Er war einfach zu schwach. Die Arbeit in seiner Stahlbaufirma hatte er aufgeben müssen, und nun erhielt er eine kleine Pension, die gerade so ausreichte. Sophies Mutter arbeitete nach wie vor beim Roten Kreuz.

»Verstehst du mich denn nicht?«, fragte Sophie vorsichtig immer wieder aufs Neue. Sie mochte ihre Mutter nicht aufregen, dachte an ihr schwaches Herz.

»Es ist Gottes Wille«, lautete die Antwort der Mutter. »Er hat euch zwei Kinder geschenkt. Es hat alles seinen Sinn.«

»Welchen Sinn hat es, dass er mich grün und blau schlägt?«, traute sich Sophie nach einigen Jahren zu fragen. Das war zu einer Zeit gewesen, in der noch nicht einmal Ferdinands Freund Ludwig mehr für Alkohol sorgen konnte, weil er wegen der Schwarzbrennerei Schwierigkeiten bekommen hatte.

Ferdinand, der mittlerweile ohne einen gewissen Alkoholpegel überhaupt nicht mehr klar denken konnte und schnell zu zittern begann, hatte in einem gut abgepassten Moment so auf Sophie eingeschlagen, dass sie zwei Tage lang nicht mehr laufen konnte.

»Geh fort und hol mir Schnaps!«, war alles, was er dauernd zu ihr sagte. Und: »Du Dreckstück!«

Als auch das nichts nützte, drohte er ihr an, die Kinder zu verprügeln, wenn sie nach Hause kämen. Dies war Grund genug für Sophie loszulaufen, um Hochprozentiges zu beschaffen.

Wie sie das bewerkstelligte, blieb für immer ihr Geheimnis. Aber als Clara, Greta und Johannes heimkamen, lag Ferdinand betäubt auf dem Küchensofa und schlief. Er schnarchte leise dabei und lächelte selig, als ob er einen wunderschönen Traum hätte und das Leben in Ordnung sei.

Manchmal beneidete Sophie ihn. Aber meistens hasste sie ihn.

Irgendwann gab sie es auf, mit ihrer Mutter darüber zu sprechen. Die wurde mit der Zeit zunehmend schwächer, genauso wie der Vater. Beide starben 1955. Zuerst der Vater. Er war einfach eingeschlafen und nicht mehr aufgewacht. Altersschwäche diagnostizierte man bei ihm, obwohl er noch gar nicht so alt war. Aber möglicherweise hatte er sich uralt gefühlt. Kurze Zeit später folgte die Mutter, die einem Herzschlag im Schlaf erlegen war. Man vermutete, dass sie den Tod ihres Mannes nicht verwunden und jeglichen Lebensmut verloren hatte. Sophie hatte ihre Mutter nie gefragt, ob es denn einen anderen Mann in ihrem Leben gegeben hatte. Wenn es so gewesen war, hatte ihre Mutter das Geheimnis gut gehütet und mit ins Grab genommen.

Auch den Tod ihrer Eltern verwand Sophie irgendwann.

Bei all dem wurde sie immer stärker.

Ihre Zauberformel war der 18. April.

Jedes Jahr aufs Neue.

16

Frankfurt am Main,
9. September 1955, 11 Uhr 25

Meine Sophie,

gerade ist etwas sehr Merkwürdiges passiert. Ich berichtete Dir schon davon in einem meiner vorhergegangenen Schreiben – lach nicht, aber mir scheint es, als hättest Du meine Briefe tatsächlich gelesen. Ich hoffe nach wie vor, dass ich Dir in geraumer Zeit alle zum Lesen geben kann – jedenfalls wollte ich Dir von einer Begebenheit erzählen, die mich doch sehr zum Nachdenken gebracht hat. Im Jahre 1949 empfing mein Vater den Schriftsteller Thomas Mann, der 1929 den Nobelpreis in Literatur für seinen Roman Buddenbrooks *erhalten hat.*

Mann war, wie wir wissen, lange Zeit nicht in Deutschland gewesen, mein Großvater und er kannten sich allerdings von früher her. Jedenfalls war Thomas Mann hier in Frankfurt, anlässlich des 200. Geburtstags von Goethe, und hielt eine Rede. Mein Vater hatte ihn in unser Haus geladen, der alten Zeiten wegen. Wir alle unterhielten uns gut, wenn nicht vortrefflich, tranken Sherry und einen ausgezeichneten Rotwein, und irgendwann saßen Mann und ich allein im Herrenzimmer. Frage mich, was in mich gefahren ist – ich weiß es nicht. Aber ich erzählte ihm alles von uns. Er hörte zu, kommentierte nichts, nickte nur hin und wieder. Viel später dann – wir saßen uns gegenüber – beugte er sich nach vorn und legte seine Hand auf meine, nickte und sagte: »Diese Liebe …«

Und heute kam ein Päckchen von ihm, der, wie ich mit Bestürzung erfahren habe, am 12. August dieses Jahres in Zürich verstorben ist; es war an mich persönlich adressiert. Offenbar konnte er das Päckchen nicht mehr selbst verschicken und seine Erben taten es nach seinem Tod.

Er hat mir ein signiertes Exemplar der Erstausgabe seiner Buddenbrooks *geschickt und Folgendes geschrieben:*

Werter Freund, wie gern denke ich an das Gespräch mit Ihnen zurück. Es ist nun eine Zeit her, mir aber noch in bester Erinnerung. Ich musste viel über Sie nachdenken und schicke Ihnen nun, da ich sicher bin, dass wir uns nicht wiedersehen werden, dieses Buch von mir, von dem ich hoffe, dass es Ihnen gefällt – oder haben Sie es gar schon gelesen? – Wenn nicht, freue ich mich, wenn Sie es tun. Vorab jedoch eins: Liebe muss gelebt werden, so ist meine Ansicht, aber lassen Sie mich das mit den Worten der Tony Buddenbrook ausdrücken, der Tochter dieser reichen Kaufmannsfamilie, die ihre Liebe zu Morten Schwarzkopf, dem Sohn des Lotsenkommandeurs, nicht ausleben durfte, weil das eben ›nicht standesgemäß‹ war. Und so saß sie eines Tage wieder, gemeinsam mit ihrem Bruder Thomas, in der Kutsche von Travemünde gen Lübeck, da sie einem Hamburger Kaufmann versprochen war. Thomas sagt zu ihr: ›Dergleichen muss durchgemacht werden. Und es dauert ja nicht lange. Das gibt sich. Man vergisst.‹

Aber Tony rief: ›Aber ich will ja gerade nicht vergessen. Vergessen – ist das denn ein Trost?!‹

Dies schrieb Mann mir also. Und sonst hat er sich nicht weiter geäußert. Ob das ein Hinweis, eine Bestärkung sein soll, dass wir nicht das Schicksal entscheiden lassen sollen, sondern uns selbst zu Rate nehmen? Geht denn das?

Nun, ich werde die Antwort darauf heute nicht mehr finden. Ich werde zu Bett gehen.

Ich wollte Dir dies nur sagen, wie ich Dir so vieles sagen will.

Ich liebe Dich. Wusstest Du das schon?

Maximilian

*

Frankfurt am Main, Juni 1956

»Lotti?« Sophie war sich erst nicht sicher, dann aber doch. Ihr Gegenüber vor dem Laden konnte nur Lotti sein. Ja, sie war älter geworden, wie sie und alle anderen auch, aber es war unverkennbar Lotti.

Aber etwas war anders an ihr. Eine Veränderung hatte stattgefunden, die Sophie nicht gleich begriff und noch weniger zuordnen konnte. Lotti sah … wie eine Dame von Welt aus und doch wieder nicht. Ihr Gesicht war mit einer dicken Schicht Puder überzogen, aber die Falten darunter bahnten sich ihren Weg und waren deutlich zu erkennen. Der knallrot geschminkte Mund wirkte bitter, die Dauerwelle war zu übertrieben, und das Kostüm, das

Lotti trug, hatte nichts Damenhaftes an sich, sondern wirkte, als wolle sie Dame sein, konnte aber ihre einfache Herkunft nicht übertünchen. Es war unbestritten teuer gewesen und aus edlem Stoff, doch es passte nicht zu ihr. Das war nicht die Lotti, die Sophie kannte. Lotti trug nicht solche Garderobe und auch nicht solche hohen Schuhe, man merkte ihr an, dass sie nicht bequem waren und Lotti sich nicht darin wohl fühlte, so wenig wie in all dem anderen Kram. Dann diese langen dunkelrot lackierten Fingernägel. Seitdem Sophie die Freundin kannte, waren deren Nägel kurzgeschnitten gewesen. Und die Hände hatten nie eine teure Creme gesehen, genauso wenig wie die Gesichtshaut. Das schien jetzt anders zu sein.

Und Lotti rauchte offenbar seit neuestem. Mit fahrigen, abgehackten Bewegungen sog sie den Rauch ein, wieder und wieder, ließ dann die Zigarette fallen und drückte sie hektisch mit der Schuhspitze aus.

»Sophie!« Sie ging einen Schritt auf die Freundin zu und umarmte sie. Es sollte wohl herzlich sein, aber Sophie hatte das Gefühl, dass es Lotti gar nicht recht war, sie zu sehen.

»Ich glaube es nicht«, sagte Sophie. »Du bist wieder da!«

»Tja, offenbar«, Lotti lächelte. »Wie geht es dir? Du siehst … gut aus!« Sie musterte Sophie von oben bis unten.

Sophie wurde rot. »Nicht so gut wie du.« Sie war sich ihrer äußeren Erscheinung sehr wohl bewusst. In ihrem braunen, selbstgenähten Rock aus billigem Stoff, der weißen Bluse, die ihre Schwiegermutter ihr vererbt und enger gemacht, sowie der Jacke, die auch schon bessere Zeiten gesehen hatte, konnte sie vor Lotti keinen Staat machen. Sophies Gesicht hatte noch nie eine Puderquaste oder einen Lippenstift gesehen, und hohe Schuhe waren ebenso fremd für sie.

»Seit wann bist du wieder in Frankfurt?«, fragte Sophie schnell, um von sich abzulenken.

»Oh, schon seit geraumer Zeit.« Lotti schaute auf eine teuer wirkende Armbanduhr. Auch das war neu für Sophie. Lotti hatte niemals eine Armbanduhr besessen. Irgendwas stimmte hier nicht. Sie beschloss jedoch, die Freundin nicht gleich darauf anzusprechen.

»Ich muss eben einige Sachen einholen. Kommst du mit hinein?« Sie deutete auf den Laden, und Lotti nickte nach kurzem Zögern.

Sophie zog sie sofort in eine Ecke. »Warum hast du dich noch nicht bei mir gemeldet?« Sie redete leise, um kein Aufsehen zu erregen.

»Hätte ich schon noch«, sagte Lotti nervös, sah sich um und steckte Sophie mit ihrer Aufgeregtheit an.

»Was soll das denn heißen? Sind wir nicht gemeinsam durch dick und dünn gegangen?«

»Wie geht es den Kindern?« Lotti ging gar nicht auf Sophies Fragen ein.

»Nun hör auf. Antworte mir. Das bist du mir schuldig.«

»Nicht so laut«, kam es von Lotti, die sich immer noch umschaute. Sophie bemerkte, dass Frau Reimann an der Kasse eine düstere Miene aufsetzte. Sie nahm einen Korb und zog Lotti mit sich.

»Bitte«, flüsterte sie dann, blieb stehen und griff in einem der Regale nach einer Konservendose, jedenfalls dachte sie, dass es eine wäre, aber versehentlich hatte sie durch das Regal hindurch offenbar die Hände einer anderen Kundin berührt.

Es war wie ein Stromschlag gewesen, der nur kurz dauerte. Erst wollte Sophie sich entschuldigen, doch im gleichen Moment sah sie, dass in Lottis Augen Tränen standen.

Sie ließ die Konservendose mit den Bohnen stehen und reichte der Freundin ein Taschentuch.

»Jetzt möchte ich alles wissen«, sagte Sophie so leise es ging. »Nun beruhigst du dich, dann gehen wir.«

Frankfurt am Main,
28. Juni 1956, 14 Uhr 10

Geliebte,

gestern hatte ich ein sonderbares Erlebnis. Ich hatte das Gefühl, Du bist bei mir. Es war, als wären plötzlich Energien freigesetzt worden, die ich gar nicht deuten kann. Das Gefühl kam plötzlich und ging auch schnell wieder weg. Ich stand in einem Lebensmittelladen und griff weit nach hinten ins Regal, um eine Dose hervorzuholen. Nun denkst Du bestimmt: ›Warum geht er einkaufen? Hat er dafür kein Personal?‹

Manchmal tue ich das gern, mich unter die Leute mischen, einfach mal Abstand gewinnen von dem Alltagstrott – ich will hin und wieder mit ganz normalen Menschen zu tun haben.

Selbstredend lässt sich bei meinem Tun ein gewisser selbstsüchtiger Hintergrund nicht abstreiten – sicher kannst Du Dir denken, wie dieser aussieht: Ich hoffe einfach, Dich zu treffen. Aber leider kam es bislang noch nicht dazu … aber vielleicht eines Tages?

Jedenfalls war dieses Gefühl in dem Laden äußerst seltsam. Als ich diese Dose berührte, war es, als würde ich einen elektrischen Schlag bekommen. Ich blieb einen Moment lang stehen, lauschte, ob noch etwas nachkam, aber ich hörte gegenüber nur zwei Frauen miteinander flüstern; wahrscheinlich junge Mädchen, die von ihren Rendezvous plauderten.

Irgendwann beschloss ich doch, diesen Gang aufzusuchen, aber es war niemand mehr dort. Die Mädchen hatten sich wohl einen anderen Ort für ihre Unterhaltung gesucht.

War das nun alles Einbildung?

Möglicherweise kannst Du mir irgendwann die Antwort darauf geben.

In Liebe, Dein Maximilian

*

Maximilians Vater war mittlerweile zweiundsechzig Jahre alt und stand, wie er jovial und überheblich selbst von sich behauptete, in der Blüte seines Lebens. Den Tod seiner Frau hatte er nicht überwinden müssen, er wurde hingenommen und weder als Schicksalsschlag deklariert noch als ein Ereignis, das besonderer Erklärung bedurfte. Es hatte eben so sein sollen. Dies war die Lösung für alle Probleme, die er verdrängen wollte. Ihm ging es jetzt, mit Anfang sechzig, einfach nur wunderbar, wie er jedem erzählte.

Theodor hatte es fertiggebracht, auch während des Krieges nie hungern zu müssen, und er würde auch jetzt nicht hungern. Hager war er noch nie gewesen, in den letzten Jahren hatte er sogar ordentlich zugelegt. Und er war so stolz auf seinen stattlichen Bauch und sein rundes Gesicht wie ein Jäger auf die Erlegung des einzigen Zwölfenders im Revier. Seine Hängebacken und die beginnende Glatze machten ihm nichts aus. Hauptsache, die Kohle stimmte.

Und die stimmte immer.

Theodor und seine mächtigen Freunde umgaben sich gern mit Lebedamen, jenen Frauen, die man nicht fragte, ob sie einen heiraten wollten, von denen man nicht wusste, woher sie kamen und wohin sie gingen, wenn man ihrer überdrüssig wurde. Diese Damen waren überwiegend klug und natürlich diskret. Sie wussten, wann sie zu reden und zu schweigen hatten, dann war ihnen das Wohlwollen der Männer sicher. Und das kam ihnen zugute. Nicht selten endete ein Abend mit einem Bankier, Kaufmann oder Rechtsanwalt mit einem schicken edelsteinbesetzten Armband. War man schlau genug, im passenden Moment etwas zu sagen oder eben nicht, konnte es auch mehr werden.

Eine Wohnung beispielsweise, oder ein Auto, den Schmuck mal außer Acht gelassen. Den gab es eigentlich immer.

Auf Gesellschaften wurden die Damen nur bedingt mitgenommen, wenn ja, dann lediglich, um sie untereinander auszuleihen, wenn Ehefrauen nicht anwesend waren. Bei Jagdwochenenden in Landhäusern waren die Lebedamen erwünscht, und sie standen bei Champagner und Canapés jedermann zur Verfügung.

Sie waren verschwiegen, die Damen, obwohl sie viel zu erzählen hatten.

Das war nun mal so.

Theodor hatte Rosemarie vor einiger Zeit in einer der vielen Bars kennengelernt, die Anfang der Fünfziger wie Pilze aus dem Boden geschossen waren.

Rosemarie war ein bisschen billig und sie zeigte ein wenig zu viel Dekolleté, ihre Lippen waren eine Spur zu rot angemalt, ihr Lachen eine Nuance zu laut, aber sie wusste, was sie sagen, wie sie ihn ansehen musste, um ihm das Gefühl zu geben, es gäbe nur ihn auf der Welt und vor allen Dingen: Nur auf ihn habe sie gewartet. Er war so einzigartig. Ein richtiger Mann. Dass Rosemarie und Anne und Christine und Marga dies immer und zu allen sagten, das kam Theodor nicht in den Sinn. Er lauschte Rosemaries Worten und sog sie in sich auf, bestellte Champagner und Salzgebäck für alle und suhlte sich in ihren Schmeicheleien.

Dass Rosemarie ihn und alle anderen nur für ihre Zwecke benutzte, das bemerkte er nicht.

Theodor gehörte zu den Männern, die den Krieg nur aus Zeitungen und durch den Rundfunk kennengelernt hatten, weil sie immer die nötigen Barmittel besaßen, um sich aus allem freizukaufen.

Und diese Barmittel sahen die Lebedamen als Chance. Sie selbst hatten den Krieg nämlich hautnah miterlebt, sie wussten, was Hunger und Obdachlosigkeit bedeuteten. Ihnen war klar, was es hieß, seine Kinder schmählich im Stich zu lassen, oder den Ehemann und Versorger an der Front zu verlieren.

Sie wussten allerdings auch, wie sie ihre Reize einzusetzen hatten.

Das nutzten sie aus.

Oder, um es einfacher auszudrücken, sie sagten sich: »Jetzt bin ich mal dran.«

»Du arbeitest in einer Bar?« Sophie war fassungslos.

»Was ist daran verwerflich?«, fragte Lotti schnippisch und rührte in ihrer Schokolade herum. Sophie tat es ihr nach. Sie wusste nicht, wann sie zuletzt und ob sie überhaupt schon einmal echte heiße Schokolade mit Sahne zu schmecken bekommen hatte. Sie saßen in einem Café in einer Seitenstraße und Sophie machte große Augen, als die Torte serviert wurde. Mit echter Buttercreme!

»Was genau tust du da?« Sophie hatte den ersten Bissen der Torte verschluckt.

»Ich schenke Getränke aus.« Der Tonfall klang abweisend.

»Aha. Und was verdient man da so?«

»Warum willst du das wissen?«

»Weil ich mir nicht vorstellen kann, dass man sich eine solche Garderobe leisten kann, wenn man als Kellnerin arbeitet.«

»So. Kannst du nicht.«

»Nein. Lotti … nun sei ehrlich zu mir.«

Lotti knallte die Kuchengabel auf den Tisch. »Was weißt du schon von meinem Leben? Nichts!«

»Eben, deswegen möchte ich ja …«

»Hör doch auf. Sophie, die Barmherzige. Sophie, die Trümmerfrau, die sich noch freiwillig und unentgeltlich zum Sonderdienst meldet. Sophie, die alles in Kauf nimmt, bloß damit es den Kindern gutgeht.« Nun wurde Lottis Stimme fast schrill. »Sophie, die jedes Jahr aufs Neue zum Römer rennt, weil sie hofft, dass das Schicksal es endlich gut mit ihr meint und ihr die Liebe ihres Lebens zurückbringt. Und wenn es nicht klappt, dann wartet sie wieder zwölf Monate, dann kommt er vielleicht in den gewissen fünf Minuten, *der* Maximilian, für den sich *das alles* lohnt. O bitte, ich kann es nicht mehr ertragen!« Über Lottis gepuderte Wangen liefen zwei Tränenbäche und hinterließen eine dunkle Spur. »Du hast doch überhaupt keine Ahnung. Und du willst gar nicht wirklich leben. Schau dich an. Siehst du es denn nicht? Er wird nie zu dir kommen! Er lebt in einer anderen Welt. In einer, zu der du nie gehören wirst. Ich weiß es. Glaub es mir einfach!«

»*Woher* weißt du es?«

Lotti schwieg einen Moment, schien sich zu sammeln und stieß dann die Kuchengabel mitten in ihre unangerührte Torte.

»Ich kenne diese Männer«, sagte sie dann. »Und ich schlafe mit seinem Vater.«

17

Maximilian stand im Badezimmer, hatte seine Rasur beendet und wollte gerade das Licht neben dem Spiegel ausknipsen, als er plötzlich innehielt. Er beugte sich ein Stück weiter nach vorn und betrachtete sich. Sein Gesicht hatte seine gesunde Farbe verloren, es wirkte grau, die Wangen waren eingefallen, obwohl er weder an Untergewicht litt noch krank war. Die einst so strahlenden Augen sahen ihn blicklos und mit einer diffusen Leere an, so als würden sie gar nicht leben, sondern zu einem Toten gehören. Das dunkle Haar hatte graue Strähnen bekommen, an den Schläfen war es bereits schlohweiß.

›Ich bin achtunddreißig‹, dachte er verwundert und fühlte sich, wie Sophie, um so vieles älter. Nichts spiegelte Lebensfreude oder sonst eine Reaktion wider. Es war wie eine Maske, unter deren Oberfläche es zwar brodelte, der Ausbruch aber von ihm mit unendlich viel Kraft zurückgehalten wurde.

Maximilian schloss die Augen und sofort entstanden wieder die Tagträume, die von ihm und Sophie handelten. Von Jahr zu Jahr wurden sie schlimmer.

Obwohl sie sich ein Versprechen gegeben hatten, nämlich tatsächlich immer nur am 18. April für genau fünf Minuten am Römer zu warten, war Maximilian schon öfter dort gewesen. Einmal, vor drei Jahren, hatte er sogar geschlagene drei Stunden gewartet, in einen Seiteneingang gepresst und voller Hoffnung. Wäre Sophie in dieser Zeit gekommen, hätte er einfach behauptet, er sei gerade erst eingetroffen. Diese kleine Lüge würde er ihr vielleicht später gestehen, oder auch nicht, weil er unter gar keinen Umständen riskieren wollte, dass sie dann sagen könnte: »Das war aber so nicht abgemacht, das ist *nicht richtig.*« Obwohl es ja eigentlich seine Idee gewesen war.

Wie sie wohl aussah, jetzt, nach zwölf Jahren? Ob es das Moosröschenkleid noch gab? Er hatte sie gebeten, es nicht wegzuwerfen, aber ob sie sich daran noch erinnerte? Hatte sie sich ihre Aufrichtigkeit bewahrt und das schöne Lächeln? Würde sie nach wie vor mit kindlichem Staunen seinen Geschichten lauschen und sagen: »Jede Kleinigkeit wäre eine Freude für mich«?

Er stützte sich mit den Händen am Waschbeckenrand auf.

War sie noch mit ihrem gewalttätigen Mann zusammen? Schlug der sie? Oder hatte *der da oben* vielleicht Mitleid mit ihr und hatte dafür gesorgt, dass die Kondition ihn verlassen oder seine Leber nicht mehr mitgespielt hatte? Sollte er, Maximilian, sich wünschen, dass Sophie nun Witwe war? Wären das nicht schäbige Gedanken? Andererseits stand ihm ein wenig Egoismus zu, wie er fand. Und sich etwas heimlich zu wünschen war ja nicht strafbar. Er sprach mit niemandem darüber.

In dem kleinen Radio, das im Bad stand, dudelte Freddy Quinns *Heimweh*. Am 19. April, einen Tag nachdem Maximilian wieder unverrichteter Dinge vom Römer zurückgekommen war, hatte er vor dem Fernseher gesessen und die Hochzeit von Monacos Fürst Rainier und der wunderhübschen Grace Kelly verfolgt, die so unschuldig und rein wirkte in ihrem weißen, schönen, perfekten Kleid. Er hatte Graces Gesicht gegen das von Sophie ausgetauscht und das von Rainier gegen seines, und dann war es so, als ob er und Sophie heirateten.

Natürlich hatte sich Maximilian schon überlegt, an dem magischen Datum den ganzen Tag von früh um sechs bis Mitternacht am Römer auf sie zu warten, aber er traute sich nicht. Es war gegen die Abmachung. Sie hatten es sich versprochen, und er hatte schon wegen der drei Stunden ein schlechtes Gewissen gehabt. Welche höhere Macht auch immer entscheiden würde, ob sie beide gleichzeitig während der fünf vereinbarten Minuten dort auftauchen würden – sie könnte den Spieß auch umdrehen, wenn er sich nicht daran hielt, und ihre Zukunft in eine schlechte Richtung steuern. Und das wollte er nicht.

Maximilian war nicht gläubig, Gott war für ihn eine Erfindung von machthungrigen Kirchenoberhäuptern. Wenn es einen Gott gab, wieso ließ er dann Kriege zu, die so viele Opfer forderten, die Kinder zu Waisen, Männer zu Krüppeln und Frauen zur Witwe machten? Und ohne Gott gäbe es, da war er sicher, die Kriege, die sich um Glaubensfragen drehten, schon mal gar nicht.

Trotzdem – was mit Sophie und ihm passierte, war etwas ganz Besonderes. Er hatte sie gesehen und sofort geliebt. Das war kostbar. Auch wenn es keinen Gott gab, irgendeine höhere Macht musste es geben. Sonst wären sie sich nicht begegnet. Vielleicht war es ja wirklich Fügung, dass alles so geschah.

Er öffnete die Augen wieder und musste lächeln.

Sie strahlten ihn im Spiegelbild an.

Es war, als spürte er Sophies Kraft wieder in sich. Und ihre Liebe. Er griff in seine Hosentasche und spürte das Herz aus Stein, das seine Körperwärme angenommen hatte.

Ja, du bist bei mir. Immer.

Am liebsten hätte er noch stundenlang hier gestanden, aber sie waren beim Bürgermeister zum Abendessen mit anschließendem Tanz eingeladen.

Wieder ein Abend, den er mit seiner Frau verbringen musste. Wieder ein Abend, der quälend langsam vorbeigehen, an dem sie ihn giftig anschauen und später maßregeln und verhöhnen würde.

Aber am schlimmsten war für ihn, dass der Empfang im Rathaus, im Römer, stattfand.

Er wusste nicht, ob er das aushalten könnte.

»Wie lange brauchst du denn noch? Der Wagen wartet.« Caroline stand in der Tür, bereits ausgehfertig. Sie trug ein enganliegendes Seidenkleid von ihrem momentanen Lieblingsmodeschöpfer Pierre Balmain, dessen Kreationen ein Vermögen kosteten und die Maximilian für völlig überteuert und überflüssig hielt. Ja, natürlich stand ihr das nachtblaue ärmellose Kleid, das bis zu den Knien ihre Figur eng umschloss und dann in einen Volantrock überging. Ihr Dekolleté kam perfekt zur Geltung und zeigte den Ansatz ihrer üppigen Brust, die Handschuhe, die den Farbton des Kleides hatten, saßen wie angegossen, sie trug die Kette mit dem großen, ovalen Diamanten, der einst seiner Mutter gehört hatte, und passende Ohrringe sowie ein Diadem, das sie von ihrem

Vater zum 25. Geburtstag geschenkt bekommen hatte. Das Haar war kunstvoll hochgesteckt und wurde mit Brillantspangen gehalten. Sie hatte perfektes Make-up aufgelegt, die dunkelrot geschminkten Lippen dominierten die Gesamterscheinung.

Caroline, die Königin.

Maximilian, der Bettelknabe.

Er kontrollierte den korrekten Sitz seiner Fliege, zog den Kummerbund glatt und drehte sich zu seiner Frau um.

»Ich bin fertig«, sagte er dann. Ihm war auf einmal übel.

Caroline lachte ihr zynisches Lachen, das er so gut kannte und hasste. »Das weiß ich doch«, sagte sie dann.

Er verabscheute diese gesellschaftlichen Verpflichtungen genauso wie die immer schlimmer werdenden Bevormundungen seines Vaters, was die geschäftlichen Angelegenheiten betraf. Theodor wusste grundsätzlich alles besser. Er sah die Vorschläge seines Sohnes, was das »mit der Zeit gehen« oder die Anschaffungen neuer Geräte betraf, als überflüssig an und meinte, dann könne er sein Geld gleich im Kamin verbrennen. »Das ist neumodischer Kram«, war seine Ansicht. Und er sagte: »Noch hab *ich* hier das Sagen. Noch liege ich nicht unter der Erde. Solange wird gemacht, was ich sage.«

Victor, der Jüngste, dem es mittlerweile gesundheitlich wieder besser ging, fügte sich und arbeitete still in seinem kleinen Kontor vor sich hin. »Ja, Papa« war immer noch sein Standardsatz. Sonst redete er nicht allzu viel.

Theodor Dannenbeck war ein Patriarch und er war starrsinnig. Möglicherweise konnte er es auch nicht ertragen, an seinen Kindern und Enkeln zu sehen, dass er selbst nicht mehr der Jüngste war. Seine Privatbank florierte, und das würde auch so bleiben. Er sorgte dafür, dass seine Söhne nicht zu viele Einblicke in die wirklich wichtigen Geschäfte bekamen. Das war immer noch sein Terrain. So schnell würde er sich das Zepter nicht aus der Hand nehmen lassen. Er fühlte sich voller Tatendrang und gesund. Es gab keinen Grund, abzutreten.

Rosemarie sagte das auch. Bewundernd und mit großen, verlangenden Augen. Sie war wie ein Jungbrunnen für ihn. Bei ihr fühlte er sich agil und begehrenswert.

Nie zuvor, hatte Rosemarie ihm schon mehrfach versichert, war sie mit einem derart grandiosen Liebhaber zusammen gewesen. Nie zuvor, so sagte sie, hatte ein Mann sie so befriedigt wie Theodor das tat. Während dieser Worte nahm sie immer seine Hand und legte sie auf eine ihrer Brüste. Dabei seufzte sie.

Und Theodor glaubte ihr jedes Wort.

Rosemarie war eine außergewöhnliche Frau, wie er fand.

Sie fand das auch.

Die Bouillon mit Eierstich hatte Maximilian hinunterwürgen können, obwohl sein Hals wie zugeschnürt war. Nun wurde ab- und neu aufgetragen, und die Weinbergschnecken standen vor ihm, feierlich und landestypisch elsässisch angerichtet in einer feuerfesten Schneckenpfanne, die mit bunten Farben bemalt war. Er roch die Kräuterbutter, und ihm wurde noch übler. Schnecken mochte er genauso wenig wie Austern, Miesmuscheln oder Fischsuppe. Dieser ganze Kram war ihm zuwider, weil man ihn meistens nicht des Geschmacks wegen aß, sondern weil man es sich leisten konnte.

Vor seinen Augen tanzten kleine Punkte, die in Sterne übergingen. Er atmete tief ein und aus. Einmal, zweimal.

»Geht es Ihnen nicht gut?«, wollte Walter Kolb wissen, der ihm gegenübersaß und stark schwitzte.

»Doch«, sagte Maximilian. »Mir geht es ganz hervorragend. Es ist nur ein wenig warm.«

»Ich kann die Fenster öffnen lassen«, schlug der Bürgermeister vor.

»Aber ja«, mischte Caroline sich ein und sah Maximilian wütend an. Dann wandte sie sich an Kolb. »Wenn Sie möchten, dass ich mir einen Schnupfen hole, dann nur zu.«

»Natürlich nicht, Gnädigste«, Kolb hob abwehrend beide Hände. »Sie sollen sich doch wohl fühlen.«

Caroline schenkte ihm ein strahlendes Lächeln. »Aber das tue ich doch. Es schmeckt vorzüglich, nicht wahr, mein Lieber.« Sie drehte sich zu Maximilian um und sah ihn auffordernd an.

»O ja«, mit zitternden Händen versuchte er, eine Schnecke aus ihrem Gehäuse zu ziehen. Beim Anblick des feuchtglänzenden Stückchen Fleischs, das vor ihm lag, musste er beinahe speien. »Ganz wunderbar«, sagte Maximilian und zwang sich, die Gabel zum Mund zu führen und die Schnecke zu zerkauen. »Wirklich, ganz wunderbar.«

Sie saßen im Kaisersaal des Römers, jenem Raum, in dem seit 1612 die Krönungen stattgefunden hatten. An den Wänden befanden sich unter gotischen Mauerbögen die Bildnisse der 52 Kaiser des Römischen Reiches. Zwischen den einzelnen Menügängen stand man auf und betrachtete sie. Theodor Dannenbeck schien fasziniert zu sein. Er wanderte auf dem glänzenden, in Sternintarsien ausgelegten Parkettboden umher und erweckte den Eindruck, sich selbst wie ein Kaiser zu fühlen. Caroline begleitete ihn auf seinem Rundgang, das Champagnerglas in der Hand. Regelmäßig ließ sie sich nachfüllen. Sie war am kostbarsten und auffälligsten gekleidet, und manch eine der anwesenden Damen hatte ein wenig die Nase gerümpft, weil Caroline alle ausstach. Aber das war nichts Besonderes. Das tat sie immer. Das Licht der Leuchter, die von der gewölbten Decke hingen, ließen ihren Schmuck erstrahlen, sie selbst strahlte natürlich am allermeisten. Mit ihrem Schwiegervater verstand Caroline sich prächtig. Er und ihr eigener Herr Papa sorgten schließlich dafür, dass es ihr an nichts fehlte und niemals fehlen würde. Durch die Geschäfte, die beide miteinander machten, war ihr überschwänglicher Hang zum Luxus gesichert.

Theodor Dannenbeck schätzte Caroline sehr, was nicht zuletzt daran lag, dass sie eine Augenweide war und ihn nur zu gern tief in ihren Ausschnitt blicken ließ. Es gab aber noch einen triftigeren Grund, nämlich den, dass ihr Vater ihr einen Teil des ihr zustehenden Erbes vorzeitig ausbezahlt hatte, den Caroline pflichtbewusst der Bank des Schwiegervaters hatte zukommen lassen. Im Gegenzug hatte sie Anteile erhalten, eine Tatsache, die Maximilian allerdings nicht wusste. Wie hoch diese Anteile waren, wusste er noch weniger. Natürlich liefen diese Anteile wiederum über ihren Vater, damit sie auch wirklich eines Tages davon profitieren konnte und das Geld nicht in die Ehe einfloss. Man wusste ja nie.

Während im Kaisersaal der gefüllte Fasan mit Gemüsen und Salaten aufgetischt wurde, saß Sophie mit ihren Kindern in der kleinen Küche der Zweieinhalbzimmer-Wohnung im Bahnhofsviertel, die gerade einmal fünfzig Quadratmeter groß war. Beinahe alle Fenster gingen zur lauten Münchener Straße hinaus, wo stets ein reges Verkehrsaufkommen herrschte. Es war schmutzig in diesem Teil der Stadt, die Wohnung war nicht instand gesetzt, an Decken und Wänden befanden sich Wasserflecken, der Linoleumboden in der Küche war teilweise verschimmelt, und manche der Fenster schlossen nicht richtig, so dass immer ein konstanter Geräuschpegel zu hören war.

Sophie war müde. So unendlich müde. Clara und Johannes waren mittlerweile zu zwei Teenagern herangewachsen, und es gab beinahe jeden Tag Streit darüber, wie lang sie abends draußen bleiben durften, und ob der Besuch in einem Tanzcafé oder einer Milchbar erlaubt war.

Clara traf sich nun schon seit einiger Zeit mit Jürgen, der eine große Begeisterung für James Dean und Marlon Brando an den Tag legte, sich so kleidete wie alle jungen Männer in diesen Tagen – er trug Jeans, Lederjacke und eine Haartolle –, und er besaß einen kleinen Motorroller, mit dem er Clara abholte, um mit ihr zum Rock'n'Roll-Tanzen zu fahren.

Sophie starb jedes Mal tausend Tode, wenn Clara sich auf den Soziussitz des Gefährts setzte. Genauso schrecklich fand sie es, wenn Greta Jürgen anbettelte, sie mal mitzunehmen und er dann mit ihr einige Runden um den Block fuhr.

Jürgen befand sich in der Ausbildung zum Schreiner,

arbeitete nebenbei noch im Betrieb des Vaters mit und hatte sich so den gebrauchten Roller finanziert, und er kam zu großen Teilen für die Besuche in den Clubs auf.

Sophie war das nicht recht. Sie wollte nicht, dass ihre Tochter sich von dem jungen Mann aushalten ließ und damit bei ihm möglicherweise irgendwelche Hoffnungen weckte. Clara sollte sich nicht mit dem Erstbesten zusammentun, sondern sie sollte die Chance haben, wählen zu können.

Sophie selbst wollte so gern auch etwas für die Vergnügungen der Kinder dazugeben, aber sie konnte es sich nicht leisten. Nur hin und wieder steckte sie Clara mal fünfzig Pfennig, mal eine Mark zu; Johannes natürlich auch. Beide hatten die Volksschule beendet, Clara befand sich in der Lehre bei einem Friseur, Johannes wollte Automechaniker werden und war nun Lehrling in einer nahegelegenen Werkstatt. Seine Träume handelten von einem eigenen Betrieb, mit einer Tankstelle, und er würde alles daransetzen, diese Träume Wirklichkeit werden zu lassen.

Sie würden Sophie noch einige Zeit auf der Tasche liegen, Einnahmen hatten sie während der Lehrzeit keine. Es war nicht so, dass Sophie ihre Kinder als Last empfand, im Gegenteil, sie liebte sie innig und von ganzem Herzen, aber an manchen Tagen wusste sie einfach nicht, wie sie das alles alleine schaffen sollte. Andererseits musste sie froh sein, dass das Lehrgeld abgeschafft worden war, sonst hätte sie den Meistern für die Ausbildung der beiden noch etwas zahlen müssen.

Dennoch war diese Gewissheit nur ein Tropfen auf den heißen Stein.

Sie musste die Familie allein durchbringen und wünschte sich, sie selbst würde aus drei Personen bestehen. Seit einiger Zeit arbeitete sie von morgens um sechs bis nach sechzehn Uhr in den Farbwerken Höchst am Fließband, dann radelte sie nach Hause, um nach dem Rechten zu sehen, auf dem Weg holte sie noch die nötigsten Lebensmittel ein, dann machte sie sich auf den Weg in die benachbarte Elbestraße, um dort Büroräume zu putzen. Abends um zehn kam sie heim und war am Ende ihrer Kräfte. Doch ans Ausruhen war nicht zu denken. Wenn Waschtag war, schuftete sie bis weit nach Mitternacht mit Clara und den anderen Frauen, die in dem Mietshaus wohnten, in der Waschküche, oder sie stand am Herd und weckte Obst und Gemüse ein, das sie billig auf dem Wochenmarkt erstanden hatte. Im Normalfall wären sie einigermaßen über die Runden gekommen, aber zu Ferdinands Alkoholsucht war nun auch noch die Spielsucht gekommen. An den meisten Abenden hockte Ferdinand mit Ludwig und den anderen Kumpanen im Hinterzimmer einer der zahllosen Kneipen und zockte. Welche Glücksspiele dort gespielt wurden, entzog sich Sophies Kenntnis; und um ehrlich zu sein, interessierte sie es auch nicht. Es war ihr egal, ob Skat, Poker oder Roulette gespielt wurde – nicht egal war ihr, dass er Geld verlor und sogar immense Spielschulden hatte. Seinen Ehering hatte er bereits verpfändet, ebenso die beiden einzigen Schmuckstücke, die Sophie von ihrer Mutter bekommen hatte, eine Brosche und eine schlichte Halskette.

Während Ferdinand also auch an diesem Abend wieder irgendwo soff und sein Glück im Spiel suchte, saß sie hier und hatte Reisbrei mit eingemachten Sauerkirschen aufgetischt, während von draußen der Straßenlärm in die Küche drang, sie deswegen das Transistorradio angeschaltet hatte und Bill Haley sein *Rock around the clock* schmetterte.

Clara wippte im Takt mit, das Klappern ihrer Absätze auf dem Boden machte Sophie nervös. »Darf ich gleich mit Jürgen noch mal raus?«, fragte Clara.

»So spät noch?«

»Mom, es ist Samstag.«

»Lass das bitte. Wie oft soll ich dir das noch sagen?«

»Was denn?« Clara ließ ihren Löffel sinken.

»Ich heiße nicht *Mom*.«

»Das ist doch nicht schlimm, das sagen jetzt alle so.«

»Das ist mir gleichgültig.« Sophie stand auf und stellte ihren Teller in die Spüle. Sie spürte, dass sie eine Erkältung bekam. Die Gliederschmerzen hatten schon angefangen und der Hals tat ihr weh; heute hatte sie bereits mehrfach niesen müssen. Das fehlte ihr noch. »Ich möchte nicht so genannt werden. Halte dich bitte daran.«

»Wenn du meinst …«, Clara stand nun ebenfalls auf. »Mom … *Mutti*, kannst du mir ein wenig Geld geben?«

»Nicht schon wieder. Du hast erst letzte Woche was von mir bekommen.«

»Nur ein bisschen«, schmeichelte Clara ihr.

Sophie seufzte und holte ihre Geldbörse. Viel war nicht drin. Aber sie hatte ja Verständnis für die Kinder. Sie waren jung, und bei allem was war, ging es trotzdem aufwärts, warum sollten sie sich nicht amüsieren?

»Hier«, sie legte einige Münzen vor Johannes und Clara auf den Tisch. »Für euch beide. Du willst doch bestimmt auch noch mal raus?«, fragte sie ihren Sohn, der freudig nickte. Johannes und seine Freunde hatten ihre Vorliebe fürs Musizieren entdeckt und probten in jeder freien Minute. Johannes' Meister hatte ihnen einen Raum hinter der Werkstatt zur Verfügung gestellt, in dem sie jede Menge Krach machen konnten, ohne dass es jemanden störte. Und nach der Probe gingen sie immer noch auf eine Cola in eine Wirtschaft.

Kurze Zeit später standen Johannes und Clara abmarschbereit vor ihr. Clara sah hinreißend aus in ihrem cremefarbenen Petticoat und mit den rosigen Wangen und dem Pferdeschwanz. Sie war nun sechzehn und sehr hübsch. Sophie hatte manchmal den Eindruck, sie selbst stünde vor sich, wenn sie ihre Tochter ansah. Sie war jung, sie hatte das Leben noch vor sich. Das ganze Leben. Kein halbes. Sophie hoffte so sehr, dass Clara glücklich würde und nicht an den falschen Mann geriet. Sie würde alles tun, um ihr dabei zu helfen, etwas Wunderbares aus ihrem Leben zu machen, das hatte sie sich schon vor langer Zeit geschworen.

Unten hupte Jürgen bereits. Clara war sich wohl sicher gewesen, dass die Mutter ihr erlauben würde, noch mal fortzugehen. Johannes stand neben ihr. Siebzehn Jahre alt und kess wie eh und je. An Mädchen hatte er bisher nur bedingt Interesse. Aber das würde noch kommen, da war sich Sophie sicher. Johannes war sehr beliebt. Das war in der Schule schon so gewesen, und das würde auch so bleiben. Er überlegte lange, bevor er etwas sagte, aber das, was aus seinem Mund kam, war nicht einfach so dahingeredet, sondern hatte Substanz. Sein ganzes Wesen erinnerte, wie sich Sophie manchmal wehmütig eingestehen musste, ein wenig an Maximilian.

Maximilian …

Die beiden umarmten sie und küssten sie flüchtig auf die Wange.

»Passt auf euch auf. Um zehn seid ihr spätestens zu Hause!«, rief sie ihren Kindern hinterher und musste schon wieder niesen.

18

»Bist du krank?«, fragte Greta, die noch vor ihrem Teller saß und im mittlerweile kalten Reis herumrührte.

»Nur ein kleines bisschen«, sagte Sophie und setzte sich schwerfällig wieder hin. Sie beobachtete Greta, die sorgfältig die Reisreste zusammenkratzte und darauf achtete, dass sie für jeden Löffel noch eine Kirsche hatte. Sie war so froh, dass sie damals auf diese Idee gekommen war. Clara und Johannes wussten die Wahrheit immer noch nicht, und das war auch besser so. Für sie beide war Greta die kleine Schwester. Sie liebten sie sehr und ließen sich von ihr um den Finger wickeln.

Greta war inzwischen elf. Sie war ein ruhiges Mädchen, das sich für viele Dinge interessierte. In der Schule machte sie gut mit, Rechnen war ihr Lieblingsfach, sie war gehorsam, fiel nie durch vorlaute Antworten auf und die Lehrer lobten sie allesamt über den grünen Klee. Keiner hatte jemals eine Veranlassung gesehen, ihr eine Kopfnuss oder eine Ohrfeige zu geben, geschweige denn den Rohrstock zum Einsatz kommen zu lassen.

Greta hatte eine bemerkenswerte Auffassungsgabe, man musste ihr nur einmal etwas sagen, dann saß es. Es zeichnete sich heute schon ab, dass Greta eine wunderschöne Frau werden würde. Sie hatte Sophies hellblonde

Haare, die leicht gelockt waren, ihre Haut wurde in der Sonne schnell braun, ihre Augen waren walnussfarben und von einem dichten, gebogenen Wimpernkranz umgeben. Sie war groß für ihr Alter und hatte eine schlanke Figur. Und sie hing an Sophie wie eine Klette.

Greta wusste nicht, dass sie eine »Waise« war. Für sie war Sophie Mutti. Und das freute Sophie. Greta war wie ein eigenes Kind für sie, das versicherte sie jedem immer wieder aufs Neue und musste dabei noch nicht einmal lügen. Aber das wussten die Leute ja nicht.

»Was machen wir beide jetzt?«, fragte Sophie.

»Können wir nicht eine Runde Mensch-ärgere-dich-nicht spielen?«

»Und der Abwasch?«

»Den mach ich. Das geht schnell. Ruh du dich aus.«

Sophie lächelte, stand auf, ging hinüber zum kleinen Sofa, das an der einen Küchenwand stand und streckte sich darauf aus. Sie beobachtete Greta, die gewissenhaft Wasser aufsetzte und die Reste des Essens in Schüsseln füllte, mit Tellern abdeckte und in die angrenzende Speisekammer stellte. Einen Kühlschrank konnten sie sich nicht leisten, genauso wenig wie einen Heißwasserboiler. Sophie hätte den Kindern so gern mehr geboten, ein gemütliches Zuhause, und sie würde ihnen so liebend gern einige Dinge kaufen, die das Leben schöner machten. Claras Petticoat hatte sie aus erbettelten Stoffresten nähen müssen.

An sich selbst dachte sie bei all ihren Wünschen nicht. Gut, einen Friseurbesuch hin und wieder, den gönnte sie sich. Aber Clara hatte schon gesagt, bald sei sie so weit, der Mutter die Haare selbst zu machen, dann könnte sie das Geld für einen Friseur bis in alle Ewigkeit sparen. Sophie hätte gern eine schicke Frisur gehabt, so wie die Schauspielerinnen auf den großen Plakaten, die vor den Lichtspielhäusern hingen. Vor einigen Jahren gab es den Film *Die Sünderin* mit Hildegard Knef, und allein die Frisur hatte Sophie verharren lassen! Sie hatte ehrfürchtig vor den Fotos gestanden. Den Film hatte sie nicht gesehen. Der Eintritt war zu teuer gewesen.

Sie sah sich müde in der schäbigen Küche um, die sie versucht hatte mit ein paar kleinen Dingen ansehnlicher und gemütlicher zu machen. Mit der Tischdecke aus geblümtem Wachstuch und dem Bild, das Greta ihr gemalt und das sie in einen billigen Holzrahmen gesteckt hatte. Das Bild erinnerte sie immer an ihren Traum. Ein Haus, ein Garten und viele Blumen, Kinder, die schaukelten und spielten. Manchmal stand Sophie davor und hatte das Gefühl, den Duft von Rosen zu riechen, dann machte sie die Augen zu und hörte Maximilians Stimme.

Das Bild passte eigentlich gar nicht in ihre Küche. Hier wirkte trotz ihrer Bemühungen alles ärmlich.

Kurz nachdem Greta den letzten Teller abgetrocknet hatte, klopfte es an der Tür und sie sprang hin und öffnete, um einige Sekunden später mit Marion vom Stockwerk über ihnen dazustehen.

»Kann ich noch ein wenig zu ihr hoch?«, fragte sie hoffnungsvoll. Marion war genauso alt wie Greta, hatte aber keine Geschwister und ein eigenes Zimmer, ganz für sich allein, was für Greta etwas ganz Besonderes war, weil sie selbst sich einen winzigen Raum mit Clara und Johannes teilen musste.

Die beiden Mädchen konnten stundenlang versunken

dort sitzen, lesen oder so tun, als würden sie auf dem Herd der Puppenküche Nudelsuppe kochen.

»Sicher.« Sophie nickte. Ihr war es ganz recht. So konnte sie hier liegen bleiben und ein wenig dösen. Später dann würde sie schlafen gehen und hoffen, dass Ferdinand sie nicht weckte, wenn er spät in der Nacht sturzbetrunken nach Haus kam.

Nachdem sie alleine war, schloss sie die Augen und dachte über vieles nach. Über Lotti zum Beispiel, die ihr gesagt hatte, dass sie mit Maximilians Vater schlief. Und dass diese Familie so reich wäre, wie man es sich nur vorstellen könnte.

»Das ist eine andere Welt, Sophie«, meinte sie zu ihr. »Du gehörst und passt da nicht hin, genauso wenig wie ich. Man würde zehn Meter gegen den Wind riechen, woher wir kommen. Die würden uns nie akzeptieren.« Sie hatte wieder hektisch geraucht und Sophie dann mitgeteilt, dass sie es für besser halte, wenn sie keinen Kontakt hätten. »Ich habe ein neues Leben angefangen, da passt die Vergangenheit nicht mehr rein.«

Dann hatte Lotti abrupt Geld auf den Kaffeehaustisch gelegt, war aufgestanden, hatte Sophie zugenickt und war weggelaufen. Sophie folgte ihr schnell, aber trotz ihrer hohen Absätze schien Lotti flinker zu sein. Sie war bereits verschwunden, als Sophie auf die Straße trat.

Sie machte sich Sorgen um ihre Freundin, von der sie seit diesem Tag nichts mehr gehört hatte. Und sie würde so gern mehr über Maximilian erfahren, wenn Lotti überhaupt mehr wusste. Vielleicht ... vielleicht hatte er sich ja schon von seiner Frau getrennt. Wann immer Sophie eine Tageszeitung zu fassen bekam, studierte sie diese von vorn bis hinten, aber niemals sah sie ein Foto von Maximilian oder fand Hinweise darauf, zu welcher Familie er gehörte.

Sie wusste gar nichts über ihn, außer dass er sehr reich war, was Lotti ihr ja bestätigt hatte, und dass er in einem sehr großen Haus hier in Frankfurt wohnte. Aber wo? Sie wusste ja noch nicht einmal, was genau die Familie so reich gemacht und welchen Beruf er hatte. Sie wusste nur, dass seine Frau Caroline hieß.

Sophie setzte sich auf. Das war doch schon einmal ein Anhaltspunkt. Es musste doch herauszufinden sein, wo er wohnte, auch wenn sie keinen Nachnamen kannte. Sie würde einfach in die guten Frankfurter Viertel gehen und Passanten auf der Straße fragen.

Und dann? Was wäre, wenn sie wüsste, wo er wohnte? Sollte sie dann läuten in ihrer drittklassigen Kleidung und mit ihren abgearbeiteten Händen, und fragen, ob man sie bitte anmelden möge?

Selbst wenn sie das täte, was, wenn Maximilian vor ihr stünde? Das ging doch alles nicht. Womöglich würde sie ihn in allergrößte Schwierigkeiten bringen, und sich auch. Wenn das alles herauskam! Die Leute würden sich das Maul zerreißen, wenn eine kleine Arbeiterfrau plötzlich dastünde und um Einlass bäte. Denn bestimmt würde das Personal tratschen.

Trotzdem … Sophie war neugierig.

Sie stand langsam vom Sofa auf und trat ans Fenster.

Die Kinder waren bis zehn Uhr unterwegs, Greta bei den Nachbarn und um Ferdinand musste sie sich nicht kümmern, es würde noch Stunden dauern, bis der heimkam.

Sie könnte doch einfach mal mit dem Rad nach Sachsenhausen fahren, denn dort am Main standen die größten Villen. Nicht dass sie bei einer von ihnen läuten würde, sie wollte nur einmal schauen. Vielleicht gab es ja dort auch Gastwirtschaften, und sie könnte durch die Scheiben blicken, Maximilian vielleicht kurz sehen. Ja, sie wollte ihn bloß kurz mit eigenen Augen sehen. Wissen, ob es ihm gutging. Das war alles.

Sophie nahm eine Strickjacke und fuhr sich kurz mit dem Kamm durch ihre Haare.

Sie lehnte die Wohnungstür an, ging hoch zu den Nachbarn und sagte Bescheid, dass sie noch einmal fortmüsse.

Dann wollte sie ihren Schlüssel suchen und gehen.

Aber es fiel ihr noch etwas ein.

Sie ging zurück in die Wohnung und zog das mittlerweile nun doch gewaschene Moosröschenkleid an, das seit langer Zeit unangetastet im Schrank hing.

Sophie hatte beschlossen, auch am Römer vorbeizufahren. Sie wollte Maximilian nahe sein, auch wenn heute nicht »der Tag« war und sie ihn womöglich gar nicht finden würde. Schnell nahm sie noch das Herz aus Stein aus den hinteren Gefilden der Frisiertoilette, dann war sie bereit.

Es war ein spontaner Entschluss.

Oder Hoffnung.

19

Maximilian saß vor seinem Teller, auf dem große, duftende Fleischstücke sowie Kartoffeln und Gemüse lagen, und stocherte lustlos in den Bohnen herum.

»Nun iss doch endlich«, zischte Caroline ihm zu, die mit großem Appetit bereits bei der zweiten Portion angekommen war. Immer hungrig, ließ sie sich Soße nachreichen. Caroline hatte das Glück, essen zu können, was immer sie wollte, sie nahm niemals auch nur ein Gramm zu. Dass sie nicht nur hier, sondern auch zu Hause grundsätzlich nach jeder Mahlzeit das Badezimmer aufsuchte, um sich, wie sie sagte, die Nase zu pudern und die Lippen nachzuziehen, war bei ihr alte Gewohnheit.

Sie machte sich auch frisch, aber vorher erbrach sie das gesamte Essen, um sich dann die Zähne zu putzen und mit perfekt geschminktem Mund wieder an die Tafel zurückzukehren.

»Ich habe keinen Appetit«, erwiderte Maximilian müde.

»Herrje, keinen Appetit. Willst du die Gastgeber beleidigen?«

Maximilian seufzte und zerteilte eine Kartoffel.

»Wo bist *du* denn groß geworden? Kartoffeln werden nicht mit dem *Messer* zerschnitten«, fuhr Caroline ihn an. »Was hat man dir denn *überhaupt* beigebracht? Und setz dich *gerade hin*. Du hockst da krumm wie ein *alter Mann.*« Sie beugte sich so dicht zu ihm herüber, dass ihr Mund beinahe seine Wange berührte. »Du bist wirklich in allem ein Versager. Als Liebhaber allemal, und wenn man deinem Vater Glauben schenken darf, auch als Geschäftsmann. Er hatte einmal so große Hoffnungen in dich gesetzt, aber die scheinen sich nicht zu erfüllen. Vielleicht sollte ich mir einfach einen anderen suchen. Du armer Teufel. Du kannst eine Frau doch gar nicht glücklich machen. In keiner Hinsicht.«

In diesem Moment geschah etwas, das Maximilian sich weder in diesem Moment noch später erklären konnte. Er stand auf, ganz ruhig, nahm seinen gefüllten Teller, hielt ihn über Carolines Balmain-Kleid und kippte ihr den Inhalt über den Schoß. Er lächelte sie an, nahm sein Glas, das bis fast an den Rand mit einem alten Bordeaux gefüllt war und schüttete es ihr über den Kopf. Dann setzte er sich wieder auf seinen Stuhl und sah in die Runde, so, als ob nichts geschehen wäre.

Walter Kolb saß mit offenem Mund da und brachte kein Wort heraus. Seine Frau war zur Salzsäule erstarrt und hielt ihr Weinglas, aus dem sie gerade einen Schluck nehmen wollte, wie eine Waffe vor sich. Keiner der über dreißig Anwesenden sagte ein Wort.

Auch Caroline schwieg.

Genau fünf Sekunden lang.

Dann begann sie mit lauten Beschimpfungen, die natürlich allesamt ihrem Mann galten. Sie kreischte los wie eine Furie.

Maximilian hob sein Glas, und ein geistesgegenwärtiger Lohndiener kam beflissen heran und füllte ihm nach, während Caroline immer mehr in Fahrt kam.

»Auf uns, mein Schatz«, sagte er in einer Schreipause und prostete ihr zu.

»Sie kann eben nie genug bekommen«, sagte er zu Walter Kolb und den Gästen, und diesmal klang *seine* Stimme zynisch.

Es war das erste und einzige Mal in dieser Ehe, dass Maximilian sich hatte gehenlassen. Das erste und einzige Mal, dass er tat, wonach ihm der Sinn stand. Und das war ein erhebendes, beinahe glücklich machendes Gefühl.

Es war auch das erste Mal in Walter Kolbs Dienstzeit, dass so etwas passierte. Und das letzte Mal. Im September '56 starb er an Herzversagen. Doch bis zu seinem Tod dachte er oft mit einem breiten Lächeln an diesen Moment zurück.

Kurze Zeit später stand Maximilian wieder auf. Seine Haltung war aufrecht, sein Gang sicher. Mit festen Schritten ging er zur Tür. Er würde nach unten gehen, vor den Römer, dorthin, wo er immer auf Sophie wartete.

Er brauchte jetzt einfach ihre Nähe, auch wenn sie nicht da sein und heute auch nicht kommen würde.

Beschwingt ging Sophie in ihrem Moosröschenkleid zur Tür, dann fiel ihr ein, dass sie ihren Schlüssel immer noch nicht eingesteckt hatte. Wo konnte der sein? Bestimmt in der Küche. Während sie zurückging und ihn suchte, hörte sie Geräusche, die aus dem Flur kamen.

Es war Ferdinand.

Wieso kam er jetzt schon? Es war lange, lange vor seiner gewohnten Zeit. Sophie verspannte sich augenblicklich und abrupt setzten die Gliederschmerzen, die sie völlig vergessen hatte, wieder ein.

»Verdammte Scheiße!«, hörte sie die alkoholgeschwängerte Stimme ihres Mannes vom Flur her und wie er gegen den Schuhschrank trat. Eine Sekunde später stand er in der Tür zur Küche. Sie drehte sich zu ihm um und rang sich ein Lächeln ab, was ihr allerdings gänzlich misslang.

»Du bist schon da?«, fragte sie und bemühte sich, neutral und freundlich zu klingen.

»Wo ist dein … Portemonnaie?« Er lallte diese Worte, kam näher, und sie wich unwillkürlich einen Schritt zurück. Seinen säuerlichen Atem und seinen alten Schweiß roch sie dennoch, und Übelkeit machte sich wie immer, wenn sie ihn sah, in ihr breit.

Ferdinand trug eine seiner alten, ausgeleierten Cordhosen, die an den Knien glänzten, dazu ein schmutziges Hemd, an dem zwei oder auch drei Knöpfe fehlten. Unter den Achseln hatten sich dunkle Ränder gebildet. Sein aufgedunsenes, rotes Gesicht mit der großporigen Haut ekelte sie genauso an wie der ganze Mann an sich. Seine Fingernägel waren wie gewöhnlich schwarz.

»Wozu brauchst du es?« Natürlich wusste sie, dass diese Frage völlig überflüssig war.

»Das geht dich einen feuchten Kehricht an!« Er kam noch näher und sie stand nun mit dem Rücken zum Küchenbuffet. »Gib mir Kohle, oder es knallt.«

›Bleib ruhig‹, dachte Sophie. ›Ganz ruhig. Du darfst ihn nicht noch mehr reizen.‹

»Hier ist kein Geld mehr. Ich hab dir schon alles gegeben.« Das stimmte nicht ganz, aber wenn er erfuhr, dass sie den Kindern ein paar Münzen für den Abend spendiert hatte, konnte sie für nichts mehr garantieren. Sie war froh, dass Greta bei Marion war und dies nicht mitbekam.

»Du dreckige Hure gibst mir auf der Stelle, was du hast!«

»Ich habe nichts! Ich schwöre es! Beruhige dich doch! Morgen kann ich sicher etwas auftreiben!«

Wankend kam Ferdinand näher. Er hob die eine Hand. Mit der anderen hielt er sich an einem der Stühle fest, um nicht das Gleichgewicht zu verlieren.

Und in der nächsten Sekunde stand er direkt vor ihr, holte mit voller Kraft aus, schlug ihr mit aller Gewalt ins Gesicht, und sie hatte den metallischen Geschmack von Blut im Mund. Dann zerrte Ferdinand sie an den Haaren durch den Flur und stieß sie letztendlich ins Schlafzimmer, in dem er sie auf den Boden schleuderte und den Gürtel aus seiner Hose zog, während er auf sie einzutreten begann. Dabei brüllte er immer lauter Worte, die Sophie nicht verstand. Und je lauter er brüllte, desto heftiger schlug er mit dem Gürtel auf Sophie ein.

Sie versuchte immer noch, ruhig zu bleiben.

Sie schrie innerlich und weinte ohne Tränen, aber aus ihrem Mund drang nicht ein einziger Laut.

Diese Blöße hatte sie sich vor Ferdinand noch nie gegeben.

*

Frankfurt am Main, 17. Juli 1956, 8 Uhr 10

Maximilian, bitte hilf mir. Ich kann nicht mehr. Ich war im Krankenhaus, mein Kiefer war gebrochen und ich hatte gefährliche Prellungen und einen Milzriss. Sie haben mir dort gesagt, ich müsste lange bleiben, eben bis alles verheilt sei, auch mein rechtes Auge ist verletzt – ich weiß nicht, wann das wieder in Ordnung kommt. Jedenfalls bin ich fortgegangen aus dem Krankenhaus, weil ich die Rechnung nicht hätte bezahlen können, wenn ich länger geblieben wäre.

Nun kann ich nur flüssige Nahrung zu mir nehmen, durch einen Strohhalm, und alles tut mir weh. Was wird aus meinen Arbeitsstellen? Die Arbeitslosigkeit ist hoch, und jeder ist heutzutage froh, etwas zu finden. Ich habe solche Schmerzen und kann mir noch nicht einmal Medikamente leisten. Ferdinand hat gesagt, wenn ich ein Sterbenswörtchen davon erzähle, dass er mich halb totgeprügelt hat, dann wäre ich dran. Dann würde er mich umbringen, und er sagte, er findet mich, egal wo.

Ich glaube ihm aufs Wort.

Den Kindern habe ich gesagt, ich hätte mich mit dem Fahrrad überschlagen und sei eine Böschung hinuntergefallen; dabei wäre ich mit dem Kopf auf einen Baumstamm geprallt. Ich weiß nicht, ob sie mir glauben, aber Johannes ist in letzter Zeit häufig zu Hause, mir scheint, er möchte auf mich aufpassen. Warum bist Du nicht da und hilfst mir? Warum holst Du mich hier nicht raus? Ich brauche Dich gerade mehr als je zuvor!

Sophie

*

Frankfurt am Main,
1. Juli 1957, 21 Uhr 45

Meine Lebensliebe,

es ist einige Zeit her, dass ich Dir geschrieben habe, und dafür möchte ich mich bei Dir entschuldigen.

Es ist etwas passiert, das ich gar nicht glauben kann, wobei ich es mir eigentlich hätte denken können. Im Nachhinein sieht man ja vieles klarer.

Caroline betrügt mich. Nun, diese Tatsache allein würde mich nicht unbedingt traurig machen, wir haben schon lange, sehr lange nicht mehr … Du verstehst.

Aber, und das ist allerdings etwas, das ich erst verdauen muss, es ist jemand, den ich kenne. Sehr gut sogar.

Vor einiger Zeit hatte ich ein Abendessen mit einem Geschäftspartner; wir waren in Sachsenhausen unterwegs und sind nach dem Essen noch auf einen Apfelwein ins Gemalte Haus *eingekehrt. Danach bin ich zu Fuß heimgegangen, es ist ja nicht weit. Außerdem brauchte ich frische Luft wegen des Zigarettenrauchs, davon bekomme ich meistens ziemlich heftige Kopfschmerzen.*

Da sah ich doch tatsächlich Caroline, die ich bei einer Bekannten vermutete, aus einem Hauseingang kommen. Sie sah sich um, als hätte sie Angst davor, entdeckt zu werden. Ich fragte mich natürlich, was sie hier machte, da die Bekannte ganz woanders wohnte. Caroline jedenfalls winkte ein zufällig vorbeifahrendes Taxi heran und fuhr davon.

Dann wollte *ich es einfach wissen – und bin zu dem Haus gegangen, aus dem sie gekommen war, studierte die*

Klingelschilder. Es war sehr merkwürdig, denn da stand unser Familienname an einem der Schilder.

Ohne groß nachzudenken, läutete ich, und tatsächlich wurde mir geöffnet. Aus der linken Erdgeschosswohnung trat ein Mann und sagte: »Na, meine kleine Wildkatze, hast du was vergessen?«

Weißt Du, wer es war? Mein Bruder Victor! *Der unscheinbare Victor, der nie eine Verlobte mit nach Hause gebracht hat, der immer noch ledig ist und der nie an Frauen auch nur das geringste Interesse zu haben schien. Du kannst Dir sicher vorstellen, wie fassungslos ich dagestanden habe. Wenigstens reagierte ich schnell und rannte den Treppenabsatz hoch, blockierte mit einem Fuß die Tür, bevor er sie zuschlagen konnte. Dann stellte ich ihn zur Rede. Er hat alles zugegeben. Seit Jahren schon hat er mit meiner Ehefrau eine Affäre! Und ich habe nichts davon gemerkt.*

Victor stand zuerst vor mir wie ein reuiger Sünder, aber dann wurde er trotzig und meinte, er würde mir doch nichts wegnehmen.

Das stimmt wohl, trotzdem fühle ich mich gedemütigt. Ich komme mir vor wie der sprichwörtlich gehörnte Ehemann. Warum habe ich es nicht gemerkt? Ja, Victor hatte sich verändert in der letzten Zeit. Aus dem unterwürfigen, stillen Bruder, der stets mit gesenktem Kopf herumgelaufen ist, ist ein anderer Mensch geworden, das ist mir schon aufgefallen. Plötzlich ging er gerade, hatte eine Meinung und kleidete sich modischer, und oftmals dachte ich, dass eine Frau dahintersteckt, habe aber nichts gesagt. Wir hatten nie ein inniges Verhältnis, wir beide. Eigentlich hatten wir gar keins. Dass es sich bei der

»Frau« um Caroline handeln könnte, habe ich jedenfalls nie vermutet.

Aber zurück zu diesem Abend. Irgendwann jedenfalls ließ ich ihn stehen und bin fortgerannt, weil ich den Kopf freibekommen musste.

Natürlich habe ich zuallererst darüber nachgedacht, ob die Tatsache, dass die beiden ein Verhältnis haben, mir vielleicht sogar nützen kann, beziehungsweise uns.

Aber ich habe ja keine Beweise. Dass Victor eine Wohnung angemietet hat, heißt ja nicht gezwungenermaßen, dass er eine Liaison mit Caroline unterhält.

Hätte ich bloß irgendetwas in der Hand, das mich frei machen könnte für Dich, mit der ich die Liebe, und damit meine ich jetzt nicht nur die seelische, sondern auch die körperliche, so innig erleben durfte wie noch nie!

Sophie, meine Schöne, ich denke so oft daran, wie es war, als wir uns liebten, in unserem Keller. Wie Du unter mir lagst und Dich gewunden hast, und ich denke an Dein Seufzen und Deine Worte: »Langsam … langsam … ich möchte noch nicht, dass es vorbei ist …« Oh, ich würde alles dafür geben, dies noch einmal erleben zu dürfen. Nein, das habe ich jetzt falsch ausgedrückt, nicht noch einmal. Sehr, sehr oft möchte ich in diesen Genuss kommen.

Selbstredend darf ich Caroline diesbezüglich eigentlich gar keine Vorwürfe machen, denn auch ich habe Ehebruch begangen, aber es ist keine Ehe mit ihr, es ist noch nie eine gewesen. Dennoch darf auf gar keinen Fall jemand diese Geschichte von uns beiden, von Dir und mir, erfahren – noch nicht. Und das Verhältnis zwischen ihr und meinem Bruder muss auch ein Geheimnis bleiben.

Wenn ich darüber nachdenke, wie unsere Familie gesellschaftlich dastünde. Ich …

*

In diesem Moment legte sich eine beringte Hand auf das Büttenpapier, Maximilians Füllfederhalter wurde ihm zusammen mit den Briefbögen entrissen, und er stieß vor Schreck einen lauten Schrei aus.

»Guten Abend«, sagte Caroline, die hinter dem schweren Samtvorhang hervorgekommen und ganz offenbar lange genug gewartet hatte.

»Was soll das? Wieso schleichst du dich heimlich in mein Arbeitszimmer?«

»*Dein* Arbeitszimmer? Nun, gehört uns hier nicht alles gemeinsam? Immerhin gibt es ja seit dem 18. Juni das endgültige Gleichberechtigungsgesetz, nicht wahr?«

»Ich verstehe gar nichts.«

Caroline wedelte mit dem Briefbogen vor ihm herum.

»Ich verstehe gar nichts«, äffte sie ihn nach. »Doch, doch, du verstehst schon.«

»Gib mir das Schreiben zurück.«

»Gleich. Keine Sorge, ich nehm es dir nicht weg. Ich weiß sowieso, was drinsteht. Es ist doch sowieso *fast* immer dasselbe.«

Maximilian wurde blass.

»Ich kenne all die Briefe, die du an deine *Sophie …*«, sie sprach den Namen so aus, als handele es sich um die Erwähnung einer Hure, »geschrieben hast.« Caroline setzte sich auf die Schreibtischkante. »Deine Lebensliebe, nicht wahr? Sophie, die blonde Fee, die Frau, mit der du dein

Leben sooo gern verbringen möchtest. Ach, wenn Caroline nicht wäre, dann hätten wir es leichter. Und wenn es Ferdinand nicht gäbe. Was meinst du, was würde denn dieser Ferdinand sagen, wenn er erfährt, was seine Frau vier Wochen lang in einem Luftschutzkeller so alles getrieben hat?«

Maximilian war nun weiß. Ihm war eiskalt.

»Wie hast du die Briefe gefunden?«

Sie schnaubte verächtlich auf. »Indem ich sie gesucht habe natürlich.«

»Warum hast du sie gesucht?«, fragte er heiser.

»Weil ich nicht dumm bin. Ich habe schon hundertmal draußen im Garten gestanden und dich durchs Fenster beobachtet und schreiben sehen. Irgendwann fragt man sich, warum du dafür immer die Tür abschließen musst.«

Er hatte Caroline nie für dumm gehalten, sagte das aber nicht. Ein diffuses Gefühl, dass von ihr eine Gefahr ausging, beschlich ihn.

Und wo waren die Briefe jetzt?

»Ich weiß genau, was du denkst«, Caroline lächelte ihn an. »Wo sind sie nur, die Liebesbriefe an die schöne Sophie? Lass es mich so sagen … an einem *sicheren Ort*. Genügt dir das?«

Er antwortete nicht, wartete ab. Er wusste, dass sie noch nicht fertig war.

Und er hatte recht.

»Wie ich schon sagte, das Gleichberechtigungsgesetz, das gibt es ja jetzt.«

»Was hat das mit den Briefen zu tun?«

»Ich meine das im übertragenen Sinn. Victor hat mir

erzählt, dass du mich gesehen hast. Gleiches Recht für alle, nicht wahr?«

Er schwieg.

»Wir könnten nun natürlich sagen, dass wir quitt sind. Es gibt da nur ein kleines Problem. Aber ich bin mir sicher, dass du jedes Verständnis der Welt für mich haben wirst.«

»Ein Problem?«

»Ja«, sagte seine Frau. »Ich bin schwanger.«

Sie setzte wieder dieses zynische Lächeln auf. »Da du ja unter gar keinen Umständen der Vater sein kannst, darf ich dir also mitteilen, dass es dein Bruder ist, der diese grandiose Tat mit mir zusammen vollbracht hat.« Caroline wartete einen Moment ab und genoss die Wirkung ihrer Worte sichtlich.

»Freust du dich nicht für uns?«, fragte sie dann, während der Boden unter Maximilians Füßen zu schwanken begann, obwohl er saß.

20

Rosemarie erhob sich von dem breiten französischen Bett mit dem grüngepolsterten Kopfteil in ihrem Apartment, das sich in der Stiftstraße, direkt am Eschenheimer Turm, in der Frankfurter Neustadt befand. Während sie einen fliederfarbenen Morgenmantel aus Seide überzog, den einer ihrer »Freunde« ihr geschenkt hatte, schwebte sie zu dem kleinen Nierentisch mit der mosaikbeschichteten Resopalplatte in Pastellfarben, der am Schlafzimmerfenster stand, schob den Vorhang zur Seite und blickte auf den regen Straßenverkehr. Es goss wie aus Kübeln, und die Scheinwerfer der Autos ließen die nasse Straße hell glänzen.

Theodor war eingeschlafen. Er lag auf dem Rücken, die Decke bedeckte gerade mal seinen Unterleib und nicht den mächtigen weißen Bauch, der sich gemeinsam mit dem Brustkorb hob und senkte. Sein Mund war halb geöffnet und er schnarchte. Die Hände hatte er wie zum Gebet über der Brust verschränkt. Seine goldene Armbanduhr und der Siegelring lagen auf dem Nachttisch. Der Raum war noch geschwängert vom Geruch des vor kurzem beendeten Liebesspiels.

Rosemarie zündete eine Zigarette an. Er hatte ihr lange kein Geschenk mehr gemacht.

Sie brauchte ein Auto. Ein schickes Mercedes Coupé würde ihr gut stehen. In Rot oder Schwarz.

Sie würde Theodor jetzt wecken und ihm sagen, dass sie noch lange nicht befriedigt sei. Er weckte nun mal dieses Verlangen in ihr, das vorher noch kein Mann ans Tageslicht gebracht hatte. Das würde sie sagen.

Sie verzog verächtlich den Mund.

Er war ihr so unsympathisch. Und seine Freunde auch. Allesamt waren sie widerwärtige Kriegsgewinnler, die sich für die Größten des Universums hielten. Sie hatte sich auf sein Drängen hin mit einigen von ihnen getroffen, und ihm dadurch, wie er sagte, wertvolle Informationen beschafft. Die Tonbänder hatte sie gut versteckt. Niemand außer ihr selbst würde sie jemals finden. Wenn diese Dokumente an die Öffentlichkeit gerieten, würde Frankfurt, ach was, ganz Deutschland von einem Skandal erschüttert werden.

Es waren große Namen, sehr große.

Rosemaries Gesicht verzog sich zu einem breiten Grinsen. Sie konnte das Geld, das sie bekommen würde, förmlich riechen. Jenes Geld, das ihr entweder von Theodor oder von jemand anderem gezahlt werden würde.

Und dann hieß es: leben! Das Auto würde sie vorher bekommen, damit sie dies schon sicher hatte, sie wollte nicht mehr allzu lange darauf warten.

Als Erstes wäre eine Eigentumswohnung fällig. Nicht hier in Frankfurt. Sie wollte raus ins Grüne. Mit einem neuen Nerzpelz und den aktuellen Kollektionen der Pariser Modeschöpfer liebäugelte sie ebenfalls.

Sie würde immer echten Kaviar im Kühlschrank haben und nicht darauf angewiesen sein, ihn nur dann zu bekommen, wenn sie mit einem ihrer »Gönner« unterwegs war.

Dann natürlich Schmuck. Bulgari. Cartier.

Es würde einfach herrlich werden.

Zufrieden drückte Rosemarie ihre Zigarette im Aschenbecher aus und ging zurück zum Bett, in dem Theodor immer noch lag und schnarchte. Sie zog die Decke weg und begann, ihn zu streicheln, was er mit einem wohlwollenden Grunzen honorierte. Angeekelt blickte sie auf das, was sich ihr darbot.

Theodor Dannenbeck war alles andere als ein guter Liebhaber.

Wie auch? Das, was sie sah, war an Kümmerlichkeit kaum zu überbieten.

Seufzend machte sie sich weiter ans Werk. Und dachte an ihre sorgenfreie Zukunft, die schon bald beginnen würde.

In dieser Minute hatte Rosemarie exakt noch zwei Wochen zu leben. Aber das wusste sie natürlich zu diesem Zeitpunkt nicht.

*

Sophie brauchte einige Wochen, um sich von Ferdinands letztem Gewaltausbruch zu erholen. Zum Glück hatte sie ihre Arbeitsstellen behalten.

Ihr größtes Problem war, dass sie kaum jemanden kannte, dem sie sich anvertrauen konnte. Deswegen schrieb sie beinahe jeden Tag einen Brief an Maximilian, was ihr guttat, auch wenn er ihre Hilferufe gar nicht erhielt.

Einmal hatte Ferdinand sie beim Schreiben fast erwischt, und es gelang ihr in letzter Sekunde, den Schreibblock in der Schublade unter dem Tisch verschwinden zu lassen. Sie hatte einen Schweißausbruch bekommen, so sehr hatte sie gefürchtet, dass er fragen könnte, was sie da tat.

Wenn doch bloß Lotti da wäre.

Eine andere Freundin hatte Sophie nicht.

Sie traute sich nicht, Freundschaften zu schließen, aus Angst davor, dass jemand ihre katastrophalen familiären Verhältnisse mitbekommen könnte. Und noch mehr befürchtete sie, dass sie jemandem von Maximilian erzählen könnte. Das durfte unter gar keinen Umständen passieren. So lebte Sophie einsam vor sich hin.

Natürlich gab es einen gelegentlichen Plausch mit einer Nachbarin beim Wäschewaschen oder Aufhängen der Laken im Hinterhof, aber mehr gestand sie sich nicht zu.

Sophie lernte zu lügen.

Ja, ihr Mann würde nun bald eine Arbeit bekommen.

Oh, gewiss, es sei alles so schwer heutzutage.

Nein, mit der Arbeit des Mannes hatte es nun leider doch nicht geklappt. Er sei ja auch so krank, ging oft zum Arzt, war melancholisch und stets müde. Das sagte sie immer dann, wenn Ferdinand über die Straße getorkelt war und sie befürchten musste, jemand habe ihn gesehen. Sie selbst schuftete wie eine Sklavin. Und sie habe viele, viele Unfälle, weil sie so schrecklich ungeschickt sei.

Letztens war sie doch tatsächlich wieder mit dem Rad gestürzt. Und ein anderes Mal hatte ein Auto sie angefahren und sie war übel auf dem Boden aufgeschlagen.

Die Nachbarinnen drückten ihr Mitgefühl aus und fragten nicht weiter nach. Ob sie sich ihren Teil dachten, das behielten sie für sich.

Das war Sophie nur recht.

Sie dachte in ihrem Unglück mindestens zehn Mal am Tag darüber nach, zu gehen.

Aber wohin sollte sie? Kein Hausbesitzer, keine Wohnungsbaugesellschaft würde einer alleinstehenden Frau eine Wohnung geben, sondern die Nase rümpfen und sie fortschicken. Ob sie geschieden oder Witwe war, interessierte nicht.

Als Frau konnte man ja nicht mal abends alleine ausgehen, ohne schief angesehen zu werden. Nicht nur Ehefrauen sahen in alleinstehenden Frauen eine Gefahr für verheiratete Männer. Schnell stand eine Frau in dem Ruf, eine Dame aus dem horizontalen Gewerbe zu sein. Nach dem Krieg gab es in Deutschland zu viele Frauen, viele Männer waren gefallen oder galten als vermisst. Wer seinen Mann zu Hause hatte, wollte ihn auch behalten und betrachtete die anderen Frauen als gefährliche Konkurrentinnen. Aber nicht nur Alleinstehende wurden schlecht behandelt. Sophie musste am eigenen Leib erfahren, dass sie viel schlechter bezahlt wurde als ihre männlichen Kollegen, die das Gleiche taten wie sie.

Sophie hatte keine Rücklagen. Das, was sie sich vom Munde abgespart hatte, fand Ferdinand eines Tages, als sie bei der Arbeit war, und hatte es sofort in Alkohol umgesetzt oder am Spieltisch verloren.

Somit platzte Sophies sehnlichster Wunsch: Sie wollte die Kinder im nächsten Jahr mit einer Urlaubsreise überraschen. Seit einiger Zeit wurden diese sogenannten Pauschalreisen angeboten, und man konnte für eine einigermaßen erschwingliche Summe zwei Wochen lang nach Italien oder Spanien reisen. Wie gern wäre Sophie mit ihren dreien einmal fortgefahren. Es hätte der erste Urlaub in ihrem Leben sein sollen. Und das erste Mal, dass sie überhaupt aus Hessen herausgekommen wäre.

Ferdinand schlug sie in regelmäßigen Abständen, und sie ertrug es wie immer, ohne dass sie einen Laut von sich gab. Sie hatte sich schon an die Schmerzen gewöhnt, sie waren vorhersehbar.

Nach außen hin setzte sie eine Maske auf, die alles verbarg, was sie wirklich dachte. Sie mied Kontakte, weil ihr Ehemann ihr peinlich war. Und sie wurde im Großen und Ganzen auch in Ruhe gelassen.

Nur Frau Weigand aus dem Erdgeschoss, die sie manchmal auf dem Flur oder der Straße traf, sah sie immer so forschend an. Und eines Tages wurde Sophie von ihr vorm Bäcker angesprochen. Frau Weigand war eine patente Frau Mitte fünfzig, die Mann und zwei ihrer vier Söhne im Krieg verloren hatte, die sich aber trotz aller Schicksalsschläge nicht unterkriegen ließ. Sie trug das Haar grundsätzlich zum Dutt frisiert und auch auf der Straße Kittelschürzen. Ihre Hände waren rau und abgearbeitet, ihre Stimme tief, und sie hatte etliche Kilos zu viel auf den Hüften, was ihr aber gut stand. Die beiden verbliebenen Söhne hatten ihre Schusterlehre beendet und wollten nun Meister werden, um dann gemeinsam ein Geschäft aufzumachen, was Frau Weigand jedem, der es hören wollte oder auch nicht, mit mütterlichem Stolz erzählte. Die beiden waren alles, was sie noch hatte, und deswegen redete sie eigentlich ununterbrochen von ihnen. Den jungen Männern war das manchmal ein wenig unangenehm, wenn sie es mitbekamen, aber ihre Mutter bekümmerte das nicht.

Frau Weigand war eine Frau mit großem Herzen, in

dem für viele Menschen Platz war; sie war eine Person, die gern laut und kehlig auflachte, und wenn sie anfing zu sprechen, war das eher ein Schreien, das man im Umkreis von hundert Metern hören konnte. Jeden Samstag backte sie einen ihrer geliebten Blechkuchen und verteilte ihn stückweise und noch warm in der gesamten Nachbarschaft.

Sophie wurde von Frau Weigand stets »Kindchen« genannt, obwohl sie eine erwachsene Frau war. Aber sie ließ es zu. Sie mochte ihre Nachbarin sehr. Und an das »Kindchen, wie geht's heute?« hatte sie sich schon gewöhnt.

An diesem Mittwoch stand Sophie also vor ihr, und obwohl es trist und bewölkt war, trug sie eine Sonnenbrille, um ihre zugeschwollenen Augen zu verbergen. Sie hatte nicht viel Zeit und musste gleich weiter zum Putzen. Aber Frau Weigand baute sich vor ihr auf und sagte gar nichts mit »Kindchen«, sondern »So geht es nicht weiter«.

»Was meinen Sie damit?«, fragte Sophie erstaunt.

»Na, mit Ihnen. Ich bin ja nicht auf den Kopf gefallen. Und Sie auch nicht, wenn Sie verstehen, was ich meine.«

Sophie wurde rot und sah sich um. Hoffentlich hörte niemand zu. Aber sie waren allein. Niemand blieb stehen und interessierte sich für sie. Lediglich ein paar Hausfrauen hasteten mit ihren Einkaufstaschen vorbei.

»Meine liebe Frau Brunner«, begann ihre Nachbarin für ihre Verhältnisse leise und senkte den Kopf. »Ich kann das nicht mehr mit anschauen.«

»Ich weiß wirklich nicht, was Sie ...«

»Nein! Hören Sie schon auf mit dem Geschwätz. Es muss was geschehen mit diesem Teufel, den man Ihren

Mann nennt. Der gehört ins Zuchthaus, wenn Sie mich fragen.«

»Aber Frau Weigand …«

»Nix aber Frau Weigand. Glauben Sie denn, ich hab immer Watte in den Ohren? Denken Sie, ich hör das nicht?«

Sophie wurde blutrot. Am liebsten wäre sie in den Erdboden versunken.

Frau Weigand bemerkte das. »Vor mir muss Ihnen das nicht peinlich sein«, sagte sie in ihrer herzlichen Art. »Ich wette drei Finger, dass Sie ganz allein den Krempel mit sich ausmachen, was? Aber Sie brauchen Hilfe, Kindchen. Sonst schlägt der Sie irgendwann ins Krankenhaus oder tot.« Sie packte sie am Arm. »Und Sie müssen mal mit jemandem quatschen über den ganzen Zirkus. Ich seh Sie immer nur rumlaufen, als wär der Leibhaftige hinter Ihnen her, und so, als hätten Sie Marschgepäck für vier auf den Schultern. Sie kommen jetzt mit mir mit und ich mach uns eine anständige Tasse Bohnenkaffee.«

»Das geht nicht«, wandte Sophie ein. »Ich muss zu meiner Putzstelle.«

»Ach wo, Putzstelle. Da läute ich aus dem Telefonhäuschen da drüben an und sag, Sie seien mit dem Fahrrad hingefallen, nicht wahr? Das glaubt Ihnen jeder aufs Wort, wenn er Sie sieht.«

Zehn Minuten später saßen sie sich in Frau Weigands Küche gegenüber. Der Wasserkessel stand auf dem Gasherd, und die Nachbarin stellte Tassen, Zuckerdose und Milchkanne auf den Tisch.

»So«, sagte sie, nachdem der Kaffee aufgebrüht und sie ihn eingegossen hatte. »Denn mal los. Ich will alles wissen. Von Anfang an.«

Sophie schaute Frau Weigand an, öffnete den Mund und wollte etwas sagen, aber in genau dieser Sekunde brach sie in Tränen aus. Sie schluchzte und ihr magerer Körper krampfte sich im Schmerz zusammen. Frau Weigand stand auf und nahm sie in die Arme. »Schon gut, Kindchen, schon gut. Da muss jetzt was raus.«

*

Frankfurt am Main,
4. Januar 1958, 19 Uhr 30

Mein über alles Geliebter,

ich kann es gar nicht glauben, dass unser Wunsch immer noch nicht wahr geworden ist. Jedes Jahr aufs Neue gehe ich zum Römer, aber Du kommst nicht. Und so bleibt mir nur die Möglichkeit, noch ein bisschen länger auf Dich zu warten. Manchmal, das gebe ich ehrlich zu, habe ich Angst davor, dass Du mich doch bereits vergessen hast und Dich schon nicht mehr an unsere Abmachung hältst. Aber dann sage ich mir, dass Du das nicht tun würdest. Wenn Du in uns keine Zukunft siehst, würdest Du den ganzen Tag warten und es mir sagen, nicht wahr? O nein, ich würde Dir keine Szene machen. Ich würde Deine Entscheidung akzeptieren, auch wenn sie mir weh täte. Es wäre eben so.

Die andere schreckliche Möglichkeit, die ich mir ausmale, ist, dass Dir etwas geschehen ist. Zwar hat eine Freundin mir bei unserem letzten Treffen erzählt, dass sie Deinen Vater kennt, und sie sprach auch von Dir, aber in der Zwischenzeit hätte ja etwas passiert sein können. Lei-

der kann ich sie nun nicht mehr fragen, sie hat den Kontakt abgebrochen, was mir unendlich weh tut.

Ich hoffe so sehr, dass es Dir gutgeht und Du an mich denkst.

Nun haben wir schon 1958 – die Jahre sind so schnell vorbeigegangen, obwohl sie teilweise zäh verliefen.

Uns geht es finanziell immer noch nicht gut, weil ich für alles alleine sorgen muss. Du kannst dir vorstellen, wie schlecht die Bezahlung ist, die ich erhalte. Ich weiß nicht, wann ich das letzte Mal echte Butter gekostet habe.

Auch sonst können wir uns so gut wie nichts leisten, obwohl ich versuche, an allen Ecken und Enden zu sparen, aber meist ist schon zur Monatsmitte hin Ebbe in meiner Kasse.

Ich kann mir nichts für mich selbst kaufen. Kein Haarwasser, kein Parfüm, obwohl ich das doch so gerne einmal hätte. Neue Möbel sind längst überfällig. Mein Traum ist eine dieser neumodischen Küchen, in denen jede Schranktür eine andere Farbe hat: rosa, gelb, hellblau und hellgrün. Doch sie ist zu teuer, genauso wie ein elektrischer Herd oder ein Eisschrank. Fleisch gibt es höchstens einmal pro Woche.

Aber ich will nicht klagen – obwohl ich viel arbeiten muss. Eine kleine Erleichterung gibt es: Vor einiger Zeit wurde endlich die 45-Stunden-Woche eingeführt, das heißt für mich, dass ich ein wenig mehr nebenher arbeiten kann und noch etwas dazuverdiene. Oft bin ich allerdings so müde, dass ich mir wünschte, einzuschlafen und für Monate nicht mehr aufzuwachen.

Einmal konnte ich die Kinder wenigstens in die Ferien schicken, in den Schwarzwald. Sie waren dort mit den

Pfadfindern zelten und kamen gut erholt und braungebrannt wieder.

Solche Dinge machen mich glücklich. Dass ich meinen Kindern hin und wieder etwas bieten kann.

Was »ihn« angeht, so hat er nacheinander drei Arbeitsstellen wegen Trunkenheit verloren. Da er aber sowieso arbeitsscheu ist, machte ihm das natürlich nichts aus.

Ich schreibe und schreibe irgendwas, um die Bögen vollzubekommen, dabei möchte ich Dir eigentlich nur eine Frage stellen, eine einzige: Liebst Du mich noch? Glaubst Du noch an uns? Ich hoffe es. Es ist alles, was mich aufrecht hält.

Ich zumindest liebe Dich über alles und mehr als mein Leben! Und ich warte auf den nächsten bestimmten Tag, der unser Schicksal verändern könnte.

Immer Deine Sophie

*

Rimini/Italien, Sommer 1958

Theodor Dannenbeck, mittlerweile 64 Jahre alt, hatte sich von der allgemeinen Reiselust anstecken lassen und genoss es, in der Weltgeschichte umherzureisen. Und er hatte beschlossen, in Italien ein Ferienhaus zu kaufen. Das würde Eindruck schinden. Außerdem war es eine gute Geldanlage. In ein paar Jahren würde es das Fünffache wert sein, darauf spekulierte er zumindest. Die Deutschen reisten immer mehr, und die Richtigen wurden immer reicher, weil sie es klug anstellten. Zu gegebener Zeit würde Theodor das Haus vielleicht wieder verkaufen. Natürlich nur, wenn es sich für ihn lohnte.

Seine Wahl fiel auf ein prachtvolles, mehrstöckiges Gebäude direkt an der Adriaküste in Rimini.

Zuerst hatte er Capri in Erwägung gezogen, dann aber wieder verworfen, weil Gott und die Welt nach Capri fuhr, aber er einen besonderen Ort und einen besonderen Bau wollte, was ihm nach der Renovierung der alten Villa auch gelungen war.

Sie hatte einen wunderschönen Blick direkt aufs Meer, war zartrosa gestrichen, im imposanten Innenhof befanden sich üppige, farbenprächtige Blumen sowie ein großer Swimmingpool mit Sprungbrett.

Die Einrichtung des Hauses war landestypisch, an den Wänden hingen geknüpfte Teppiche und rustikale Gemälde einheimischer Maler. Das Grundstück ringsherum war dicht bewaldet und uneinsehbar, die Köchin kam aus dem Ort, eine laute, derbe Person mit runzligem Gesicht, die allerdings das leckerste Essen in der Küche zauberte, wo Kupfertöpfe und -pfannen an den Haken über dem offenen Herd hingen.

Natürlich gab es auch einen vorzüglich eingerichteten, wohltemperierten Weinkeller, einen offenen Essbereich mit geflochtenen Stühlen und einer drei Meter langen Tischplatte, die der Dorfschreiner aus Pinienholz angefertigt hatte.

In diesem Sommer hatte Theodor die ganze Familie informiert, dass man zusammen nach Rimini reisen würde, um den ersten Urlaub im neuen Haus gemeinsam zu verbringen. Theodor lag nicht viel an seiner Sippschaft, aber er wollte sie zusammenhalten, weil das gut fürs Geschäft war. Außerdem machte es auf Kunden und Geschäftspartner einen nachhaltigen Eindruck, wenn man gemeinsam verreiste. Die Familie ging schließlich über alles, und Blut ist ja bekanntlich dicker als Wasser.

Auch Carolines Eltern sowie ihre Schwester Louise und deren Mann und die zwei Kinder waren eingeladen. Maximilian hatte sie nur ein paar Mal gesehen, auf der Hochzeit natürlich und dann noch bei zwei oder drei Familienfeiern. Er wusste noch nicht einmal mehr, wie sie und ihr Mann überhaupt aussahen. Er hatte sowieso andere Probleme.

Das Kind von Caroline und Victor war inzwischen auf die Welt gekommen. Ein Junge, der auf den Namen Harald getauft wurde.

Als Maximilian ins Krankenhaus kam, um »seinen« Sohn das erste Mal auf den Arm zu nehmen, hatte er sich nach Leibeskräften bemüht, dem unschuldigen Säugling keine stillen Vorwürfe zu machen, er versuchte sogar, Gefühle für ihn zu entwickeln, aber es misslang ihm. Er konnte es einfach nicht. Vor allen anderen musste er natürlich Freude heucheln, was ihm unglaublich schwerfiel.

Theodor hatte gesagt: »Nun hast du das Haus voll mit Söhnen. Das hast du gut gemacht. Die Zukunft ist gesichert.« Maximilian hatte genickt und das Gefühl gehabt, gleich zusammenzubrechen.

Caroline war nicht gerade das, was man eine Übermutter nannte. Schon bei den ersten beiden Kindern hatte sie sofort auf Personal bestanden, um so gut wie möglich entlastet zu werden. Nachts brauchte sie ihren Schlaf, tagsüber ihre Ruhe, um all die Dinge zu erledigen, die ihr das Leben versüßten. In der Frankfurter Innenstadt war sie ein gerngesehener Gast der Edelboutiquen, und es konnte gut vorkommen, dass sie an einem einzigen Nachmittag fünftausend Mark ausgab, worüber sich Maximilian aufregte, aber nichts mehr sagte, weil er bereits resigniert hatte.

Ihm war alles zu viel geworden. In der Bank bekleidete er mittlerweile einen verantwortungsvollen Posten, war zuständig für die Großkredite, wobei seine Arbeit von Theodor immer noch mit Argusaugen überwacht wurde. An manchen Tagen wollte Maximilian einfach aufstehen, gehen und nie mehr zurückkommen. Da war diese Leere in seinem Kopf und diese Kraftlosigkeit, die ihn lähmte. Und diese Traurigkeit.

Doch immer wieder raffte er sich auf, studierte unkonzentriert Anträge und unterschrieb Unterlagen und Kreditbewilligungen, die sein Vater bereits abgesegnet hatte, ohne wirklich zu wissen, was er tat.

Er glaubte nicht mehr an sich und Sophie.

Wenn es bis jetzt nicht geklappt hatte mit dem 18. April, wann überhaupt?

Manchmal glaubte er, sie hätte ihn schon längst vergessen.

Hin und wieder streifte er abends durch die Frankfurter Stadtteile, in denen die einfachen Leute wohnten, er schaute in Erdgeschosswohnungen durch die Fenster, soweit das möglich war, aber er erblickte sie nie.

Zumindest seine älteren Söhne Leonhard und Philipp waren begeistert vom kleinen Bruder. Die beiden waren mittlerweile zwanzig und einundzwanzig Jahre alt, Philipp studierte Jura im heimatlichen Frankfurt, Leonhard hatte sich entschlossen, Arzt zu werden und wohnte derzeit nicht weit von ihnen in Heidelberg, wo er sich an der Ruprecht-Karls-Universität für das Medizinstudium eingeschrieben hatte. Beide hatten feste Freundinnen, die sie zu heiraten beabsichtigten, sobald sie mit den Studien fertig waren. Maximilian war froh, dass die beiden mit nach Rimini gekommen waren, er liebte sie sehr und ihn freute es, dass sie immer das Gespräch mit ihm suchten und ihn um Rat baten. Zu ihrer Mutter hatten sie längst kein so inniges Verhältnis, was Caroline jedoch gleichgültig war. Sie lebte in ihrem Kokon, und was andere taten, interessierte sie nur dann, wenn sie ihre Vorteile sah oder irgendwelche Nachteile befürchtete.

Ihre Eltern waren Theodors Einladung ebenfalls gefolgt, und nun waren also alle hier in Rimini. Carolines Mutter Johanna scharwenzelte den lieben langen Tag um die Enkelkinder herum und gab allen, wie sie meinte, wertvolle Tipps zur Kindererziehung; ansonsten saß sie da, trank Kaffee oder Eistee und las in einem ihrer Liebesromane, die so verlässlich waren, weil sie stets gut ausgingen.

Carolines Vater und Theodor saßen beinahe jeden Abend auf der großzügigen Terrasse beisammen und redeten viel über Gewinne und noch mehr darüber, wie man alles verdoppeln und verdreifachen könnte. Beide Firmen florierten vorzüglich und erlaubten den Familien einen luxuriösen Lebensstandard, von dem andere nur träumen konnten.

»Ich bin froh, dass die Sache mit Rosi damals gut ausgegangen ist«, sagte Albert Janssen, dessen Leibesumfang und Gesichtsfarbe noch mächtiger und röter waren als die seines Gegenübers, an einem dieser Abende zu Theodor.

Die Sonne ging soeben unter, man saß bei einem guten Glas Wein draußen und betrachtete das rote, warme Licht, das sich über dem ruhigen Meer ausbreitete. Windlichter standen vor ihnen, in denen sich dicke Stumpenkerzen befanden, die den rubinroten Chianti in den Gläsern funkeln ließen. Vor ihnen stand eine Schale mit Salzgebäck.

Theodor nickte. »Nun ja, was heißt gut ausgegangen«, sagte er nach einer kurzen Pause und schaute durch das große Panoramafenster ins Hausinnere, um sicherzugehen, dass sich niemand der Familie in unmittelbarer Nähe befand. »Wir mussten schon nachhelfen.«

»Du hattest das bereits angedeutet«, erwiderte Albert und holte eine dicke Zigarre aus einem ledernen Etui, auf dem seine Initialen eingeprägt waren. »Und niemand von uns allen wird verdächtigt? Habt ihr das wasserdicht gemacht? Ist noch was nachgekommen?«

»Nichts kam nach, wasserdicht ist es ebenfalls. Es hat eine Stange Geld gekostet, aber das war uns die Sache wert. Und gefragt hat bislang niemand mehr. Angehörige gibt es nicht, und die Polizei hat die Akte erst einmal zugemacht, soweit ich weiß. Was uns betrifft zumindest. Ist jetzt auch schon über acht Monate her. Ich glaub nicht, dass da noch mal groß was aufgerollt wird. Die sind doch froh, wenn sie sich nicht mehr darum kümmern müssen. Aus München haben sie jemanden im Visier, einen Lebensmittelhändler, glaub ich. Pohlmann heißt der, soweit ich weiß. Hochverschuldet, der Mann. Könnte gut sein, dass er's war.« Theodor lachte leise auf.

»Schade ist's ja um die Kleine«, erinnerte sich Albert und lächelte. »Ich hatte ja auch ein paar Mal das Vergnügen, als du sie zu mir hoch nach Hamburg geschickt hast. Ein wilder Feger. Die wusste, wie's geht.«

»Aber sie wusste nicht, wann Schluss ist. Sie wollte immer mehr.«

»Was ist mit den Fotos?«

»Verbrannt. Alle. Mitsamt den Negativen. Wir sind ja nicht blöd. Den Fotografen haben wir ausbezahlt. Der wird die Klappe halten. Er weiß, was sonst passiert.«

Albert kicherte leise vor sich hin und stieß kleine Kreise Zigarrenrauch in den Himmel.

Theodor lehnte sich zurück und schaute in den klaren Abendhimmel. Sie hatten vorzüglich zu Abend gegessen, eine Minestrone, dann Spaghetti, diese dünnen Nudeln mit einer scharfen Olivensoße und frischen Kräutern, und der Lammbraten mit Rosmarin und den gebackenen Kartoffeln war ein Gedicht gewesen. So ließ es sich doch leben.

Natürlich, die Sache mit Rosemarie hatte ihn und andere horrendes Geld gekostet, aber das musste sein. So war das nun mal. Das kleine Luder hatte doch tatsächlich versucht, ihn zu erpressen. Er hatte ihr gesagt, sie solle bei ihren Treffen die Konkurrenten aushorchen, was genau sie fragen sollte, hatte er sie auswendig lernen lassen, und dann sollten Tonbänder mitlaufen. Dem hatte Rosemarie auch zugestimmt. Aber die Bänder, die wollte sie ihm dann nur gegen eine Unsumme Bares aushändigen. Er schüttelte unmerklich den Kopf. Dabei hatte er sie doch ständig mit Geld versorgt und sie mit Geschenken überhäuft. Über viele, viele Monate! Nun ja, sie war es auch wert gewesen. Was dieses durchtriebene Ding mit ihren Händen und ihrer Zunge angestellt hatte, konnte ihr so schnell keine nachmachen.

»Heirate mich«, hatte Rosemarie irgendwann einmal gefordert, während sie nackt auf ihm saß und ihre rotlackierten Fingernägel über seinen Brustkorb zog. »Ich möchte deine Frau sein.«

»Ach Rosi«, war Theodors Antwort gewesen. »Du weißt doch, dass das nicht geht. Außerdem – warum denn? Du hast doch alles. Sogar das Auto hast du bekommen.«

Sie hatte einen Schmollmund gezogen, was sie sehr gut konnte. »Es ist immer noch was anderes, dich auf Reisen zu begleiten oder auf Empfängen neben dir zu stehen. Als *deine Frau* eben«, kämpfte sie weiter. »Du liebst mich doch. Das hast du gesagt.«

Natürlich liebte Theodor Rosemarie. Er liebte ihre weiße Haut, ihr weiches Haar, ihren wundervollen Körper, das flaumige Dreieck zwischen ihren Schenkeln und ihre Brüste, die er mit seinen Händen so gern ausgiebig knetete. Er liebte ihre Nylonstrümpfe und die hohen Pumps aus schwarzem oder rotem Lack und ihre Hüfthalter mit den Strapsen. Und er liebte es, dass er von ihr im Bett all das bekam, was er wollte, ohne dass sie sich auch nur einmal gesträubt hätte.

»Sicher liebe ich dich«, sagte er zu ihr.

»Und warum heiratest du mich dann nicht? Deine Frau ist doch tot. Deine Söhne erwachsen. Die Trauerzeit ist schon längst vorbei. Wir könnten es wundervoll haben.«

›Das glaube ich dir, dass wir es wundervoll haben würden‹, dachte er und lachte innerlich. Natürlich würde er sie *nicht* heiraten. Er dachte gar nicht daran. Er war doch nicht dumm und machte sich sehenden Auges zum Gespött der Gesellschaft. *Theodor Dannenbeck! Hochzeit mit Frankfurts blonder Hure!* Er sah die Schlagzeile schon fett in allen Gazetten stehen. Das wäre das Ende!

Theodor war schon seit Jahrzehnten ein aktives Mitglied der Kirchengemeinde, spendete regelmäßig große Summen für Kinderdörfer und gegen den Welthunger, und besuchte genauso oft den Gottesdienst. Er hielt sich oft am Grab seiner verstorbenen Frau auf, selbstredend immer zu Uhrzeiten, an denen viele andere, wichtige Leute die Gräber ihrer Verblichenen besuchten. Pflichtschuldig legte Theodor große Kränze nieder oder stellte überdimensionale Sträuße mit roten Rosen in eine Kunststoffvase. Er zündete ein Grablicht an und blieb lange Zeit versonnen vor dem Grab stehen, es schien, als würde er Zwiesprache mit seiner Frau halten, ihren Rat einholen und an der Trauer fast zerbrechen. Wenn er dann ging, hielt er den Kopf gesenkt und in seinen Augen standen Tränen, während er hie und da den Friedhofsbesuchern zunickte wie ein gramgebeugter alter Mann, dem Gott das Liebste auf Erden genommen hatte.

Die Folgen einer Heirat mit Rosemarie wären nicht auszudenken. Sie war stadtbekannt. Davon mal abgesehen, hatte er überhaupt keine Lust, sie zu heiraten. Rosemarie war zwar gut im Bett und forderte ihn als Liebhaber, aber sie war nicht gesellschaftsfähig. Ihre Ausdrucksweise ließ zu wünschen übrig und richtig benehmen konnte sie sich auch nicht. Wie auch? Sie hatte es nie gelernt. Noch etwas war ihm im Laufe ihrer gemeinsamen Zeit aufgefallen: Man konnte ihr den teuersten Schmuck und die kostbarsten Modellkleider schenken, Rosemarie konnte ihre einfache Herkunft nicht übertünchen. Sie blieb immer ein Kind der Unterschicht, da konnte sie Englisch- und Französisch- und Benimmkurse belegen, so viele sie wollte. Aber das sagte er ihr natürlich nicht.

Ab und an nahm er sie mit auf eine Geschäftsreise, damit sie die Klappe hielt. Mal nach Gelsenkirchen, mal nach München, einmal sogar ins Ausland. Dort gingen sie abends auch aus, aber nicht in die Lokale, in die er sonst zu gehen pflegte. Mit Rosemarie konnte man sich in schummerigen Nachtclubs mit kleinen Séparées viel besser amüsieren. Und hier passte sie auch gut hin in den auffälligen Abendkleidern, die sie so liebte, weil sie sich darin fühlte wie seine Königin.

Theodor ließ sich auf diesen Reisen und auch sonst nie lumpen, aber sie wollte immer mehr, konnte den Hals nicht voll genug kriegen. Das ging ihm zunehmend gegen den Strich.

Und dann hatte es Rosi übertrieben. Das war ihr Todesurteil. In der letzten Oktoberwoche 1957 wurde sie in ihrer Wohnung am Eschenheimer Turm gefunden. Im vierten Stock. Wahrscheinlich war sie schon drei Tage tot, als man sie fand. Sie hatte Würgemale am Hals und eine Platzwunde am Kopf. Offenbar hatte es sich nicht um Raubmord gehandelt. In den Zeitungen wurde sogar ihr Nerzmantel erwähnt, der neunundzwanzigtausend Mark gekostet hatte, was Theodor ein wenig mit Stolz erfüllte. Er sagte es ja immer wieder, er hatte sich die Kleine was kosten lassen.

Einige Zeit lang hatte er den Atem angehalten, aus Angst davor, dass es rauskommen würde. In ihrer Wohnung wurden haufenweise Fotos von ihm und anderen Männern gefunden, mit denen sie das Vergnügen gehabt hatte. Also war er eines Tages zum Präsidium bestellt und gefragt worden, wo er sich in der letzten Oktoberwoche aufgehalten hatte.

Theodor Dannenbeck hatte selbstredend vorgesorgt. Sein Alibi war wasserdicht. Er war in Hamburg bei Albert Janssen gewesen. Dafür gab es jede Menge Zeugen. Und Albert Janssen selbst hätte einen Eid darauf geschworen.

Dass Theodor für einen Tag zurück nach Frankfurt gefahren war, hatte nie jemand herausbekommen. Die Fahrkarte war bar bezahlt, er selbst unauffällig gekleidet. Im Zug hatte er auf der Hin- und Rückfahrt mit ins Gesicht gezogenem Hut geschlafen.

Rosemarie war nur vierundzwanzig Jahre alt geworden.

Nur die Tonbänder machten ihm Sorgen; sie waren niemals irgendwo aufgetaucht. Er vermutete, dass sie die Aufnahmen irgendwo vergraben hatte. Natürlich hoffte er es auch.

Er hatte selbstverständlich nicht um Rosemarie getrauert.

Alles hatte nun mal seine Zeit.

Und ihre war eben früher gekommen. Hatte sie nicht selbst Schuld daran?

Theodor nahm sein Glas und prostete Albert zu. Die Sonne war ganz untergegangen und langsam wurde es ein wenig kühler.

»Gut, dass sie tot ist«, sagte Theodor, und Albert nickte.

»Trotzdem, ein talentiertes Mädchen war sie, ein wirklich talentiertes Mädchen«, sagte Albert und lächelte über die Erinnerungen. Dann begannen sie sich leise darüber zu unterhalten, wie willig Rosemarie gewesen war. Und darüber, wie sie letztendlich sterben musste.

»Geschickt, geschickt«, war Alberts Meinung zu den Ausführungen Theodors.

Dass Maximilian oben auf einem Balkon im ersten Stock saß und eigentlich nur versonnen einen kleinen Stein hatte ansehen wollen, der zu einem Herzen geschliffen war und jedes Wort hörte, obwohl leise gesprochen wurde, das wussten sie nicht.

21

Frankfurt am Main,
24. Februar 1961

An ihrem 41. Geburtstag, es war ein Freitag, brachte der Postbote Sophie ein Päckchen, dessen Empfang sie quittieren musste. Sie bekam so gut wie nie Post, außer Rechnungen natürlich, und sie wunderte sich, weil es ihr von einer Anwalts- und Notariatssozietät geschickt wurde. Sie war alleine zu Hause und saß unschlüssig mit dem Päckchen am Tisch, drehte und schüttelte es, legte es wieder hin, hob es erneut auf und betrachtete ihren Namen, der säuberlich und korrekt in das Adressfeld getippt war. Es stimmte alles, auch die Anschrift.

Aber welcher Anwalt würde ihr Post schicken? Sie hatte sich nichts zuschulden kommen lassen – vielleicht Ferdinand? Doch dann würde man kein Päckchen bekommen, sondern eher einen amtlich aussehenden Brief.

Aus welchen Gründen auch immer konnte sie sich nicht dazu durchringen, das braune Papier zu lösen. Sie stand auf, wanderte in der Küche umher, setzte sich wieder. Schließlich siegte die Neugierde, und sie begann es langsam zu öffnen. Als Erstes fiel ihr ein geschäftlich aussehender Briefumschlag in die Hände. Er lag auf einem kleinen Holzkasten, der mit einem Vorhängeschloss versehen war. Der offenbar dazugehörige Schlüssel war an dem Kasten befestigt worden.

Sophie holte aus der Schublade ein kleines Messer, schlitzte den Umschlag vorsichtig auf und sah im Briefkopf den Absender der Sozietät.

Sehr verehrte Frau Brunner!
Ich darf anzeigen, dass mich Frau Lieselotte Marquardt, geb. Schneider, geb. am 27. Januar 1920 in Friedrichsdorf, gest. am 30. Januar 1961 in Frankfurt am Main, seinerzeit mit der Wahrnehmung ihrer Interessen beauftragt hat.

Frau Lieselotte Marquardt wies mich an, Ihnen die in der Anlage beigefügte Kassette nebst Inhalt und eines Schreibens nach ihrem Tode persönlich zukommen zu lassen.

Ferner befinden sich noch weitere Gegenstände in meiner Obhut, die Ihnen ebenfalls vermacht wurden und die ich bitte, nach Rücksprache in meiner Kanzlei abzuholen.

Bei Fragen stehe ich selbstverständlich zu Ihrer Verfügung.

Mit vorzüglicher Hochachtung!
Wolf-Dieter Cherubim
Rechtsanwalt & Notar

Sophie legte den Papierbogen langsam auf den Tisch.

Lotti war tot.

Nein.

Das konnte doch nicht sein.

Sophies Gedanken wirbelten durcheinander.

Wann hatten sie sich zuletzt gesehen? Das war 57 gewesen. Vor vier Jahren also. Lotti wirkte damals fahrig und hektisch, sie hatte geraucht, sie waren in einem Café gewesen, sie hatte ihr erzählt, dass sie Maximilians Vater kannte und mit ihm schlief, und dann hatte Lotti zu ihr gesagt, dass sie keinen Kontakt mehr wolle, war aufgestanden und fortgerannt.

Sie würde in einer Bar arbeiten, hatte sie gesagt. Sophie hatte das nicht gutgeheißen und sich ihren Teil gedacht, immerhin war sie klug genug, um eins und eins zusammenzuzählen. Sie hatte sich Sorgen um die Freundin gemacht, und sie wollte auch etwas über Maximilian erfahren.

Und jetzt dies.

Aber Lotti konnte doch nicht einfach tot sein, das war doch nicht richtig.

Ob Karl das wusste? Lottis Eltern waren schon seit einiger Zeit tot, aber ihr Mann Karl saß immer noch im Gefängnis und würde auch nicht so schnell herauskommen, wie sie gehört hatte. War er im Bilde?

Was mochte in der Holzkiste sein? Alte Briefe, Fotos?

Sophie nahm das Kästchen in die Hand, atmete tief durch, ergriff den Schlüssel und steckte ihn in das kleine Schloss. Es hakte ein wenig, dann aber ließ er sich drehen und sie konnte den Deckel anheben.

Obenauf befand sich noch ein Brief, auf dem ihr Name stand. Sie erkannte Lottis Handschrift. Steile, konsequente und formschöne Buchstaben. Es lag Willensstärke in dieser Schrift, Tatendrang. Unter dem Brief war etwas in Packpapier eingewickelt und mit einer Kordel zugebunden.

Sophie wollte aber zuerst den Brief lesen. Sie drehte ihn um und sah, dass er mit rotem Wachs verschlossen war. Sie brach das Siegel und holte sechs engbeschriebene Bögen Papier hervor, erkannte Lottis Handschrift. Während sie die Buchstaben überflog, lief sie hin und her. Schließlich musste sie sich doch setzen und begann in Ruhe ganz von vorn.

*

Liebe Sophie, meine einzige Freundin!

Dies ist der letzte Brief, den ich schreiben werde. Ich bin sehr krank, man hat bei mir Tumore festgestellt, und nun habe ich nur noch einige Wochen, wie die Ärzte sagen.

Es ist eine Ironie des Schicksals, dass ich mich im Moment sehr gesund und gut fühle. Vielleicht liegt das aber auch an den Medikamenten, die ich einnehme, und an den Spritzen, die sie mir hier im Krankenhaus geben.

In manchen Stunden könnte ich, so wie gerade, Bäume ausreißen, dann aber wieder liege ich da und kann vor Schmerzen kaum atmen. Ich möchte die gute Zeit nutzen, um Dir zu schreiben.

Sophie, ich habe viele Fehler gemacht. Ich hätte damals, als wir uns trafen, nicht davonlaufen, sondern mit Dir sprechen sollen. Mit wem sonst hätte ich das tun können? Wir beide waren uns doch immer so nah. Aber in den letzten Jahren, da hat sich so viel verändert. Ich war nicht gerade besonders freundlich zu Dir, als wir uns sahen, dafür möchte ich mich von ganzem Herzen bei Dir entschuldigen. Ich hätte mich Dir anvertrauen, Dir alles sagen sollen, aber nun ist es zu spät.

Wo soll ich anfangen? Am besten am Anfang, nicht wahr?

Nachdem mein kleiner Sohn so schnell starb, ging es mir, wie Du weißt, nicht besonders gut, und um ehrlich zu sein, hat sich an diesem Zustand bis heute nichts geändert. Ich war so stolz und glücklich, als er geboren wurde, mein Herz so voller Liebe.

Aber dann wurde er mir genommen. Ab diesem Zeitpunkt, jedenfalls glaube ich das rückblickend, setzte bei mir eine Verbitterung ein, die immer schlimmer wurde. Ich hab versucht, sie zu verbergen, meine alte Stärke wiederzuerlangen, aber gelungen ist es mir nicht.

Was mit Karl ist, ich weiß es nicht, es interessiert mich auch nicht. Ich glaube noch nicht einmal, dass er mich heute wiedererkennen würde, denn ich habe mich sehr verändert. Meine Haare sind gefärbt und ich schminke mich so, dass man mein wahres Gesicht unter all dem Puder gar nicht mehr ausmachen kann.

Ich wollte auch nicht, dass man mich erkennt.

Vielleicht, weil ich mich selbst schrecklich fand und finde. Jedenfalls die neue Lotti, die gefällt mir gar nicht.

Aber ich schweife ab.

Ich erzählte Dir damals, dass ich mit Maximilians Vater schlafe. Nicht nur einmal, sondern sehr oft.

Ich war nicht nur seine Geliebte, er hat mich bezahlt. Immer und immer wieder.

Wie es dazu kam? Das will ich Dir erzählen: Vor einigen Jahren lernte ich in der Bar, in der ich arbeitete, ein sehr junges Mädchen kennen. Sie hieß Rosi und wollte hoch hinaus. In schillernden Farben schilderte sie mir das große Leben, das sie führen wollte. Ein Leben in Reichtum und Luxus, an nichts sollte es ihr fehlen. Ich fragte, wie sie das anzustellen gedenke, und sie berichtete mir von Männern, die sehr freizügig im Umgang mit Geld wären. Das machte mich neugierig. Natürlich hatte ich von solchen Damen schon gehört, und in der Bar verkehrten auch einige von ihnen, aber noch war ich dort nur Kellnerin.

Rosi sagte mir, dass es auch Männer gäbe, die, so umschrieb sie es, auf reifere Frauen stünden. Und sie rechnete mir vor, wie viel ich damit verdienen könnte. In dieser Nacht ging ich nach Hause und dachte lange nach.

Am nächsten Abend traf ich Rosi wieder, und sie stellte mich einem ihrer Gönner vor, Du ahnst es, es war »sein« Vater, der wiederum eine Menge Freunde hatte, die einem kleinen Techtelmechtel nicht abgeneigt zu sein schienen.

So fing es an. Wir wurden herumgereicht wie Pokale. Man hielt etwas auf sich, wenn man mit uns geschlafen hatte.

Rosi genoss dieses Leben und liebte die Öffentlichkeit. Oft hat sie »ihn« gefragt, ob er sie heiraten werde, aber das tat er natürlich nicht. Warum sollte er sich auch mit einer zufriedengeben, wenn er sie alle haben konnte? Außerdem: Rosi war nun mal ein einfaches Mädchen und passte nicht in die höhere Gesellschaft. Aber das wollte sie nie wahrhaben.

Rosi wusste übrigens nicht, dass ich auch mit ihm im Bett war.

Sophie, so viele Männer haben mich bezahlt.

Rosi hatte recht – es gab da so einige, die erfahrene Frauen attraktiv und begehrenswert fanden. Ich hab sie alle verachtet. Rosi tat das auch. Wie oft habe ich mit ihr, der ich eine mütterliche Freundin wurde, zusammengesessen, und wir zerrissen uns die Mäuler über die »armen Gestalten«, wie wir sie nannten. Wir bekamen außer Geld oft Schmuck, Rosi außerdem ein schwarzes Mercedes Coupé mit roten Ledersitzen, wir trugen beide teure Nerzmäntel.

Jedenfalls, so erzählte Rosi es mir, meinte »sein« Vater nach geraumer Zeit zu ihr, sie solle ihm einige Gefälligkeiten erweisen, sich mit von ihm ausgewählten Geschäftspartnern treffen und mit ihnen schlafen. Dabei sollte sie heimlich Tonbänder mitlaufen lassen und ihm diese dann aushändigen.

Ich riet ihr davon ab, aber sie sagte zu. Er hatte ihr wieder viel Geld versprochen, mehr als je zuvor!

Es waren insgesamt beinahe fünfzig Bänder, die Rosi gesammelt hatte. Dann verlangte er die Bänder von ihr, aber sie gab sie ihm nicht.

Und das, Sophie, wurde ihr zum Verhängnis.

Rosi wurde ermordet. Möglicherweise hast Du davon in der Presse gelesen. Es war Ende Oktober 1957. Sie wurde erwürgt und lag einige Tage in ihrem Apartment, bevor man sie schließlich fand. Und nun möchte ich Dir etwas sehr Wichtiges sagen:

Rosi hatte vor ihrem Tod schon eine Zeit lang ein beunruhigendes Gefühl, wie sie mir sagte. Der Satz: »Ich hab Angst, dass die mir irgendwann den Schädel einhauen« fiel häufiger. Ich versuchte sie zu beruhigen, aber sie war sehr nervös. Zum Beispiel fragte sie mich, ob ich mich um ihren Pudel kümmern würde, wenn ihr etwas geschähe. Ich habe damals nur gelacht.

Rosi sagte mir, sie habe Angst vor all den Männern, mit denen sie ausging. Ich dachte, ich würde die meisten kennen, aber es stellte sich heraus, dass dies nur zu einem Bruchteil stimmte. Erst zu diesem Zeitpunkt vertraute sie mir an, dass es hohe Tiere aus Industrie und Wirtschaft waren. Sehr hohe. Namen nannte sie nicht. Nur einmal erzählte sie mir von einem Krupp, den sie treffen würde und der sie »mein Fohlen« nannte. Ich habe nicht weiter darüber nachgedacht. Schließlich gibt es viele Kosenamen, die Männer für ihre Gespielinnen haben.

Ungefähr zwei Wochen vor ihrem Tod hat sie mir ein großes Paket überreicht mit der Bitte, es für sie zu verstecken. Sie sagte nur, es sei besser, wenn ich nicht wüsste, was darin sei. Ich aber hakte nach und schließlich erzählte sie mir, dass es sich um die Tonbänder handele. Ich zögerte, dies für sie zu tun.

Man wusste in Frankfurt zwar, dass wir uns kannten, aber ich hielt mich ja eher zurück, tauchte nicht in der Öffentlichkeit auf, während sie so gern mit ihrem Coupé über die Kaiserstraße fuhr und sich auch bereitwillig fotografieren ließ. Jedenfalls glaubte Rosi, dass dieses Paket bei mir in guten Händen sei.

Ich stimmte also zu und dachte über ein Versteck nach.

Dann erfuhr ich eines Morgens aus dem Hörfunk, dass Rosi tot in ihrer Wohnung aufgefunden wurde.

Natürlich war ich fassungslos und bestürzt, ich brauchte lange, um darüber hinwegzukommen.

Ich tauchte unter, auch aus Angst vor ihren Gönnern. Denn ich wusste ja ganz genau, was in dem Paket war.

Niemand außer mir weiß, wo es sich befindet, und dieses Wissen gebe ich jetzt an Dich weiter.

Ich habe die Tonbänder gut versteckt. Kannst Du Dich noch an »unser« kleines Wäldchen erinnern, in dem wir als Kinder immer Verstecken gespielt haben? Dort, in der großen Linde, hat Dein Bruder Arndt für uns alle das Baumhaus gebaut, und wir hatten den großen ausgehöhlten Ast entdeckt. Hier liegen die Tonbänder nun, gut und wasserdicht verpackt. Ich möchte, dass Du das weißt. Möglicherweise kann Dir das irgendwann von Nutzen sein. Die Polizei ist ja immer noch nicht weitergekommen mit ihren Ermittlungen, aber ich möchte Dich bitten, die Entwicklungen zu verfolgen und vielleicht zu gegebener Zeit etwas zu unternehmen.

Aber Du musst vorsichtig sein. Diese Männer schrecken ganz offenbar vor nichts zurück. Ich kann jedoch nicht aus diesem Leben gehen, ohne jemandem zu sagen, wo sich die Bänder befinden. Auf gar keinen Fall aber will ich, dass Du Dich in Gefahr begibst.

Rosi war kein schlechter Mensch. Und vielleicht bekommt ihr Mörder eines Tages doch noch seine gerechte Strafe. Daran will ich fest glauben.

Weißt Du, Theodor hat mich so verletzt. Viel zu spät hab ich's begriffen. Ich war nur eine Gespielin für ihn. Nein, ich habe ihn nicht geliebt, da bin ich ganz ehrlich zu Dir, aber ich dachte, warum auch immer, ich würde ihm etwas bedeuten. Doch möglicherweise hat er meine und auch Rosis Berechnung gespürt, gemerkt, dass wir nur sein Geld wollten. Das wollte ich auch. Ich dachte, einmal soll es mir gutgehen.

Ich, die Hure. Verachtest Du mich jetzt?

Ach Sophie, ich möchte Dir noch so viel schreiben, aber ich merke, dass ich langsam müde werde. Jedenfalls kann ich Dir noch einmal versichern, dass »sein« Vater ein Widerling ist, ein schlechter Mensch, der nur eines im Sinn hat: Geld zu scheffeln. Dafür geht er über Leichen. Ich hoffe, dass sein Sohn nicht genauso ist wie er, doch das glaube ich nicht. Aber ich bin mir sicher, dass er es schwer haben wird, seine Frau zu verlassen, sich durchzusetzen, dafür steht er zu sehr unter der Fuchtel seines Vaters.

Was den Inhalt des Kästchens betrifft: Ich wünsche mir für Dich, dass doch alles gut wird, dass Du mit Maximilian ein neues Leben anfangen kannst, und vor allen Dingen, dass Du glücklich wirst. Möglicherweise bist Du ja schon bei ihm. Ich weiß dies alles nicht, ich meide mein altes Leben und die Straßen, in denen Menschen aus meiner Vergangenheit wohnen. Ich erkundige mich auch nicht nach ihnen.

Ich werde meinem Anwalt sagen, dass er Dir das Päckchen nach meinem Tod schicken soll, denn ich will nicht, dass irgendjemand uns beide zusammen sieht – vielleicht werde ich ja von einem Detektiv beschattet, wer weiß das schon?

Und ich möchte auf gar keinen Fall, dass Ferdinand etwas von dem Inhalt erfährt. Verstecke es gut und nimm es entweder für Dich und Deine Liebe oder für die Kinder! Ich habe all die Jahre gespart – nun aber brauche ich es nicht mehr. Es gibt niemanden auf der Welt, dem ich es mehr gönne als Dir! Der Anwalt hat noch weitere Sachen bei sich, die er Dir persönlich geben soll, es ist zu viel, als dass man es schicken könnte. Aber den Inhalt des Kästchens und diesen Brief sollst Du auf alle Fälle als Erstes bekommen. Man weiß ja nie, was passiert.

Ich habe Dich sehr lieb, Sophie. Vergiss das nicht.
Verzeih mir bitte, wenn Du kannst.
Deine Freundin Lotti

PS.: Wenn Du von dem Geld nichts annehmen möchtest, weil Du es für schmutzig oder ehrenrührig hältst, dann bitte ich Dich, es zu spenden. Wem es zukommt, das überlasse ich Dir. Du wirst das Richtige tun.

*

Sophie blieb still sitzen.

Dann las sie Lottis Brief noch einmal, dann erneut das Schreiben des Anwalts.

Sie saß da und tat erst einmal nichts.

Doch nach einiger Zeit öffnete sie das Päckchen, obwohl sie ja bereits wusste, was es enthielt.

Es war Geld, viel Geld. Scheine, denen man ansah, dass sie einmal ganz klein gefaltet waren, aber nun lagen sie geglättet und fein säuberlich gebündelt vor ihr. Nach Zahlen geordnet. Von Fünfmarkscheinen über Zehner, dann Zwanziger, Fünfziger, Hunderter, Fünfhunderter und Tausender. Es war sehr viel Geld.

Sophie begann wie in Trance zu zählen.

Es waren weit über hunderttausend Mark.

Von Lotti, die dieses Geld von Männern bekommen hatte.

Von Lotti, die eine Hure gewesen war.

Sophie liefen langsam die Tränen übers Gesicht. Wie durfte sie so etwas denken?

Lotti war doch in erster Linie ihre *Freundin* gewesen. Und als solche, als ihre beste, würde sie sie auch in Erinnerung behalten, egal, was geschehen und gleichgültig, wie das letzte Zusammentreffen verlaufen war.

In der nächsten halben Stunde saß Sophie einfach nur da und dachte an Lotti. Sie war immer noch allein, so schnell würde auch niemand kommen. Ferdinand hatte einen neuen asozialen Freundeskreis, mit dem er saufend um die Häuser zog, die Kinder waren arbeiten. Sie selbst hatte heute frei, weil sie die Wochenendschicht bei den Farbwerken Höchst übernommen hatte, das gab ein bisschen mehr Lohn.

Wer war nur diese Rosi?

Sophie war völlig durcheinander. Diffus erinnerte sie sich an irgendeinen Vorfall, der schon länger zurücklag, der damals durch die Presse geisterte und für Aufruhr sorgte. Aber sie hatte so etwas nie verfolgt, weil sie Klatsch und Tratsch von jeher hasste.

Wie betäubt erhob sich Sophie und lief in der Küche auf und ab. Sie musste das Kästchen und die beiden Briefe unbedingt verstecken. Ferdinand durfte sie unter gar keinen Umständen in die Finger bekommen. Wie gut, dass er nicht da war und das Klingeln des Postboten mitbekommen hatte.

Über hunderttausend Mark.

Lotti war tot.

Sophie ging zur Abstellkammer, um sich ein Glas Milch zu holen. Die Glasflaschen standen auf einem der mit altem Zeitungspapier ausgelegten Holzregale. Ihr Blick fiel auf eine recht große Meldung. Und sie las weiter.

Dann setzte sich das Puzzle plötzlich rasend schnell zusammen, und sie fragte sich, warum ihr das nicht gleich eingefallen war.

»Oha«, sagte Brunhilde Weigand. Was sonst sollte man zu einer solchen Geschichte sagen?

»Hier, lies das.« Frau Weigand und Sophie waren schon vor längerer Zeit zum Du übergegangen, und nun legte sie den Zeitungsartikel vor die, auf dem Wohnzimmertisch aufgestützten, kräftigen Unterarme ihrer Nachbarin. Sie hatte gewartet, bis Brunhilde nach Hause gekommen war und während dieser Zeit inständig gehofft, dass Ferdinand nicht auftauchte, was er zum Glück nicht tat. Lediglich Greta war gekommen und hatte ihr einen selbstgebundenen großen Blumenstrauß zum Geburtstag gebracht. Sie machte gerade eine Ausbildung zur Blumenbinderin in einem kleinen Laden und das bereitete ihr jede Menge Spaß. Sie hatte ein feines Gespür für Farben und Kombinationen; die Kundschaft war zufrieden, der Inhaber auch. Er ließ Greta viele Freiheiten, sie dekorierte den Verkaufsraum wöchentlich neu. An Weihnachten hängte sie Tannenzweige mit roten und goldenen Kugeln daran auf, zu Ostern stellte sie eine Hasenfamilie aus Holz ins Schaufenster und gruppierte Weidenkörbe darum, in denen Frühlingsblumen blühten. Und sie erledigte sorgfältig die komplette Buchhaltung und fuhr frühmorgens auf den Markt, um einzukaufen.

Ihre Lieblingsblumen waren Moosröschen.

Nun saß Sophie also hier bei Brunhilde, es war mittlerweile halb zehn Uhr abends. Der kleine Schwarzweißfernseher war noch eingeschaltet, und Sophie sah aus den Augenwinkeln, wie der Fernsehkoch Clemens Wilmenrod gerade vor die Kamera trat – seit Jahren wie immer am Freitagabend um diese Uhrzeit, um der Nation die pfiffige und raffinierte Zubereitung von allen möglichen Speisen nahezubringen. Fröhlich und sachkundig wie immer begrüßte er sein Publikum mit den Worten »Guten Abend, verehrte Feinschmeckergemeinde« und machte sich dann daran, Hering auf bretonische Art zuzubereiten.

Sophie besaß immer noch keinen Fernsehapparat, deswegen übten diese Geräte eine Faszination auf sie aus; außerdem lenkte das Schauen ab. Zusätzlich fragte sie sich, wie dieses Gericht wohl schmecken würde. Was man dazu aß. Aber deswegen war sie ja nicht hier.

Brunhilde setzte ihre Lesebrille auf und vertiefte sich in den Zeitungsartikel.

»Oha«, sagte Brunhilde wieder. Ihr, die sonst wie ein Wasserfall redete, hatte es ganz offensichtlich die Sprache verschlagen. Sie nahm einen Schluck Kaffee, der einen braunen Bart auf ihrer Oberlippe hinterließ. »Die *Nitribitt*. Eine üble Geschichte. Das ging doch monatelang durch die Presse.«

»Ja, ich erinnere mich jetzt auch. Aber so genau hab ich das nicht mitbekommen.«

Sophie hatte in der Tat anderes zu tun gehabt, als die Boulevardpresse zu verfolgen. Natürlich hatte sie von der stadtbekannten Frankfurter Prostituierten gehört, die erwürgt worden war. Aber sie hatte sich nicht sonderlich dafür interessiert, weil ihr eigenes Leben ihr wichtiger war. Wie hätte sie auch ahnen sollen, dass Rosemarie Nitribitt eine enge Freundin Lottis gewesen war?

»Tja. Und jetzt wissen wir, wo diese Bänder sind.«

»Ach.« Sophie faltete Lottis Brief wieder zusammen. »Die Bänder. Was interessieren die mich? Meine Freundin ist tot.«

»Das tut mir so leid, Kindchen.« Brunhilde sah ratlos auf das ganze Geld, das Sophie mit hinuntergebracht hatte. »Was machen wir denn jetzt damit? Himmel, so viel Scheine hab ich in meinem Leben noch nicht auf einmal geseh'n!«

»Ich weiß es nicht. Ich bin mir nicht mal sicher, ob ich es annehmen soll.«

»Warum nicht?«, fragte Brunhilde. »Dieses Geld ist wahrscheinlich ehrlicher verdient als so manch anderes. Will gar nicht wissen, wie viele Kriegsgewinnler es gibt, die die Kohle gescheffelt haben, und andere mussten dafür draufgehen.« Sie nahm wie immer kein Blatt vor den Mund.

»Trotzdem. Mir steht es eigentlich gar nicht zu. Es gehört rein rechtlich Lottis Mann.«

»Ihrem Mann, ja?«, regte Brunhilde sich auf. »Der wegen seines Jähzorns hinter schwedischen Gardinen hockt. Hast du mir doch erzählt. *Der* soll das kriegen? Nee, Kindchen, das kommt nicht in Frage. Da kannst du's lieber verbrennen, das ist allemal besser. Außerdem steht hier schwarz auf weiß, dass sie will, dass du's bekommst.«

»Aber … müsste ich das Geld nicht abgeben? Der Polizei wenigstens?«

»Das wirst du schön bleibenlassen. Angenommen, da ist wirklich was dran, dass die hohen Herren ihre Finger im Spiel und überall ihre Handlanger sitzen haben, und jetzt willst du zur Polizei, wirst verhört und was weiß ich, und dann kriegt das einer mit oder einer von der Kripo plaudert dem Falschen was aus, dann stehen die vor deiner Tür. Das kannst du doch nicht ernstlich wollen?« Sie setzte ihre Brille ab und begann sie mit einem Zipfel ihrer Kittelschürze zu putzen. »Aber du hast natürlich recht, das Geld muss weg und der Brief auch.« Sie überlegte. »Bei dir ist der Kram nicht sicher. Wenn dein Mann Geld sucht, lässt er ja keinen Stein auf dem anderen. Ich würde sagen, wir lassen das hier bei mir. Ich hab von meiner Mutter einen alten Sekretär steh'n, da drüben. Der hat ein Geheimfach. Das weiß aber außer uns beiden keiner.«

22

Frankfurt am Main,
im Dezember 1961

Es war Heiligabend. Das Haus war wie immer prächtig geschmückt, in der Eingangshalle stand der meterhohe Baum, um den die sorgfältig verpackten Geschenke im Überfluss lagen.

In einer guten Stunde würde man sich zur Bescherung einfinden, davor saßen die Familienmitglieder gemeinsam im Kaminzimmer und tranken Sherry und Portwein. Später würde es das obligatorische Sechs-Gänge-Menü geben und Margot, die mittlerweile steinalt war, aber immer noch im Dienst der Familie Dannenbeck stand, befand sich wie eh und je in der Küche und brutzelte, dämpfte, stampfte und dekorierte mit den beiden Gehilfinnen, was das Zeug hielt. Margot war fast achtzig und stand seit ihrem fünfzehnten Lebensjahr bei der Familie Dannenbeck in Lohn und Brot. Ans Aufhören hatte sie noch nie gedacht. Verheiratet war Margot nie gewesen, und es fehlte ihr auch nichts. Sie hatte zwei Kriege hinter sich, die ihre Brüder und zwei ihrer Neffen sowie ihren Vater und Großvater das Leben gekostet hatten. Verwandte gab es mittlerweile überhaupt keine mehr, und sie musste das Erlebte verdrängen, indem sie seit Jahrzehnten rund um die Uhr arbeitete.

Als Kind hatte Maximilian Margots Kuchen und Torten und all die Nachspeisen geliebt, und seinen nun schon lange erwachsenen Söhnen Leonhard und Philipp ging es ebenso.

Der kleine Harald, bereits fünf Jahre alt, mochte keine Süßigkeiten. Eigentlich mochte er gar nichts, da kam er ganz nach seiner Mutter. Harald war als Säugling unglaublich kompliziert gewesen. Er hatte nächtelang aufgrund von schmerzhaften Koliken durchgebrüllt, er aß nichts, er bekam mit einem Vierteljahr eine Bronchitis, deren Heilung sich über Wochen und Monate hinzog, danach schwächelte er noch mehr als vorher und war eigentlich ständig krank. Der Hausarzt meinte, er habe keine Abwehrkräfte, aber wie sollte er die bekommen, wenn er alles ausspuckte, was man ihm anbot?

Caroline hatte sich geweigert, ihn zu stillen, weil sie um ihre Figur fürchtete, also lag das Wohl des kleinen Harald in den Händen einer Kinderpflegerin, die versucht hatte, ihn mit abgewogener und vorzüglicher Säuglingsnahrung hochzupäppeln. Aber man konnte machen, was man wollte, Harald blieb schmal und kränkelte häufig.

Maximilian versuchte nun seit fünf Jahren, Gefühle für »seinen Sohn« zu entwickeln, aber er schaffte es einfach nicht.

Er schaffte gar nichts mehr.

Mit seinem Vater hatte er nach langem Nachdenken über »die Sache« gesprochen und hoffte, warum auch immer, dass er ihm helfen würde.

Theodor Dannenbeck aber hörte zu, nickte und sagte:

»Dann ist das eben so. Wir wollen keinen Skandal haben, das können wir uns nicht leisten. Du nimmst ihn selbstverständlich als dein Kind an, Maximilian. Ich werde mit deiner Frau und Victor sprechen. Es wird alles geregelt, niemand wird je davon erfahren, das sind wir unserem vortrefflichen Ruf schuldig. Wir sind angesehen und werden respektiert, das soll auch so bleiben. Punkt.«

Das war kurz nachdem sie aus Rimini zurückgekommen waren, 1958 im Spätsommer. Maximilian hatte schon während des Aufenthalts dort an der Adriaküste Herzrasen und Schweißausbrüche gehabt, dazu kamen ein diffuser Schwindel und Atemnot. Zu Hause in Frankfurt hatte er einen Arzt konsultiert, der ihn von Kopf bis Fuß untersuchte und keine organische Ursache fand.

Maximilian war gesund. Er rauchte nicht, er war schlank, und er ernährte sich gut und nicht zu fett, wie das viele in diesem Wirtschaftswunderland taten, weil sie es sich leisten konnten. Auf gar keinen Fall wollte er irgendwann einmal so aussehen wie sein Vater, dessen Bauch mittlerweile so mächtig war, dass es ungepflegt aussah.

Der Arzt hatte ihm geraten, mal in sich zu gehen und darüber nachzudenken, was die wirkliche Ursache sein könnte. Es hatte nicht lange gedauert, bis Maximilian die Antwort wusste.

Er wollte sein Leben ändern, sich von Caroline scheiden lassen.

Er wollte hier raus.

Er wollte zu Sophie. Wenn alles geregelt war, würde er sich auf die Suche nach ihr machen, und er würde intensiv suchen, so lange, bis er sie fand. Er würde sie an die

Hand nehmen und sie mit sich ziehen, egal, ob sie protestierte. Ihre Kinder waren nun auch schon groß, auf die mussten sie keine Rücksicht mehr nehmen.

Es musste klappen. Er konnte nicht mehr warten und er wollte es auch nicht.

Er musste etwas ändern, sonst wäre er innerlich tot, bevor er starb, wenn er das nicht ohnehin schon war.

Die Arbeit in der Bank langweilte ihn, und er musste sich jeden Morgen aufs Neue aufraffen, um dort hinzugehen, mit Angestellten zu diskutieren, Kunden zu hofieren, Salden zu erstellen und Kredite zu vergeben oder abzulehnen. Schon des Öfteren hatte er Fehler gemacht, die Theodor wieder ausgebügelt hatte. Maximilian war gewiss nicht dumm, er war einfach am Ende. Jahrzehntelanger Kummer und Sorgen hatten ihn zu dem gemacht, was er nun war.

Er hörte sich an, was sein Vater zu der Sache mit Caroline und Victor zu sagen hatte, und merkte, dass er so nicht weiterkam.

»Da wäre noch was«, sagte er dann.

»Und das wäre?«, fragte der Vater.

Maximilian erzählte ihm von dem Gespräch in Rimini, das der Vater mit Albert Janssen geführt und das er oben auf dem Balkon belauscht hatte.

»Ihr habt diese Frau getötet.«

Theodor hatte eine Zeitlang dagestanden und gar nichts gesagt, er war ganz ruhig geblieben und taxierte seinen ältesten Sohn wie eine Schlange das Kaninchen.

»Nun, du überraschst mich, mein Sohn«, sagte er dann leise. »Wer hätte das gedacht? Um ganz ehrlich zu sein, hab ich nicht damit gerechnet, dass du überhaupt an etwas Interesse hast. Sei's drum, da hab ich mich wohl getäuscht. Aber was willst du mir nun damit sagen?« Er ging zwei Schritte auf seinen Sohn zu, verschränkte die Arme hinter seinem Rücken und achtete darauf, wie Maximilian reagierte.

»Du und Albert, ihr seid Mörder«, sagte Maximilian.

»Ja«, antwortete sein Vater, und dieses Ja machte Maximilian fassungslos. Es war das eine, etwas zu glauben, aber dann die Bestätigung aus dem Mund des Gegenübers zu hören, das war das andere.

»Nun weißt du es«, sprach Theodor nach einiger Zeit weiter, in der Maximilian nur wie betäubt dagestanden hatte. »Ja. Wir haben diese Hure umgebracht. Und was gedenkst du nun zu tun?«

»Ich werde zur Polizei gehen und euch anzeigen.« Langsam, sehr langsam gewann Maximilian die Fassung zurück. »Den Rest wird die Kriminalpolizei erledigen.«

»Das wirst du nicht tun«, sagte Theodor Dannenbeck und lächelte seinen Sohn freundlich an. »Ganz, ganz sicher wirst du das nicht tun. Und ich werde dir auch sagen, warum.«

*

Frankfurt am Main,
24. Dezember 1961, 18 Uhr 50

Meine Sophie!

Eigentlich hatte ich mir vorgenommen, das Briefeschreiben an Dich einzustellen, nachdem Caroline alles herausgefunden hat. Ich habe nur ein paar Monate durchgehalten, denn die Zwiesprache mit Dir fehlte mir.

Wenn Du schon nicht bei mir sein kannst, möchte ich wenigstens mit Dir auf diese Weise sprechen können. So wie jetzt.

Oft hab ich das Gefühl, es keine Sekunde länger mehr auszuhalten hier, mit dieser Frau, in diesem Haus. Mit diesem Vater. Es ist Weihnachten, Heiligabend, um genauer zu sein, bald sitzen wieder alle zusammen und heucheln familiären Frieden, dabei sieht es unter der Oberfläche, unter dieser Kruste, doch ganz anders aus.

Es ist eine Farce, dies alles aufrechtzuerhalten. Aber mir sind die Hände gebunden, leider.

Mein werter Vater hat wirklich gut vorgesorgt, das muss man ihm lassen. Gemeinsam mit meiner Frau natürlich.

Ansatzweise habe ich Dir geschrieben, wie fahrig, unkonzentriert und vergesslich ich seit einigen Jahren phasenweise bin. So habe ich wichtige Unterlagen verlegt oder falsch bearbeitet, was die Bank schon ein paar Mal beinahe viel Geld gekostet hätte. Mein Vater war immer da, um das auszubügeln. Möglicherweise denkst Du jetzt, ich bin kein guter Geschäftsmann und noch dazu ein Weichling, der sich von seinem alten Herrn unterbuttern lässt.

Das mag partiell vielleicht sogar stimmen, und ich führe es darauf zurück, dass ich mich so verändert habe. Früher war ich ganz anders, voller Tatendrang habe ich froh und mutig in die Zukunft geschaut, selbst als ich Caroline schon geheiratet hatte. Doch nun liegen die Dinge anders und seit geraumer Zeit haben mich jeder Lebensmut, jede Hoffnung und der letzte Frohsinn verlassen.

Ich weiß nicht mehr, wie sich Glück überhaupt an-

fühlt, geschweige denn, was es bedeutet. Mit dreiundvierzig Jahren kommt es mir so vor, als sei mein Leben schon lange zu Ende. Ja, ich fühle mich tot.

Vater und Caroline erpressen mich, um es auf den Punkt zu bringen.

In der Zeit, in welcher ich geschäftliche Belange habe schleifen lassen, habe ich einige Unterlagen unterschrieben, die ich mir vorher nicht durchgelesen habe. Ein fataler Fehler, wie sich herausstellte.

Und dafür muss ich nun büßen, und zwar in der Form, dass ich schweigen muss, dass mir die Hände gebunden sind und ich nichts gegen meinen Vater unternehmen kann, der ein kaltblütiger Mörder ist.

Die Details erspare ich Dir, es würde zu lange dauern, dies alles aufzuschreiben, denn ich muss wie gesagt bald wieder hinein in den Schoß der werten, hochgelobten und ehrbaren Familie. Ich brauchte nur diese Minuten mit Dir, sonst überstehe ich diesen Abend nicht. So sitze ich hier im Arbeitszimmer, der Kamin brennt und das Kratzen des Füllfederhalters auf dem Papier beruhigt mich, weil das, was er schreibt, für Dich bestimmt ist.

Ich habe Unterlagen unterschrieben, die mich belasten, hochgradig, und die mich, falls man mich anzeigt – und das wird mein Vater tun, sollte ich nicht nach seiner Pfeife tanzen –, ins Gefängnis bringen werden.

Es geht um illegale Transaktionen für Waffengeschäfte, unter die ich meinen Namen gesetzt habe, für die ich allein verantwortlich zeichne.

Mein Vater meinte, das könnte mich Kopf und Kragen kosten und natürlich würde er nur im äußersten Notfall Außenstehende informieren, aber dann, so sagte er, könne ich nur noch beten. Natürlich ist alles so von ihm eingefädelt worden, dass er selbst mit reiner Weste dastünde. Ich sehe ihn schon vor mir: Gramgebeugt und mit grauem Gesicht würde er dastehen, fassungslos über das, was sein Ältester ihm angetan hatte.

Die Waffengeschäfte gibt es tatsächlich, und mein Vater profitiert davon. Aber da dies alles über Strohmänner läuft, kann ich nichts dagegen tun. Und wie gesagt, es sind meine Unterschriften, die alles legitimieren!

Caroline weiß über all das Bescheid; sie wurde schon vor längerem von ihm eingeweiht und ist voll und ganz auf seiner Seite. Er hat meiner ach so lieben Frau Firmenanteile überschrieben, und alles wurde von ihm und Carolines Vater wasserdicht arrangiert.

Caroline kann sich selbst in Sicherheit wiegen – über das uneheliche Kind werde ich nichts sagen, sondern nehme es einfach so hin, wie ich eigentlich alles hinnehme.

Meine Geliebte, so bleibt mir nur das Warten auf den nächsten April; ich sehne unseren Tag herbei wie nichts anderes.

Das Schicksal muss uns doch auch ein Quäntchen Glück gönnen, meinst Du nicht auch? Oft wünsche ich mir einen guten Freund, dem ich mich anvertrauen kann, aber die, die ich hatte, sind gefallen.

Ich muss aufhören, Vater hat den Gong geschlagen.

Für diese Briefe habe ich ein neues Versteck gefunden; kein Mensch wird sie finden.

Ich liebe Dich so sehr, meine Schöne, noch Unerreichbare!

Dein Mann!

*

Aus der Musikbox ertönte ein Chor, der Weihnachtslieder sang, der Baum strahlte im Glanz der unzähligen Bienenwachskerzen, und Theodor Dannenbeck stand davor und hielt seine traditionelle Weihnachtsrede, in der Zusammengehörigkeit und Respekt eine große Rolle spielten. Natürlich auch Fleiß, Tugend und Treue.

Leonhard und Philipp, die mittlerweile verheiratet waren, standen da, die Arme um ihre Frauen gelegt, und hörten pflichtschuldig den Worten des Großvaters zu, von dessen Machenschaften und Doppelleben sie nichts wussten, höchstens ahnten. Für sie war er immer nur ein vielbeschäftigter Mann gewesen, dem das Wohl der Firma und der Familie über alles ging.

An ihre Großmutter konnten sie sich nur dunkel erinnern, sie waren noch zu klein gewesen, als sie starb. Leonhard und Philipp führten mittlerweile ihr eigenes Leben, sie hatten viel vor und waren bestrebt, eine Menge zu erreichen. Leonhards Frau Gisela war im siebten Monat schwanger, sie freuten sich so sehr auf das Kind, das nicht das einzige bleiben sollte.

Wehmütig sah Maximilian auf die glücklichen Gesichter seiner Jungs, die hatten heiraten können, wen sie wollten.

Natürlich hatte Theodor protestiert, als seine Enkelsöhne ihn darüber informierten, auf welche Frauen ihre Wahl gefallen war. Selbstredend war Theodor nicht grundsätzlich dagegen, dass Hochzeit gefeiert wurde, ihm war aber wichtig, mit wem. Und so hatte er Erkundigungen eingezogen und war entsetzt darüber gewesen, dass Giselas Vater ein einfacher Arbeiter war und die Mutter halbtags in der Küche eines Hotels ihr Geld verdiente. Bei Philipps Frau Karin war es noch schlimmer, wie Theodor fand: Ihre Eltern waren Wirtsleute und betrieben eine Gaststube in Bornheim, in der nicht etwa hochkarätige Weine und erlesene Menüs angeboten wurden, sondern ein einfacher Handkäs mit Musik und Jägerschnitzel mit Erbsen und Kartoffelbrei, alles Hausmannskost, die auf einfachen, gescheuerten Holztischen serviert wurden, zusammen mit Bier, einfachem Wein und Äppler im Gerippten.

»Abschaum« war eins der Worte, das Theodor für *diese Leute* in den Mund nahm, gefolgt von »Gesindel« und »Arbeiterschweine«.

Er hatte ein ernstes Wort mit Philipp und Leonhard gesprochen, ihnen angedroht, sie zu enterben und gesagt, sie würden keine Karriere in seiner Bank machen, er würde dafür sorgen, dass sie überhaupt nirgendwo einen Fuß in die Tür bekamen, aber die beiden hatten mit den Schultern gezuckt und den Großvater unverrichteter Dinge stehenlassen.

Sie hatten sowieso nicht vor, in der Bank zu arbeiten.

Philipp wollte seine eigene Anwaltskanzlei eröffnen, und das konnte er auch ohne die Hilfe seines Großvaters. Er würde schon eine Bank finden, die ihm einen Kredit einräumte, immerhin war er jung und gesund und konnte arbeiten! Und Karin würde ihm zur Seite stehen. Er musste noch einige Zeit studieren, kümmerte sich aber jetzt schon darum, dass es ihnen beiden gutgehen würde.

Bei Leonhard war es ähnlich. Er ging seinen eigenen Weg gemeinsam mit Gisela, und er würde sich von niemandem davon abbringen lassen. Auch vom Großvater nicht.

Theodor hatte sich irgendwann zwar beruhigt und die

beiden machen lassen, aber er hatte sein Testament entsprechend geändert.

Nur über seine Leiche würden die Töchter von Arbeitern und Gastwirten einen Pfennig von ihm bekommen. Und ihre Männer ebenso wenig. Das hatten sie nun davon.

Caroline riss die Verpackung ungeduldig von ihrem Geschenk und ließ das Seidenpapier dann achtlos auf den Boden fallen, so wie sie es immer tat.

Sie war, wie Maximilian, dreiundvierzig Jahre alt, wirkte aber um vieles älter. In ihrem einst so schönen Gesicht hatten sich Falten eingegraben, die gerade um den Mund herum tief saßen und sich auch mit Puder nicht mehr richtig überdecken ließen. Ihr Hals war ebenfalls faltig geworden und auf ihren Händen hatten sich schon gut zwei Dutzend Altersflecken gebildet, die trotz der Verwendung von sündhaft teuren Cremes nicht verschwanden. Nur gegen ihre grauen Haare konnte sie etwas tun und rannte alle zwei Wochen zum Friseur, um den Ansatz nachfärben zu lassen. Ihre Figur hatte sie nach wie vor im Griff, Caroline war so dünn wie noch nie. Sie trug ein zitronengelbes, figurbetontes, ärmelloses Kleid mit gleichfarbigem Gürtel, das knapp das Knie bedeckte. Über die Schultern hatte sie die dazugehörige kurze Jacke geworfen. Ihre schlanken Beine steckten in seidenen Strümpfen und sie hatte ein Paar schwarze, spitz zulaufende Pumps gewählt.

Carolines Stimme war mit den Jahren immer schriller geworden, und Maximilian bekam regelmäßig Kopfweh, wenn sie länger am Stück sprach.

Das war aber auch die einzige Regung, die seine Frau in ihm auslöste, von der grundsätzlichen Verachtung einmal abgesehen.

Sie schlief immer noch mit seinem Bruder und machte vor ihm auch kein Geheimnis daraus. Die beiden trafen sich aus Rücksicht vor den Angestellten und dem kleinen Harald regelmäßig in der immer noch angemieteten Wohnung. Leonhard und Philipp bekamen das nicht mehr mit, und wenn sie mal zu Hause waren, verzichteten die Mutter und der Onkel darauf, abends wegzugehen.

Theodor war es egal. Am wichtigsten war ihm, dass Caroline keine Schwierigkeiten machte. Würde sie aufmucken und sich bei ihrem Vater über irgendwas beklagen, wäre das nicht gut. Denn Albert Janssen war nach wie vor versessen auf seine Tochter, er liebte sie noch mehr als ihre Schwester Louise, die eher zurückhaltend war und in ihrer Art nach der Mutter kam. Caroline war sein ganzer Stolz, war es schon immer gewesen. Sie hatte seine Intelligenz, seine Willenskraft und seinen Ehrgeiz. Caroline wusste, was sie wollte und vor allen Dingen, wie sie es bekam.

Wenn Albert Janssen also auf die Idee käme, aus welchen Gründen auch immer, Gelder zurückzuziehen oder Bankgeschäfte anderweitig abzuschließen, wäre das mehr als ungünstig. Er war wichtig für Theodor, es hing eine Menge davon ab, dass er ihm wohlgesinnt blieb. Viele Kunden hatte er durch Albert bekommen, die wiederum hatten ihm noch mehr neue Kunden gebracht, Kunden mit sehr, sehr viel Geld.

Und Caroline besaß Firmenanteile. Natürlich hatte Albert es so geregelt, dass sie diese Anteile wieder zurückgeben würde, wenn es sein müsste.

All diese Dinge veranlassten Theodor dazu, mehr als nett zu seiner Schwiegertochter zu sein.

»Theodor!«, rief Caroline und schaute verzückt auf das, was sie vor sich sah, nachdem sie den Deckel hochgehoben hatte. »Ist das denn die Möglichkeit?«

Er trat neben sie und legte den Arm um ihre Schulter.

»Ich habe so gehofft, dass es dir gefällt. Dies habe ich meiner Frau zu Weihnachten geschenkt, das war vor genau vierzig Jahren. Sie meinte damals, dass es in der Familie bleiben sollte, was es ja nun auch tut.«

Carolines kalte Augen strahlten. »Wundervoll. Königlich!« Sie ging zu Maximilian und hielt ihm den Schmuck vor die Nase. Er betrachtete das Rubincollier, den Ring, die Ohrringe, das Armband und die Brosche. Fast wunderte es ihn, dass sie sich immer noch etwas aus Juwelen machte. Sie besaß mehr davon, als sie zählen konnte, und er war sicher, dass sie es noch nicht einmal merken würde, wenn er irgendeine Kette oder einen Armreif versteckte.

Wie schön Sophie mit diesen Rubinen aussehen würde.

Noch besser würden Saphire zu ihr passen. Besser zu ihren schönen grauen Augen mit den blauen Tupfen darin.

Sophie … was machst du gerade?

Wie geht es dir?

Ich liebe dich.

Caroline umarmte ihren Schwiegervater und küsste ihn auf die Wange. Dann legte sie nacheinander den Rubinschmuck an und präsentierte sich den Anwesenden mit einem triumphierenden Gesichtsausdruck, der aussagte: ›Das hab ich auch verdient.‹

»Wie gefalle ich euch?«, fragte sie ihre beiden ältesten Söhne und tänzelte hin und her.

»Du siehst sehr hübsch aus, Mama«, sagte Philipp, und Leonhard nickte.

»Und was sagt ihr?« Nun sah sie Gisela und Karin an, die einen solchen Schmuck bislang nur aus den Sissi-Filmen mit Romy Schneider und Karlheinz Böhm kannten.

Caroline konnte ihre Schwiegertöchter nicht ausstehen und ließ sie das normalerweise bei jeder sich bietenden Gelegenheit spüren, behandelte sie herablassend und arrogant, aber gerade hatte sie eine gönnerhafte Minute.

»Sind das wirklich echte Rubine?«, fragte Gisela.

»Natürlich sind die *echt*, was *glaubst du denn*? Dass ich billigen, wertlosen und unnützen Plunder trage?«

»Nicht?«, meinte Karin und verzog ihr Gesicht zu einem Lächeln. »Der würde aber viel besser zu dir passen.«

23

Nach dem Erhalt des Päckchens hatte Sophie sich mit dem Anwalt, eben jenem Herrn Cherubim, in Verbindung gesetzt und mit ihm einen Termin vereinbart, auf dem er ihr nochmals versicherte, dass alles seine Richtigkeit hätte. Nein, dem Ehemann sollte nichts zukommen. Es war Lottis ausdrücklicher Wunsch gewesen, dass sie, Sophie, alles erhielt. Er ging mit ihr in den Keller, öffnete dort eine umständlich abgeschlossene Tür und ließ Sophie eintreten. Nachdem er das Licht angeknipst hatte, empfahl er sich rücksichtsvoll mit den Worten, er würde oben im zweiten Stock auf sie warten und sie solle sich alle Zeit der Welt lassen.

Die brauchte Sophie auch.

Sie verbrachte Stunden in diesem Kellerraum, öffnete Kartons, in denen sich alte Kinderfotos von Lotti und auch Aufnahmen von ihnen beiden sowie von Sophies Bruder Arndt befanden. Sie hatten alle drei rote Wangen, saßen in der Scheune der Nachbarn auf großen Strohballen oder standen Hand in Hand vor Lottis Fahrrad, das sie von ihren Eltern zum achten Geburtstag geschenkt bekommen hatte. Das war 1928. Sophie wusste es noch wie heute. Es war ein gebrauchtes Rad gewesen, aber das hatte der Freude keinen Abbruch getan.

Sophie erinnerte sich daran, wie ihr Bruder Arndt Lotti und ihr auf diesem Rad das Fahren beigebracht hatte, wie oft sie gestürzt waren, ein paar Mal landeten sie hintereinander johlend in einem Bachlauf.

Sie schaute sich Foto für Foto an und wurde traurig in der Erinnerung. Sie sah Aufnahmen von sich und Lotti beim Singen mit dem Schulchor. Sie hatten beide gern gesungen, Lotti noch mehr als sie selbst, aber Lotti hatte Probleme mit dem Auswendiglernen gehabt.

Sophie musste lächeln.

Da hatte es dies eine Stück gegeben, wie ging es nur …? Wieder und wieder hatten sie es geprobt. Plötzlich fiel es ihr ein: *Es fiel ein Reif in der Frühlingsnacht. Er fiel auf die zarten Blaublümelein; sie sind verwelket, verdorret.* Und so weiter.

Nun, letztendlich hatte sie Lotti das Lied beibringen können, es hatte Tage gedauert.

»Oh, bin ich froh, dass ich dich habe«, hatte Lotti damals gesagt, die schreckliche Angst davor hatte, dass sie eins mit dem Holzlineal auf die Finger bekommen könnte, weil sie das Lied immer noch nicht fließend beherrschte.

»Ich habe dich so schrecklich lieb.« Auch das hatte Lotti immer gesagt. Und: »Wir werden auf ewig Freundinnen bleiben.«

»Jaaa«, hatte Sophie erwidert und die Freundin an der Hand genommen. »Du bist auch meine Allerliebste. Auf ewig! Ich verspreche es.«

Was ja auch stimmte.

Lotti …

Trotz aller Trauer war Sophie wegen einer Sache sehr

froh: Fotografien vom Wäldchen und der alten Linde, in der das Baumhaus gestanden hatte, gab es nicht. ›Wie auch‹, dachte sie. Es war ja ihr Geheimversteck gewesen, nur sie, Lotti und Arndt wussten davon.

Und Lotti und Arndt konnten es niemandem mehr verraten.

Brunhilde Weigand wusste zwar nun ebenfalls, dass es ein Wäldchen gab, aber nicht, wo es sich befand. Und das würde Sophie ihr, bei allem Vertrauen, nicht erzählen.

»Ich versprech es, Lotti, meine Allerliebste«, sagte sie leise in den Raum und nickte dabei, und ein wenig hatte sie den Eindruck, als könne sie den Geruch der Freundin riechen.

Dann sah sie sich weiter um. Hier standen und lagen viele Gegenstände, die sie schon kannte, aber mit den Jahren vergessen hatte.

Der alte Schaukelstuhl zum Beispiel, der Lottis Vater gehört hatte und auf dem sie beide so gerne saßen und so lange schaukelten, bis er nach hintenüberkippte und sie kreischend auf den Dielenboden der Wohnstube krachten. Das »gute Geschirr« mit dem Goldrand, das nur an Feiertagen auf den Tisch gekommen war. Sie hob die Teller hoch und fand tatsächlich den, der Lotti einmal heruntergefallen und in zwei fast gleich große Stücke gebrochen war. Damals hatte Lottis Mutter beinahe angefangen zu weinen, woraufhin Sophie und Lotti sich hinsetzten und das alte Stück unbeholfen klebten, so gut es eben ging. Sie arbeitete sich durch Tischwäsche und Wandbilder, durch die Pfeifensammlung von Lottis Vater, und landete schließlich bei Kartons, die neuer aussahen und die sie vorsichtig öffnete.

Dies kannte sie nicht. Der Inhalt musste Lotti in den letzten Jahren gehört haben.

Im ersten Karton lagen vier Pelzmäntel, einer wirkte edler als der andere; der oberste schien ein Nerz zu sein, der nächste war aus Leopardenfell gefertigt. Die anderen beiden Felle konnte Sophie nicht zuordnen. Passende Hüte und Handschuhe lagen ebenfalls im Karton, zum Leopardenmantel gab es sogar einen Muff.

Sophie faltete die Stücke sorgfältig wieder zusammen, wickelte sie in das Seidenpapier und legte dann alles in den Karton zurück.

Im den folgenden vier Kartons befand sich ebenfalls Kleidung. Cocktailkleider, Kostüme, Abendroben, Stolen und Handtaschen in allen Formen, Materialien und Farben. Vorsichtig zog Sophie eins der Kleider hervor und staunte über die Pailletten, die jeden Millimeter des Stoffes verzierten. Es funkelte atemberaubend, selbst in dem trüben Licht des Kellerraums, wie mochte es erst aussehen, wenn das Kleid vom Strahl mehrerer Kronleuchter oder Kerzen beleuchtet wurde?

Im nächsten Karton lagen nur Schuhe, die meisten davon Abendschuhe, denen man ansah, dass sie nur drinnen getragen wurden. Es gab auch einige Straßenschuhe aus Leder, die fein gearbeitet waren, und Sophie konnte erkennen, dass Lotti viel Geld dafür bezahlt hatte.

Von Karton zu Karton staunte Sophie mehr. Sie, die nur drei Garnituren Unterwäsche besaß, bei denen die Hauptsache war, dass sie wärmten, konnte gar nicht glauben, dass ein einzelner Mensch eine solche Menge davon besitzen konnte. Und dann so feine Wäsche! Sie betrachtete Korsetts mit Spitzenbesatz in Rot und Schwarz, in Weiß und Creme, sie zog Büstenhalter hervor, die mehr zeigten als verbargen und mit Schleifchen verziert waren, genau wie die Baby-Dolls und Négligés aus reiner Seide oder knisterndem, fast durchsichtigem Chiffon.

Das alles sollte Lotti gehört haben, ihrer Lotti, der es immer ganz egal gewesen war, was sie trug, Hauptsache, es war praktisch?

Nun wurden die Kartons etwas kleiner. Sophie hielt Haarkämme und Spangen aus Horn in ihren Händen, die mit Simili besetzt waren. In einem anderen befanden sich ein Dutzend Hüte.

Dann öffnete sie den letzten Karton und fühlte sich mit einem Mal wie eine Prinzessin, die ihre Schatztruhe begutachtet. Schmuck, Unmengen an Schmuck leuchteten ihr entgegen. Sie konnte die Stücke gar nicht zählen. Es schienen alle, wirklich alle Edelsteine und Farben vertreten zu sein, und es sah nicht so aus, als würde es sich um günstigen Firlefanz handeln. Es war so viel, dass es Sophie beinah den Atem raubte. Außer ihrem Ehering besaß sie nichts. Weder ein mit Smaragden besetztes Diadem noch eine Brillantkette, weder einen Amethystring noch eine Brosche aus funkelnden Saphiren. Zu dieser Brosche gehörte auch ein Ring sowie Kette und Armband, und vorsichtig legte sie Letzteres an. Es stand ihr gut. Sehr gut sogar. Sie stellte sich vor, was Maximilian sagen würde, wenn er sie so sähe. Blau stand ihr wirklich ausgezeichnet. Er würde es ihr bestimmt bestätigen.

Maximilian … nein, jetzt nicht an ihn denken … Langsam legte sie das wertvolle Geschmeide zurück und verschloss den Karton sorgfältig. Dann löschte sie das Licht, verriegelte die Tür mit dem Schlüssel, den Herr Cherubim hatte stecken gelassen und stieg langsam die Treppen nach oben in seine Sozietät.

»Ich möchte Sie bitten, diese Gegenstände für mich einzulagern«, bat sie den Notar, der sie durch seine randlose Brille ansah.

»Warum?«, fragte er dann. »Ihre Freundin hätte bestimmt gewollt, dass diese Sachen zu Ihnen kommen, dass Sie sie benutzen.«

»Sicher«, antwortete Sophie und nahm ein Stück Gebäck aus der Chromschale. »Aber so einfach ist das nicht. Wenn ich diese Gegenstände, das Erbe meiner besten Freundin, mit nach Hause nehme, dann wären sie schneller wieder fort, als Sie sich das vorstellen können.«

»Ich verstehe nicht«, sagte Herr Cherubim, der in der Tat nicht verstand. Und er begriff nicht, dass diese magere Frau mit den schmalen Schultern, in ihrem abgetragenen Wollmantel, die schöne kostbare Kleidung und den noch kostbareren Schmuck einlagern lassen wollte, anstatt alles zu tragen. Oder, so sagte er sich, von mir aus auch zu verkaufen.

»Können Sie mir eine Firma empfehlen, die einlagert?« Sophie ging gar nicht auf seine Verwunderung ein. »Ein seriöses Unternehmen, das keine Fragen stellt, wäre wohl das Beste.«

»Sicher«, nickte Herr Cherubim. »Ich werde meine Sekretärin bitten, Ihnen etwas Passendes herauszusuchen.« Er drückte einen Knopf auf der grauen Gegensprechanlage und bat Fräulein Meyer, das Nötige zu veranlassen.

Eine Gesprächspause entstand und Sophie spürte, dass der Notar gern mehr gewusst hätte, aber sie wollte ihm ihre Familienverhältnisse nicht auf die Nase binden. Je weniger Aufsehen sie erregte, desto besser war es. Womöglich würde Herr Cherubim noch damit anfangen, dass er ihr helfen könnte, ihren Mann zu verlassen, und dass Gewalt in der Ehe heute ganz anders gesehen würde als noch vor ein paar Jahren. Damit hatte er ja sicher recht. Aber er kannte Ferdinand Brunner nicht.

Doch Sophie kannte ihn.

Ferdinand hatte ihr mehr als einmal angedroht, sie umzubringen. Ein paar Mal hatte er es fast geschafft. Er würde seine Drohung wahr machen, wenn sie ihn verließe. Seine Freunde würden ihm dabei helfen, da war Sophie sich sicher. Es waren zwielichtige Gestalten, die sich bestens in der Frankfurter Unterwelt auskannten und vor nichts zurückschreckten.

Da konnte Brunhilde auf sie einreden, so viel sie wollte. Ihr Leben war Sophie noch sehr viel wert.

Deswegen schwieg sie und wartete darauf, dass die Sekretärin sich meldete.

Nein, noch würde alles so bleiben wie bisher.

Zum Glück war Fräulein Meyer eine fixe Person, und ein paar Minuten später schon klopfte sie an und erzählte von der Firma Hoffmann, die gleichzeitig ein Umzugs- und Einlagerungsunternehmen war und auch Platz in der gewünschten Größe hatte.

»Billig wird's aber nicht«, sagte Fräulein Meyer und reichte Sophie einen Zettel, auf dem sie die Preise notiert hatte. Dann setzte sie ihre Brille auf, die an einer Kette baumelte, strich ihren dunkelgrauen Kostümrock glatt, obwohl nicht eine Falte darauf zu sehen war und wartete auf weitere Anweisungen.

»Das macht nichts.« Sophie steckte den Zettel ein. »Danke schön. Ich werde mich am besten selbst darum kümmern. Ich habe Ihre Zeit schon genügend in Anspruch genommen.«

»Aber ich bitte Sie, gnädige Frau«, sagte Herr Cherubim und stand auf. »Es war und ist mir ein Vergnügen. Wenn ich Ihnen irgendwie weiterhelfen kann, auch in Zukunft, lassen Sie es mich bitte wissen. Es wäre mir eine Ehre.«

»Sie sind sehr freundlich.« Sophie erhob sich ebenfalls und nickte ihm zu. »Vielleicht komme ich ja irgendwann darauf zurück. Wenn die Zeit reif ist.«

Wieder war Herr Cherubim neugierig, fragte aber nicht nach. Einer Frau wie Sophie war er noch nie begegnet. Sie schien alles auf einmal zu sein: Mädchen, Frau, Kämpferin, Resignierte, Hoffende und Trauernde. Eine bemerkenswerte Person.

Sie gingen zur Tür und sie reichte ihm die Hand zum Abschied. »Eins wollte ich Sie noch fragen. Wie ist das mit der Bestattung geregelt worden?«

»Frau Marquardt hat das im Vorfeld erledigt.« Herr Cherubim räusperte sich. »Es ist bereits alles bezahlt.«

»Warum wurde ich nicht vorher informiert? Ich hätte mich doch gekümmert und zur Beerdigung wäre ich auch sehr gern gekommen.«

»Das wollte Frau Marquardt nicht«, sagte Herr Cherubim und schüttelte sachte den Kopf. »Als sie hier bei mir war und wir alles besprachen, da meinte sie: ›Sophie hat schon genug Kummer. Sie soll sich nicht damit belasten müssen, einen Sarg oder einen Grabstein auszusuchen.‹ Frau Marquardt meinte, Sie sollten lieber an das Leben denken und nicht an den Tod.«

»Das hat sie gesagt?«

»Genau so«, bestätigte Herr Cherubim ihr und räusperte sich.

»Können Sie mir … würden Sie mir bitte sagen, wo ich ihr Grab finde?«

»Sicher doch.« Er ging zurück zu seinem Schreibtisch, durchforstete die Unterlagen, schrieb etwas auf einen Zettel und reichte ihn Sophie.

»Hier, bitte schön. Am besten nehmen Sie den Friedhofseingang am Marbachweg. Von dort ist es nicht weit.«

»Nochmals vielen Dank.« Sophie nickte ihm und Fräulein Meyer zu und verließ die Sozietät.

Draußen atmete sie tief durch. Dann lief sie mit schnellen Schritten los. Das Einlagerungsunternehmen konnte sie auch später noch anläuten.

Sophie stand auf dem Frankfurter Hauptfriedhof vor Lottis Grab. Es war kalt. Sie hatte die Hände in den Manteltaschen vergraben. Ein scharfer Wind wehte. Der Strauß mit den fünfzig weißen Rosen lag vor dem grauen einfachen Grabstein. Sophie hatte nicht nach dem Preis für die Blumen gefragt.

Sie lagen da und bedeckten zum Teil den Namen und die Inschrift: *Es fiel ein Reif in der Frühlingsnacht*.

Es war, als hätte Lotti sich noch einmal bei ihr bedanken oder ihr einen letzten Gruß hinterlassen wollen.

Ihre liebste Freundin, die jetzt da unten in einem kalten Holzsarg lag. Der sie noch so viel hätte sagen müssen.

»Danke, Lotti«, flüsterte Sophie. »Ich werde dich niemals vergessen.«

Sie begann, ihrer Freundin leise zu erzählen, hielt mit ihr Zwiesprache.

Was sie sagten, ging nur sie beide an.

Später, als sie nach Hause kam, wurde sie schon im Treppenhaus von Brunhilde empfangen, die ihr erzählte, dass es in Hamburg eine schwere Sturmflut gegeben hatte, bei der viele Menschen ums Leben gekommen waren.

Es interessierte Sophie nicht. Sie ging in ihre Wohnung und legte sich ins Bett. Ferdinand war zum Glück mal wieder nicht da. Vorher holte sie »ihr Herz« aus seinem Versteck und presste es an sich, so fest sie konnte. Sie brauchte Trost.

Für sie gab es momentan nur einen Menschen, der gestorben war, und um den wollte sie in Ruhe trauern.

24

Am frühen Morgen des 19. April 1962 war Maximilian verzweifelter als all die Jahre zuvor.

Er war am 18. April morgens um halb sechs Uhr aus dem Haus gegangen und zum Römer gehastet, dort hatte er sich noch vor sechs in den Eingang des Mittelgebäudes gestellt und gewartet.

Den ganzen Tag lang. Bis weit nach Mitternacht.

Er hatte sich eine Thermoskanne voll Tee mitgenommen und Butterbrote.

Nur einmal, und zwar nachmittags, verließ er seinen Posten, weil er austreten musste, und versprach zwei vorbeikommenden Jungs jeweils eine Mark dafür, dass sie hier an dieser Stelle stehen blieben und nach einer blonden Frau Ausschau hielten. Und wenn diese Frau käme, so trichterte Maximilian den beiden ein, sollten sie sie ansprechen, fragen, ob sie Sophie hieße, und, wenn sie dies bestätigte, bitten zu warten.

Die ungefähr zehn Jahre alten Jungen nickten eifrig und platzierten sich vor den Eingang, während Maximilian ins nächstgelegene Café eilte, um zu erledigen, was erledigt werden musste. Es gab eine kleine Diskussion mit der Cafébesitzerin, die niemanden außer zahlenden Gästen auf ihrem WC haben wollte, aber mit einigen weiteren Münzen konnte er sie letztendlich überreden, eine Ausnahme zu machen. Schließlich kam er zurück zum Römer und suchte die beiden Jungs.

Dann wurde ihm klar, dass er den Fehler gemacht hatte, den beiden vorher das Geld zu geben. Sie waren verschwunden, genau wie die blonde Frau in dem abgetragenen, altmodisch karierten Mantel, die dieses Mal genau fünf Minuten gewartet hatte. Sie wäre normalerweise länger geblieben, aber sie musste noch Dinge für den heutigen Geburtstag ihrer Tochter besorgen.

*

Frankfurt am Main,
19. April 1962, 7 Uhr 50

Liebster, geliebter Maximilian,

wo bist Du nur? Ich konnte gestern tatsächlich nur fünf Minuten warten. Und ich hatte ein wenig Angst, dass Ferdinand mir gefolgt sein könnte und mich fragt, was ich denn hier mache. Er war nämlich zu Hause, als ich fortging.

Ich brauche Dich so sehr, habe nach Dir Ausschau gehalten, aber niemand kam angelaufen, um mich in die Arme zu nehmen. Da waren nur zwei Jungs in meiner Nähe, die kurze Zeit herumlungerten, kicherten, Münzen in ihren Händen betrachteten und dann auf einmal weggerannt sind.

Du warst nicht da.

Tja, und dann habe ich mich wieder auf den Weg gemacht. Natürlich, ich weiß, dass Du nicht wissen konn-

test, dass ich ausgerechnet um diese gewisse Uhrzeit kam, aber ich hatte eine merkwürdige Ahnung, als ob es so wäre.

Leider habe ich mich getäuscht.

Warum ist Frankfurt so groß? Wieso begegnen wir uns nicht einfach auf der Straße? Ja ... und was würden wir dann tun?

Ich liebe Dich über alles!

Sophie

*

Später rechnete er hundert Mal nach, wie lange er vom Römer fort gewesen war. Es konnten keine fünf Minuten gewesen sein. Er hatte sich doch so beeilt! Und es war mehr als unwahrscheinlich, dass Sophie ausgerechnet in exakt dieser Zeit dort gewesen war. Das wäre ein zu großer Zufall.

Er ging sogar noch einmal zurück und stoppte die Zeit, nur mit dem Unterschied, dass er diesmal nicht in die Waschräume des Cafés gelassen wurde, weil eine andere Angestellte da war, die behauptete, sie hätte ihre Anweisungen und die lauteten nun mal, dass nur Gäste das WC benutzen dürften.

Trotzdem, er rechnete die ungefähre Zeit, die er auf der Toilette verbracht hatte, zur anderen dazu und kam auf unter fünf Minuten.

Sie *konnte* nicht da gewesen sein.

Maximilian irrte sich. Er hatte beim Addieren der Zeit vergessen, dass er die Tasche mit der Thermoskanne und den Broten an einem Türhaken des Waschraums vergessen hatte und noch einmal zurückmusste, als er sich schon vor dem Café und auf dem Rückweg befand. Er war so in Eile gewesen und wollte zum Römer zurück, nur daran dachte er. Später war ihm dieses kleine Missgeschick entfallen.

Sophie war nicht gekommen. Und somit hatte er die Befürchtung, dass sie auch in den Jahren davor nicht gekommen war. War sie tot?

Nein, dann hätte er das in der Zeitung gelesen. Er studierte seit achtzehn Jahren die Traueranzeigen in den Tageszeitungen, auch die kleinen, die wenig kosteten. Es waren einige Sophies dabei gewesen, aber keine, die vom Alter her auch nur annähernd passte.

So viel wäre Sophie doch zumindest ihren Kindern wert – sie würden doch eine Anzeige schalten, und wenn es die billigste von allen wäre.

War sie umgezogen? Wohnte sie gar nicht mehr in Frankfurt?

Dann hätte sie ihm das doch in der vereinbarten Nachricht mitgeteilt. Er hatte immer in die Mauer geschaut, die er ihr beschrieben hatte und die auch glücklicherweise von den Bomben damals verschont worden war; niemals steckte dort etwas.

Sie hatte nicht kommen *wollen*.

Was war passiert?

Wie sollte er die Wahrheit herausfinden? Er kannte ja noch nicht einmal ihren Nachnamen.

Er saß in seinem Arbeitszimmer, stützte den Kopf in beide Hände und war einfach nur lebensmüde. Die Traurigkeit, die schon so lange von ihm Besitz genommen hatte, stahl ihm die Kraft.

Wer konnte wissen, wo Sophie sich aufhielt oder was mit ihr passiert war?

Er hob den Kopf.

Lotti! Ihre Freundin!

Natürlich! Die musste doch wissen, wo sie war. So eng, wie die beiden damals waren.

Lotti, in deren Waschküche sie im Badezuber gesessen und sich gegenseitig von ihrer Kindheit erzählt hatten. Lotti, die sie mit Decken und Lebensmitteln versorgt hatte. Lotti, die immer gesagt hatte: »Das wird schon alles gut werden.«

Wo wohnte Lotti, vielmehr, wo hatte sie früher gewohnt? Er dachte fieberhaft nach, lief in Gedanken den Weg vom Luftschutzkeller zu Lottis Wohnung nach. Wo waren sie entlanggelaufen? Wie hieß die Straße?

Bahnstraße? Balkenstraße? Baderstraße? Balduinstraße?

Balduinstraße.

Er stand auf, nahm seinen Mantel und lief erneut los.

Was sie in der Bank dachten, war ihm ganz egal. Dann fehlte er eben mal zwei Tage. Außer seinem Vater konnte ihn niemand zur Rechenschaft ziehen. Und der war gerade mal wieder verreist. Mit Johanna, Carolines Mutter, die seit kurzem Witwe war. Albert Janssens Herz hatte den übermäßigen Konsum von fetten Speisen und seine Leber die Unmengen an Alkohol nicht mehr mitgemacht. Er war vor ein paar Monaten gestorben.

Maximilian bestellte ein Taxi. Sein Auto, ein nagelneuer Daimler-Benz, befand sich in der Reparatur. An einer Ampel hatte ein anderes Auto zu spät gebremst und war auf ihn aufgefahren. Aber der Wagen war fertig, die Werkstatt hatte schon vorgestern telefonisch Bescheid gegeben. Er überlegte sich, dass es besser wäre, zuerst den Wagen abzuholen, denn wenn Lotti wusste, wo Sophie sich befand, dann könnte er gleich weiterfahren. Ja, das würde er tun. Unter allen Umständen würde er dorthin weiterfahren.

Während der Fahrt zur Werkstatt versuchte er, sich an die Hausnummer der Balduinstraße zu erinnern, die ihm partout nicht einfiel, aber er wusste, wie das Haus ausgesehen hatte. Außerdem erinnerte er sich sehr genau, dass Lotti im ersten Stock wohnte, auf der rechten Seite. Er wusste noch, wie er mit Sophie unten gestanden und sie auf das abgedunkelte Fenster gedeutet hatte, bevor sie begann, kleine Steinchen gegen die Scheibe zu werfen. Und er sah Lottis schemenhafte Gestalt im Dunkeln noch vor sich, wie sie das Fenster geöffnet und sich herausgelehnt hatte: »Wer ist da?« Und dann, nachdem Sophie sich zu erkennen gegeben hatte: »WAS? Ich kann es kaum glauben!«

»Bitte schön«, der Fahrer hielt an und Maximilian drückte ihm einen Zehnmarkschein in die Hand, sagte »Stimmt so« und ging an der Tankstelle vorbei zu den Werkstatträumen, in denen sich das Büro des Meisters befand.

»Herr Dannenbeck«, wurde er von dem jungen Inhaber begrüßt, der sich mit diesem Betrieb vor ein paar Monaten selbständig gemacht hatte. Ein fleißiger Mann Anfang, Mitte zwanzig, der höfliche Umgangsformen und ein sympathisches Gesicht hatte. Maximilian mochte ihn sehr. Er erinnerte ihn dunkel an jemanden.

»Kommen Sie doch bitte mit«, der Meister ging mit ihm über den Hof, wo der Daimler stand, der aussah wie neu. »Alles erledigt. Bei diesem schönen Stück, da tut ja jede Schramme weh.«

»Das stimmt«, antwortete Maximilian und dachte nur: ›Wie komme ich von hier in die Balduinstraße?‹

»Hier sind alle neidisch auf Sie.«

»Auf *mich*?« Maximilian konnte sich beim besten Willen nicht vorstellen, was jemanden dazu veranlassen könnte, ausgerechnet auf ihn neidisch zu sein.

»Na, das ist doch das neueste Modell, der 300 SE. 160 PS. Dreiliter-Einspritzmotor aus Leichtmetall. Dann noch Scheibenbremsen und Vierganggetriebe«, schwärmte sein Gegenüber, als sei das sein eigenes Auto. »Von der Servolenkung mal ganz abgesehen. Der war doch der letzte Schrei auf der Genfer Automobilausstellung im März. Und Sie haben ihn schon! Da mussten Sie wohl Ihre guten Beziehungen spielen lassen?«

»Ja, ja …«, antwortete Maximilian geistesabwesend, aber nicht unfreundlich. Er hatte keine Lust auf eine Fachsimpelei über Autos. Die waren ihm herzlich egal. Er hatte dieses Auto besorgen lassen, weil die Buchhaltungsabteilung der Bank gemeint hatte, das wäre gut für die Abschreibung, also ließ er sie einfach machen.

»Das haben Sie sehr schön hingekriegt«, lobte er. »Schicken Sie doch die Rechnung bitte wie immer direkt an die Bank.«

»Wird gemacht«, sagte der junge eifrige Mann und strich zum Abschied noch einmal über den glänzenden Lack des Daimlers. »So einen möchte ich auch mal haben«, sagte er dann. Am liebsten hätte Maximilian gesagt: »Ich schenke Ihnen den Wagen, wenn ich dafür Sophie bekomme.«

Er stieg in sein Auto, nachdem er noch ein großzügiges Trinkgeld gegeben hatte, legte den ersten Gang ein und fuhr davon.

Johannes Brunner sah ihm nach. Wirklich ein schönes Auto.

Ein Schmuckstück.

Schade, dass sich seine Mutter so gar nicht für Autos interessierte, sonst hätte er ihr gerne von dem reichen Maximilian Dannenbeck und seinen tollen Schlitten erzählt. Und von seiner Frau Caroline, die mit ihrem Auto auch immer zum Tanken und Waschen hierherkam, aber längst nicht so nett war wie ihr Mann. Der gab jedenfalls ein anständiges Trinkgeld und war auch sonst immer sehr freundlich. Ihr hingegen sah man an, dass sie eine Ziege war.

Nummer zwölf. Das war es.

Maximilian schlug vor Freude auf das Lenkrad, weil er das Haus sofort wiedererkannt hatte.

Er parkte vorschriftsmäßig ein, schloss den Wagen ab, dann rückte er seinen Hut zurecht und lief auf die Haustür zu. Es war noch alles genauso wie damals. Er schaute nach oben, aus Angst davor, dass das Fenster nicht mehr da sein könnte, aber es war da. Nur die Vorhänge waren nicht zugezogen und vermutlich waren es auch andere. Die Mode änderte sich nun mal.

Fast hätte er ein Steinchen aufgehoben und es gegen die Scheibe geworfen, aber das war nicht nötig, denn das Haus war mit einer neumodischen Klingelanlage ausgestattet worden.

Halt. Was, wenn Lotti nicht allein war und ihr Mann

sich bei ihr befand? Der, der nie etwas wissen durfte damals. Dann würde er sich einfach entschuldigen, sagen, er hätte sich geirrt, an seinen Hut tippen und gehen, Lotti vielleicht noch einen durchdringenden Blick zuwerfen, damit sie sich an ihn erinnerte und ihm eventuell auf die Straße nachkam. Er würde dann noch ein wenig warten, an der Ecke.

Dann stand Maximilian vor der Klingelanlage und studierte die Namen. Da er nicht wusste, wie Lotti mit Nachnamen hieß, musste er raten. Er überlegte, dass die Namen vielleicht so angebracht worden waren, wie die Wohnungen aufgeteilt. Also müsste Lottis Name, die im ersten Stock rechts wohnte, sich auf der rechten Seite befinden und zwar über dem Erdgeschoss, also war es bestimmt die zweite Klingel von unten rechts.

Er holte nochmals Luft, dann klingelte er.

25

Der Summer ertönte, Maximilian öffnete die schwere Haustür und der Geruch von Bohnerwachs und abgestandenem Essen strömte ihm entgegen. Er lief die Treppen hoch und stellte dann erleichtert fest, dass er mit seiner Annahme richtiggelegen hatte. Die rechte Wohnungstür im ersten Stock war geöffnet worden, aber nicht Lotti stand vor ihm, sondern eine ungefähr sechzig Jahre alte Frau in einer Strickjacke und mit Filzpantoffeln an den Füßen. Sie betrachtete ihn argwöhnisch, während sie ihre Hände an einem schmuddelig wirkenden Geschirrtuch abtrocknete. Dann sagte sie: »Wir kaufen nichts an der Tür.«

»Ich möchte nichts verkaufen«, stellte Maximilian klar und zog seinen Hut. »Ich suche nur jemanden. Vielleicht können Sie mir behilflich sein.«

»Aha«, sagte die Frau eine Spur freundlicher. »Und wen?«

»Leider kenne ich nur den Vornamen«, erklärte er. »Lotti. Die Frau, die ich suche, heißt Lotti.«

»Hier wohnt keine *Lotti*«, sagte die Frau nun wieder schlechtgelaunt. Sie sprach den Namen so aus, als handele es sich dabei um eine Küchenschabe. »Schon lange nicht mehr. Darüber sind wir auch sehr froh. Das hier ist nämlich ein sauberes Haus.«

Wenn Maximilian an den Geruch dachte, der im Treppenhaus herrschte, konnte er diese Meinung nicht ganz teilen. »Vielleicht können Sie mir aber sagen, wo sie jetzt wohnt.« Er lächelte verbindlich, auf keinen Fall wollte er die Frau noch mehr verärgern.

»Die wohnt nirgendwo mehr«, hörte er. »Die ist tot.«

»Tot?«

»Ja. Irgendwann Anfang letzten Jahres.«

»Und da sind Sie sicher?«

»So sicher, wie es das Amen in der Kirche gibt, bin ich. Hat sich in der Nachbarschaft rumgesprochen wie ein Lauffeuer. War ja eine aus'm horizontalen Gewerbe. Eine Zeit war sie weg, aber die Wohnung hier hat sie behalten.« Die Frau war nun rot geworden. »Nachdem sie gestorben ist, kamen hier irgendwelche Anwaltsmänner an und haben ihre Wohnung ausgeräumt und den Keller. Da kam's raus. Der eine von denen hat's uns erzählt. Was wollen Sie eigentlich von ihr? Woher kannten Sie die denn?«

Maximilian spürte ganz genau, dass die Frau ihn eigentlich fragen wollte, ob er ein »Kunde« gewesen sei, sich aber nicht traute, es auszusprechen.

»Kannten Sie sie denn persönlich?«, fragte er stattdessen.

»Nee. Da kann ich auch drauf verzichten, mein Herr. Das ist 'n anständiges Haus hier, wie ich schon sagte.«

»Gibt es in der Nachbarschaft vielleicht jemanden, der sie kannte?«

»Der alte Schmitz von unten vielleicht. Der wohnt hier schon Ewigkeiten. Da müssen Sie aber feste klopfen an die Tür. Die Klingel ist schon lange kaputt.«

»Vielen Dank.« Maximilian nickte ihr zu und stieg die Treppen hinab. Er wusste genau, dass sie ihm hinterherstarrte und selbstredend im Flur stehen bleiben und lauschen würde, weil es sie brennend interessierte, was der alte Schmitz über die sündige Person zu berichten hatte. Vielleicht sogar etwas, das sie noch nicht wusste.

Der alte Herr Schmitz hatte eine laute Stimme, so dass der Drachen im ersten Stock sich noch nicht einmal anstrengen musste, um jedes Wort zu verstehen.

Ja, Herr Schmitz kannte Lotti, die eigentlich Lieselotte Marquardt hieß, wie er Maximilian lautstark versicherte. Das sei erst eine ganz bürgerliche Frau gewesen, brüllte er, aber dann hat sie wohl die Fronten gewechselt, das habe er aus sicheren Quellen gehört. Außerdem hatte er die Frau Marquardt das eine oder andere Mal getroffen, und da sah sie aus wie eine, die man besser hätte wegsperren sollen. Genau wie ihre Freundin, das Luder. So eine Blonde. Die beiden, die hätten in einen Sack gesteckt gehört, war die Meinung von Herrn Schmitz. Und nein, sie würden beide nicht mehr leben, die eine, die sei schon vorher tot gewesen. Wie Pech und Schwefel hätten sie zusammengeklebt.

Maximilian wurde kalt.

»Wie hieß die Blonde denn? Wissen Sie das?« Seine Hände wurden feucht und klamm. »Hieß sie vielleicht Sophie?«

»Ja, ja, ja, so hieß die«, sagte der alte Schmitz, der kein Wort verstanden hatte, weil er schwerhörig war, es aber nicht zugeben wollte. »So eine Blonde. Luder, alle beide. Hatten es nicht besser verdient.«

»Wie hieß sie denn mit Nachnamen? Kennen Sie den?«

»Nee. Muss ich auch nicht.« Herr Schmitz hatte keine Lust mehr auf die Unterhaltung.

Maximilian sagte gar nichts mehr. Er drehte sich um und ging.

Wen hatte Herr Schmitz mit der Blonden gemeint?

Sophie?

Nein!

Wie konnte er herausbekommen, ob sie das war? Hier im Haus schienen die Bewohner ja nicht gerade gut auf Lotti und die »Blonde« zu sprechen zu sein.

Er brauchte frische Luft, trat vor die Tür und merkte, wie sein gesamter Körper eiskalt wurde. Er konnte kaum atmen und hielt sich an einer Straßenlaterne fest. Der Schwindel und die Übelkeit waren wieder da.

›Denk nach‹, zwang er sich. ›Überlege, was du tun musst.‹

Die Gedanken wirbelten in seinem Kopf umher und ließen sich nicht fassen. Er fühlte sich wie in Watte gepackt. Und ihm wurde zunehmend schlechter.

›Einen Anhaltspunkt hast du‹, er zwang sich, den Schwindel zu ignorieren. ›Lotti hieß Marquardt. Lieselotte Marquardt. Wenn sie gestorben und hier in Frankfurt beerdigt worden ist, dann muss das ja bei der Friedhofsverwaltung registriert sein. Wo sitzt die Friedhofsverwaltung?‹

Er würde jetzt zum Hauptfriedhof fahren und sich dort erkundigen. Irgendjemand würde es schon wissen. Jedenfalls hoffte er das.

Er hatte Glück. Am Eingang an der Eckenheimer Landstraße befand sich ein Pförtnerhäuschen, in dem ein älterer, zeitunglesender Mann saß, der froh war, ein wenig Abwechslung zu haben und äußerst hilfsbereit war. Er telefonierte mit irgendjemandem, der ihm offenbar die gewünschte Auskunft geben konnte. Dann holte er einen Friedhofsplan hervor und erklärte, dass Frau Lieselotte Marquardt, geborene Schneider, am 30. Januar gestorben war und ihre Grabstätte sich im Bereich 18 befände. Hier aber sei Bereich 15, also müsse Maximilian geradeaus bis zum Bereich 10 gehen und sich dann nördlich halten.

»Ja, ja«, sagte Maximilian und lief los.

Er hastete die Wege entlang und blieb nur an den Abzweigungen stehen, um sich zu vergewissern, dass er noch auf dem richtigen Weg war. Er lief an steinernen Engeln und aufwendig gebauten Familiengräbern vorbei und hielt sich dann Richtung Norden. Zunächst sah er einige der Grabstätten von namenlosen Gefallenen, dann kamen aber wieder Einzelgräber.

Er ging langsamer und begutachtete jeden einzelnen Grabstein. Einige waren schon sehr alt und die Inschriften waren kaum noch zu entziffern. Hier und da waren Aufkleber angebracht, die vor dem Umstürzen der Steine warnten oder darauf hinwiesen, dass die Grabstätte ungepflegt sei.

Aber das Grab von Lotti musste ja neu sein.

Und dann sah er es.

Er blieb stehen und betrachtete den großen Strauß weißer Rosen, der auf der Grabplatte lag und die Inschrift zum Teil verdeckte. Er wusste, dass es Lottis Grab war, er wusste es einfach.

Behutsam betrat er den Zwischenraum und vergewisserte sich, indem er die Rosen ein Stück zur Seite schob. Da stand ihr Name, deutlich lesbar. Und auch das Datum stimmte.

Dann, ganz plötzlich, als er den Strauß mit den Rosen berührte, brach die Wolkendecke auf, und zum ersten Mal an diesem tristen Tag kam die Sonne hervor – mit einer Intensität, dass er blinzeln musste, weil er damit nicht gerechnet hatte.

Sie schien auf das Grab und auf den Rosenstrauß und etwas unter den Stielen glänzte in den Sonnenstrahlen.

Es war etwas aus Metall, etwas, das er nicht wahrgenommen hätte, wenn der Himmel bedeckt geblieben wäre. Er griff danach und zog es behutsam hervor.

Es war ein Foto, das in einem silbernen Rahmen steckte. Die Personen darauf konnte man deutlich erkennen.

Es waren zwei junge Frauen, die sich an den Händen hielten und in die Linse gelacht hatten, vor langer Zeit.

Er studierte das Foto noch intensiver und sah, dass jemand etwas draufgeschrieben hatte, bevor es in den Rahmen gesteckt wurde: »Ich werde Dich niemals vergessen, meine Allerliebste! Deine Freundin Sophie! Frankfurt, am 19. April 1962.«

Maximilian bekam keine Luft mehr.

Er setzte sich auf den kühlen Boden und keuchte.

Sophie!

Sie lebte!

Sie war hier gewesen, an Lottis Grab.

Und zwar heute.

26

Sophie lag im Bett und versuchte, sich nicht zu bewegen.

Ferdinand hatte sie verfolgt, als sie zum Blumenladen ging, um weiße Rosen zu kaufen. Einmal pro Monat, so hatte sie es sich vorgenommen, würde sie Lottis Grab damit schmücken. Das Geld hierfür holte sie sich bei Brunhilde Weigand ab, die zwar meinte, Lotti habe doch nichts mehr davon und sie, Sophie, solle lieber für schlechte Zeiten sparen, aber Sophie hatte Brunhilde nur angeschaut und gefragt: »Für noch schlechtere Zeiten? Nein, das bin ich Lotti schuldig. Davon abgesehen, tue ich es gern.« Und so war sie losgelaufen und hatte die Blumen besorgt.

Ferdinand, der mal wieder mit seinen Kumpels um die Häuser zog, hatte sie in den Blumenladen gehen sehen und sich in diesem, einigermaßen klaren Moment gefragt, woher seine Frau das Geld für Unmengen an weißen, langstieligen und teuer aussehenden Rosen hatte, mit denen sie den Laden nach einiger Zeit verließ. Vor ihm klagte sie doch immer herum, dass sie kaum genug zum Beißen hätten.

»Dann arbeite mehr«, pflegte er sie dann anzuherrschen.

Er war ihr bis zum Friedhofseingang gefolgt, um zu

sehen, was sie mit den Blumen vorhatte, dann ging er nach Hause und wartete auf sie. Dieses Miststück würde schon sehen, was sie davon hatte, ihren Mann zu belügen. Er würde ihr das schon eintrichtern, und wenn es das Letzte wäre, was er täte.

Auch wenn Ferdinand nichts konnte, das beherrschte er zur Vollkommenheit.

*

›Atme. Atme!‹ Maximilian saß immer noch auf dem Rasen neben Lottis Grab. Diese verfluchten Sterne, die er vor seinen Augen sah, sie wollten einfach nicht verschwinden. Himmel, war ihm übel. Der Schweiß lief über sein Gesicht, seine Hände zitterten nicht mehr, sie zuckten unkontrolliert und schienen überhaupt nicht mehr zu seinem Körper zu gehören. Sein Mund war ausgetrocknet, er konnte nicht schlucken. Die Sterne formatierten sich zu einem schwarzen Gebilde, dann wurden sie wieder grell. Der Grabstein und die Rosen, sie waren plötzlich über, dann unter ihm. Die Welt drehte sich rasend schnell.

Was war bloß los? Was ging hier nur vor sich?

Wenn er doch wenigstens Luft bekommen würde, aber er konnte nicht atmen, es war, als hätte ihm jemand die Luftröhre durchschnitten.

Maximilian wollte um Hilfe rufen. Da drüben kam gerade eine alte Frau den Weg entlang. Er öffnete den Mund, um sie auf sich aufmerksam zu machen, aber außer einem leisen Krächzen brachte er nichts zustande.

Er musste aufstehen. Sofort. Er konnte nicht ewig hier

sitzen bleiben. Was würden die Leute denken? Dass er betrunken war und nicht mehr alleine hochkam?

Um Gottes willen, war das alles schwierig. Er krallte sich in den Boden, versuchte hochzukommen, kniete vor dem Grab, unfähig, seinen Oberkörper zu bewegen.

Und immer noch keine Luft. Schweißbäche liefen ihm unter seinem Hemd den Rücken hinab, er konnte es deutlich spüren.

Ohne es wahrzunehmen, kroch er von Lottis Grab weg zum Gehweg, und das Letzte, was er sah, war die alte Frau, die auf ihn zuhastete. Alles in ihm wurde taub, und er fiel zur Seite.

*

»Danke, mein Schatz.« Sophie richtete sich auf und verzog das Gesicht. Wenn das so weiterging, würde sie zum Arzt gehen müssen, obwohl sie die unangenehmen Fragen von Doktor Lorey hasste. Er schaute sie immer mit Argusaugen an und schüttelte den Kopf, wenn sie ihm von ihrer ungeschickten Art erzählte.

Aber Sophie würde sich hüten, ihm die Wahrheit zu sagen. Davon einmal ganz abgesehen, waren Arztbesuche teuer und wurden von ihr nur im absoluten Notfall absolviert. Sie war nicht krankenversichert, da sie bei ihren Arbeitgebern stets als Hilfskraft geführt wurde und jederzeit kündbar war. Natürlich hätte sie sich freiwillig versichern können, und das hatte sie in der Vergangenheit oft in Betracht gezogen, gerade weil ja nun Lottis Geld da war, aber sie hatte Angst vor Ferdinands Fragen gehabt.

Nein, sie würde noch warten.

Wie lange noch?

Auf was wartete sie eigentlich?

Sie hatte etwas davon gefaselt, dass sie das Geld gefunden hätte, dreißig Mark in Scheinen, die wohl jemandem aus der Geldbörse gefallen waren, aber das hatte ihn nicht interessiert. Er prügelte wie von Sinnen auf sie ein, wollte wissen, wo sie ihr Geheimversteck hatte, und erst nachdem Brunhilde die Treppen hochgestiefelt kam, gegen die Wohnungstür bummerte und rief, dass sie die Polizei holen würde, hatte er von ihr abgelassen und Sophie mit der alten Drohung konfrontiert.

»Wenn du nur einen Ton sagst, du Luder, du weißt, was passiert!«

Ferdinand würde seine Worte wahrmachen. Das wusste sie. Er schreckte vor nichts zurück, weil er definitiv nichts mehr zu verlieren hatte.

Sophie wusste, dass Ferdinand sehr wohl über Geld verfügte, es aber nicht für nötig hielt, ihr etwas davon abzugeben. Nach wie vor arbeitete er nicht und verbrachte seine armseligen Tage damit, sich volllaufen zu lassen und mit seinen Saufbrüdern große Sprüche zu klopfen.

Das Haus seiner Eltern in Bad Homburg hatte er nach dem Tod der beiden schnell zu Bargeld gemacht. Seine Mutter war vor drei Jahren gestorben, der Vater nie aus dem schottischen Kriegsgefangenenlager zurückgekehrt. Ferdinand war der alleinige Erbe, und er dachte natürlich gar nicht daran, sich mit Sophie zu besprechen. Er verkaufte das Haus mit dem dazugehörigen Grundstück und gab das Geld mit vollen Händen aus.

Ja, sicher, sie hätte gehen können, sich verstecken. Irgendwo. Die Kinder waren schon lange groß, Greta nun auch schon siebzehn. Sie hatte sich heute freigenommen und saß bei Sophie, die schluckweise die heiße Brühe trank, die Greta ihr zubereitet hatte.

»Warum tut er das?«, fragte Greta sie zum wiederholten Male. »Das ist doch nicht richtig, Mutti. Die Zeiten haben sich geändert. Du musst dagegen etwas unternehmen. Du musst es wenigstens versuchen.«

»Ach Greta«, sagte Sophie leise. »Das ist nicht so einfach, wie es aussieht.«

»Ist es doch!«, rief Greta. »Das ist nicht mehr mein Vater, schon lange nicht. Er ist schlecht. Clara und Johannes sagen das auch.«

»Ich weiß«, nickte Sophie und stellte mal wieder fest, dass Greta das aufbrausende Temperament ihres richtigen Vaters geerbt hatte.

Ja, die Kinder hatten ihr oft gesagt, dass etwas geschehen musste. Sie standen hinter ihr. Aber letztendlich war es an Sophie, den entscheidenden Schritt zu tun. Und das wagte sie nicht. Die vergangenen Jahre hatten ihr alle Kräfte geraubt. Sie war schwach, nach wie vor sehr dünn. Und unglücklich.

Maximilian … sie glaubte nicht mehr an ihn und an eine Zukunft für sie beide, zu viele Jahre waren vergangen.

An Schicksal glaubte sie auch nicht mehr.

Um ehrlich zu sein, glaubte sie an überhaupt nichts mehr. Sie hörte Lottis Stimme, die damals, 1944, lachend gesagt hatte, dass schon alles gut würde.

Sie hatte nicht recht behalten.

Gar nichts war gut.

»Geh mit mir zu einem Anwalt«, forderte Greta.

»Ja.« Sophie nickte. »Sobald es mir besser geht.« Natürlich würde sie nicht gehen.

So viel Lebenswillen hatte sie dann doch noch.

*

»Das sieht nicht gut aus.« Der Oberarzt saß mit Theodor und Caroline Dannenbeck in seinem Büro, er hinter einem wuchtigen Schreibtisch, sie beide davor.

»Was genau heißt das?«, wollte Caroline wissen, die seit einiger Zeit Kette rauchte, weil das den Hunger dämpfte. Sie zündete sich eine neue Zigarette an, obwohl sie erst vor ein paar Sekunden die alte in dem wuchtigen Aschenbecher aus Onyx ausgedrückt hatte.

Der Arzt sah sie und ihren Schwiegervater ernst an. »Mit einem Herzinfarkt ist nicht zu spaßen. Dazu kommt, dass eine allgemeine instabile Gesundheitsverfassung gegeben ist. Hatte Ihr Mann in den letzten Wochen und Monaten viel Stress?«

»Nein«, sagte Caroline schnell, zu schnell, was selbst dem Oberarzt auffiel. Er sah Theodor an, der rot wurde.

»Nicht mehr als sonst auch«, fügte sie dann noch hinzu. »Ich begreif das nicht. Er ist doch jung und gesund.«

»Eben nicht. Ein Herzinfarkt kommt ja nicht einfach aus heiterem Himmel. Ist Ihnen irgendetwas aufgefallen?«

»Nein«, waren sich Caroline und ihr Schwiegervater einig.

»Das hätte ich doch bemerkt«, Caroline versuchte es jetzt auf die fürsorgliche Tour und lächelte katzenhaft. »Wir sehen uns doch jeden Tag.« Dass sie sich manchmal tagelang gar nicht über den Weg liefen und seit einigen Jahren getrennte Schlafzimmer bei Theodor durchgesetzt hatten, sagte sie nicht. Was ging das diesen Arzt an? Überhaupt, warum schaute er so skeptisch?

»Mein Sohn war immer gesund«, bekräftigte Theodor die Aussage. »Und noch nie hat jemand in unserer Familie sich bislang getraut, einen Herzinfarkt zu bekommen.«

»Nun ja«, sagte der Oberarzt langsam und strich sich über sein Kinn. »Das Wort ›trauen‹ halte ich an dieser Stelle nicht für angebracht.«

»Wann wird er denn wieder auf dem Damm sein? Nächste Woche?«, erlaubte sich Theodor einen schlechten Scherz, um die etwas angespannte Stimmung aufzulockern. Aber dafür hatte er sich das denkbar schlechteste Gegenüber ausgesucht. Rainer Heberling war Arzt mit Leib und Seele, und er war fassungslos über eine solche Art von Humor.

Er stand auf. »Es wird wohl einige Zeit länger dauern. Vor allen Dingen braucht Ihr Sohn und …«, Blick zu Caroline, »Ihr Mann absolute Ruhe. Er darf nicht aufgeregt werden, verstehen Sie, was ich sage?«

»Was gibt es daran nicht zu verstehen?« Caroline zog an ihrer Zigarette.

»Ich wollte es auch nur gesagt haben.« Er deutete zur Tür. »Sie können jetzt zu ihm. Aber nur für ein paar Minuten.«

Caroline sah auf ihre teure Armbanduhr. »Zu dumm«, lachte sie dann künstlich auf. »Aber in einer Viertelstunde muss ich zum Friseur, danach habe ich einen Termin bei meiner Schneiderin. Der Sommer steht schließlich vor der Tür.« Sie drehte sich zu Theodor um. »Richte Maximilian bitte die allerherzlichsten Grüße von mir aus. Ich werde morgen oder übermorgen vorbeikommen. Geh du nur zu ihm. Einer von uns genügt. Immerhin braucht er Ruhe. Einen schönen Tag noch.«

Mit diesen Worten verließ sie das Büro des Oberarztes, dem plötzlich ganz kalt war. Solch einer herzlosen Frau war er noch nie begegnet.

27

Frankfurt am Main,
Universitätsklinikum, 19. Mai 1962

Ich weiß nicht, wie lange ich schreiben kann, ich bin noch zu schwach, und die Krankenschwestern haben mir jede Anstrengung verboten. Aber ich muss einfach bei Dir sein, und wenn es nur auf diesem Wege ist.

Ich dachte, Du seiest fortgegangen oder gar tot, Sophie, aber jetzt weiß ich, Du bist noch da, hier in Frankfurt. Ich war an Lottis Grab, Gott, wie leid es mir tut, dass sie gestorben ist, und dort habe ich den Bilderrahmen gefunden, den Du unter die Rosen gelegt hattest.

Sobald es mir besser geht, werde ich mich auf die Suche nach Dir machen. Ich befinde mich momentan im Krankenhaus, keine Sorge, meine Schöne, es ist nichts Ernstes.

Ich kann einfach nicht mehr, verstehst Du? Ich werde versuchen, Deinen Nachnamen herauszubekommen und dann … ich weiß nicht, wie, aber es wird mir etwas einfallen.

Ich höre die Schritte der Oberschwester nahen …

Pass auf Dich auf, mein Leben!

Maximilian

*

»Papa!« Philipp kam näher und berührte den Vater sanft an der Schulter. Er war sofort, nachdem eins der Hausmädchen bei ihm angerufen hatte, losgefahren. Theodor war schon wieder fort, er hatte gerade einmal fünf Minuten an Maximilians Krankenbett gestanden und nicht gewusst, was er sagen sollte, außer: »Nun komm mal wieder auf die Füße« und »Lass dich nicht so hängen«.

Maximilian öffnete die Augen und sah seinen Sohn verschwommen vor sich. Jede Kleinigkeit strengte ihn an. Aber wenigstens bekam er wieder Luft. Er hatte solche Angst gehabt, dass er ersticken würde.

Matt hob er die Hand zum Gruß.

»Nicht, Papa.« Sanft nahm Philipp sie und drückte sie auf die Bettdecke zurück. »Bleib einfach liegen.« Er holte sich einen Stuhl und setzte sich dicht ans Bett. Am liebsten hätte er geweint, aber er wollte den Vater nicht noch trauriger machen, sondern ihm mit seiner Anwesenheit Kraft geben.

»Der Arzt meint, dass es dir schon viel besser geht«, sagte Philipp fürsorglich, was nicht stimmte. Vielmehr hatte der Arzt ihm ernst erklärt, dass die kleinste Aufregung einen erneuten Infarkt auslösen könnte. Aber das würde Philipp dem Vater nicht sagen.

»Meint er das.« Maximilian schloss die Augen wieder.

Warum hatte man ihn nicht schlafen und ihn seine Träume weiterträumen lassen, die von Sophie handelten?

»Ja. Bald bist du wieder auf der Höhe.«

»Wenn er das meint.« Hellgraue Augen mit blauen Tupfen drin.

»Wie fühlst du dich? Brauchst du etwas?«

Ja. Sophie.

»Nein. Ich bin nur müde.« Und möchte bei meiner Frau sein, in unserem Keller. Sophie …

»Was hast du gesagt, Papa?«

»Ich habe nichts gesagt.« Das sind Moosröschen. Kennen Sie keine Moosröschen?

»Du musst schlafen, Papa. Ruh dich aus. Ich bleibe hier bei dir sitzen.«

»Ja.« Wir baden zusammen in Lottis Keller. Ich wasche dein Haar, meine Schöne. Will bei dir sein. Für immer. Du fehlst mir so, Sophie. Wo bist du? Keine Sekunde mehr halte ich das aus. 18. April. All die Jahre. Auf ewig mit dir. Nur du allein. Ich liebe dich. Sophie … lass uns spazieren gehen. Ich halte dich fest. Ich lasse nicht zu, dass dir etwas passiert. Für immer bei dir … Sophie.

Philipp saß da und streichelte die Hand seines Vaters. Er lauschte den Worten und dachte zum ersten Mal darüber nach, dass auch Väter Menschen waren. Menschen, die liebten und ganz offenbar auch Wünsche, Träume, Sehnsüchte und auch Geheimnisse hatten.

Eine tiefe Liebe zu seinem Vater durchströmte ihn.

Maximilian musste lange Wochen im Krankenhaus bleiben. In dieser Zeit besuchte Caroline ihn genau zwei Mal für jeweils zehn Minuten. Es waren zweimal zehn Minuten zu viel.

Noch nicht einmal in dieser kurzen Zeit, in den jeweils knapp sechshundert Sekunden, in denen sie da war, wusste er, worüber er sich mit ihr unterhalten sollte. Sie setzte sich nicht einmal hin, sondern lief in ihren Stöckelschuhen auf dem Linoleumboden umher und schwadronierte darüber, dass sie einen neuen Wagen bräuchte, und dass die Putztruppe, die immer kam, um die Kronleuchter zu reinigen, versucht habe, sie zu bestehlen. Auch dass sie überlegte, mit ihrer guten Bekannten Annegret für drei Wochen ans Mittelmeer zu reisen, immerhin machten ja *alle* Leute, die was auf sich hielten, im Sommer Urlaub, und sie sähe überhaupt nicht ein, warum sie in diesem Jahr darauf verzichten solle.

Wenn er nicht mitfahren könne, sei es ja nicht ihre Schuld, oder? Sie brauchte Erholung und musste raus aus dem schmutzigen Frankfurt, schließlich kam sie aus Hamburg, und da war die Luft um einiges besser, und nur seinetwegen war sie vor Jahren nach Hessen gezogen. Hier gab es nun mal keine frische Seeluft, nicht wahr?

Und sie liebäugelte mit einer wirklich außergewöhnlichen Schmuckkollektion, diesmal war es wieder etwas von Cartier, das die Form eines Panthers hatte und selbstredend mit Brillanten besetzt war. Schon seit Jahren lag sie ihm damit in den Ohren, weil die Herzogin von Windsor auch solchen Schmuck besaß, also stand er ihr, Caroline Dannenbeck, wohl auch zu.

»Dann kauf ihn dir, den Schmuck«, sagte Maximilian, der gar nicht richtig zuhörte, sondern einmal mehr an eine blonde Frau dachte, die so weit weg und ihm doch kürzlich so nah gewesen war. Er hatte die weißen Rosen berührt, die auch sie angefasst hatte, Stunden oder Minuten vor ihm.

»Schmuck kauft man sich nicht, Schmuck lässt man sich schenken«, höhnte Caroline. »Von seinem liebenden Ehemann. Aber da kann ich bei dir lange drauf warten. Du hast mir nie etwas aus freien Stücken mitgebracht.«

»Das stimmt«, sagte Maximilian. »Du hast es ja auch nie verdient.«

»Wie bitte?« Caroline war solche Schärfe von ihm nicht gewohnt. Seit Ewigkeiten erduldete er stumm und ergeben ihre Zickereien und gab dann irgendwann nach.

»Ich sagte, *du hast es nie verdient*«, wiederholte er. »Und jetzt raus hier.«

»Wie bitte?«, wiederholte sie fassungslos.

»Geh. Verschwinde. Ich kann dich nicht mehr ertragen.«

Sie nahm ihre Handtasche. »Das musst du auch nicht. Ich bin zum letzten Mal in diesem Krankenhaus gewesen.« Wütend ging sie zur Tür.

»Das will ich hoffen«, flüsterte Maximilian sich selbst zu und hörte mit Genugtuung, dass die Tür ins Schloss fiel. »Das will ich wirklich hoffen.«

Philipp besuchte seinen Vater in dieser Zeit jeden Tag. Der Sommer kam, es wurde von Tag zu Tag wärmer, und immer wenn Philipp kam, öffnete er das Fenster, um wenigstens ein bisschen Leben von draußen in den Raum zu lassen, in dem Maximilian allein lag und der diese typische Krankenhausatmosphäre hatte, die er damit zu vertreiben hoffte.

Caroline hatte Wort gehalten. Sie kam nicht mehr. Wie Philipp ihm erzählte, war sie tatsächlich fortgefahren. Der jüngste Sohn Harald wurde von Victor und einem Kindermädchen betreut.

»Wie geht es Leonhard?«, fragte Maximilian an einem Mittwoch. Er hatte sein Mittagstablett vor sich und aß Huhn mit Reis. Philipp fragte ihn immer, auf was er Appetit hatte, und wenn Maximilian wirklich Gelüste auf etwas verspürte, sagte er es dem Sohn. Am nächsten Tag dann kam Philipp mit Warmhalteschüsseln ins Krankenhaus und brachte das Gewünschte mit, das seine Schwiegermutter in ihrer Gastwirtschaft für Maximilian gekocht hatte. Es schmeckte ihm jedes Mal ausgezeichnet.

»Sehr gut. Gestern hat er angerufen. Ich soll herzliche Grüße bestellen.« Leonhard, seine Frau Gisela und die kleine Tochter Katharina waren immer noch in Heidelberg. Leonhard steckte mitten in wichtigen Prüfungen und konnte nicht oft nach Frankfurt anreisen. Maximilian hatte ihm beim ersten Besuch klargemacht, dass er das auch nicht erwartete. Er konnte ihm doch sowieso nicht helfen. Leonhard hatte sich gefügt, rief aber täglich an, um sich nach dem Befinden seines Vaters zu erkundigen, was Maximilian natürlich freute.

Für beide Söhne war es ein Unding, dass die Mutter in dieser kritischen Zeit einfach ihre Koffer gepackt hatte und in die Sommerfrische gefahren war.

Auch Theodor machte sich rar. Er war viel in der Bank, und die restliche Zeit verbrachte er mit der verwitweten Johanna Janssen oder einer seiner zahlreichen heimlichen Gespielinnen, die ihm wie seinerzeit Rosi und diese Ältere, an deren Namen er sich nicht mehr erinnerte, versicherten, welch ein großartiger Liebhaber er doch war. Immer dann, wenn er sich mal wieder großzügig gezeigt hatte.

Theodor war eben ein Mann von Welt.

Er frohlockte oft. Es war alles geregelt. Die Bank schrieb schwarze Zahlen. Er war ein Filou, aber ein ganz gerissener!

»Was wirst du tun, wenn du entlassen wirst?«, fragte Philipp seinen Vater eines Nachmittags, während er Kaffee und Maximilian Tee trank.

Er schaute ihn an. »Wie meinst du das?«

»Willst du so weitermachen wie bisher oder hast du vor, etwas zu ändern?« Philipp sagte das ganz ruhig und wirkte in Maximilians Augen so erwachsen wie nie zuvor. Er beobachtete den Vater aus seinen braunen Augen, und Maximilian fiel auf, wie sehr er ihm ähnelte.

»Was sollte ich groß ändern?« Maximilian nahm einen Schluck vom Tee. »Ich bin ja nicht mehr der Jüngste. Es wird wohl weitergehen wie bisher.«

»Ach, Papa, belüg mich nicht. Das brauchst du nicht. Ich bin doch nicht dumm. Und mittlerweile auch erwachsen, falls du das noch nicht bemerkt hast.«

»So meine ich das nicht. Natürlich bist du erwachsen.«

»Glaubst du, wir hätten das nicht alles mitbekommen zwischen Mama und dir?«

»Tja. Das habe ich befürchtet. Wir waren wohl nicht gerade perfekte Eltern.«

»Es war und ist wohl eher keine perfekte *Ehe.*« Philipp lächelte. »Es ist noch nicht zu spät, Papa.«

»Nicht zu spät?«, fragte Maximilian mit einem Anflug von Bitterkeit. »Du irrst dich. Es ist für alles viel zu spät.«

»Das glaube ich nicht.« Philipp kam näher. »Sag mir, Papa – wer ist *Sophie*?«

28

Schon wieder hatte Sophie diesen grauenhaften Traum geträumt, dass Maximilian etwas Furchtbares zugestoßen war. Was genau, konnte sie im Traum nicht erkennen, aber der Frankfurter Hauptfriedhof kam darin vor und Lottis Grab.

Regelmäßig wachte sie schweißgebadet auf und fürchtete sich davor, wieder einzuschlafen, weil dieser Traum sie regelmäßig heimsuchte. Er hatte den anderen, den schönen Traum, in dem lachende, glückliche Menschen und Apfelbäume eine Rolle spielten, vollkommen verdrängt.

Nachdem sie wieder einigermaßen laufen konnte und ohne größere Schmerzen die Treppe hinunterkam, was natürlich von Brunhilde mit bösen Worten kommentiert wurde, weil sie der Meinung war, Sophie gehöre noch ins Bett, war sie zum Friedhof gegangen, was ziemlich lange dauerte, aber die frische Luft tat ihr gut. Sie ging zielstrebig zu Lottis Grab, an dem sie erst vor ein paar Tagen gestanden hatte. Etwas war anders als beim letzten Mal. Die weißen Rosen lagen nicht mehr auf der Grabplatte, sondern waren wild durcheinander über dem ganzen Grab verstreut. Der Bilderrahmen mit dem Foto der beiden Freundinnen lag nicht unter dem Strauß, und der Wind konnte ihn nicht fortgeweht haben, der Rahmen war schwer, aus Silber. Sophie hatte ihn in einem von Lottis Kartons gefunden und sich über das alte gemeinsame Foto gefreut. Jetzt lag der Silberrahmen umgedreht, einen Meter neben dem Grab. Ein Dieb konnte es nicht gewesen sein, der hätte ihn sicherlich mitgenommen.

Das war wirklich merkwürdig. Lotti hatte keine Verwandten, Karl saß bestimmt noch in Haft, und wenn nicht, würde er kaum hierherkommen und das Grab seiner Frau verunstalten. Das traute sie ihm bei allem Jähzorn, den er an den Tag gelegt hatte, nun wirklich nicht zu.

Sophie kniete nieder und ordnete die Blumen, die schon halb verwelkt waren.

Dann bekam sie plötzlich einen Schreck.

Da lag ein kleiner weißer Stein, ungeschickt zu einem Herz geschliffen. Sie hätte ihn unter Tausenden wiedererkannt.

*

»Nun weißt du es.« Das lange Reden hatte Maximilian angestrengt. Müde lehnte er sich zurück. »Gibst du mir bitte ein Glas mit Wasser?«

Philipp nickte, holte die Flasche, füllte das Glas und reichte es dem Vater, der hastig trank.

»Papa«, sagte Philipp dann unbeholfen. »Ach Papa. Was machst du denn für Sachen?«

»Wie du siehst, gar keine. Wenn ich es doch bloß getan hätte. Aber da wart ja ihr und euer Großvater.«

»Und unsere Mutter. Du kannst es ruhig sagen. Ihr habt doch nie miteinander geredet. Und das mit Harald, das wussten wir auch.«

»Das wusstet ihr?«

Philipp nickte. »Schon ziemlich lange. Mama ist ja manchmal sehr laut, wenn sie telefoniert oder sich sonst mit jemandem unterhält. Leonhard hat es schon lange vor mir geahnt. Harald sieht nun mal aus wie Victor. Und dann haben wir die beiden zwei oder drei Mal zusammen gesehen. In der Stadt. Sie wirkten sehr vertraut. Zu vertraut für Schwager und Schwägerin. Aber ich hatte nicht den Eindruck, dass Mama verliebt in Victor ist. Sie fand es nur reizvoll, einen jüngeren Mann zu haben, meinst du nicht auch?«

»Das weiß ich nicht, und ehrlich gesagt, interessiert es mich auch nicht. Hier«, er gab seinem Sohn das leere Glas zurück. »Es tut mir leid, das sagen zu müssen, aber ich habe eure Mutter nie geliebt.«

»Das wissen wir«, sagte Philipp und lächelte. »Wir sind ja nicht auf den Kopf gefallen. Manchmal habe ich das Gefühl, ihr denkt immer noch, wir seien kleine Kinder, die gerade eben laufen gelernt haben und denen man vom Weihnachtsmann erzählen kann. Ich möchte dir so gerne helfen«, wechselte er dann abrupt das Thema.

»Wie denn?«, fragte der Vater resigniert.

»Das müssen wir uns gemeinsam überlegen. Auf uns musst du keine Rücksicht mehr nehmen. Und Harald hat einen Vater, das wird sich schon finden. Was Großvater dir angetan hat, muss selbstredend geklärt werden.«

»Ich glaube nicht, dass Großvater sich auf irgendwelche Diskussionen einlässt«, sagte Maximilian. »Und ich, ich soll mich im Moment nicht aufregen.«

»Das musst du auch nicht.« Philipp stand auf und ging ans Fenster. »Wozu hast du einen Sohn, der Jura studiert und jetzt schon über einige, ganz hervorragende Kontakte verfügt?« Er kam wieder auf Maximilian zu. »Ich freue mich drauf«, sagte er lächelnd, »dem Alten so richtig eins auszuwischen.«

*

»Du hattest mit allem recht, Theodor.« Weder Philipp noch Leonhard hatten den Großvater jemals »Opa« genannt. Das passte einfach nicht zu Theodor Dannenbeck. Ein Opa trug eine graubraune Strickjacke und steckte seinen Enkeln heimlich Süßigkeiten zu, las in einem Schaukelstuhl sitzend Märchen vor und verbrachte ganze Wochenenden mit ihnen, um zu angeln oder am Lagerfeuer Kartoffeln zu rösten.

All das hatte Theodor nie getan. Für ihn waren die Enkelsöhne Nachkommen, die eine Firma weiterzuführen hatten. Er war herbe enttäuscht, als sie ihn darüber informierten, eigene Pfade zu beschreiten, und er hatte entsprechend gehandelt.

Natürlich reagierte Theodor erst einmal mit Misstrauen, als Philipp nun vor ihm saß wie ein reumütiger Sünder und seine Entscheidungen der Vergangenheit bereute.

»Aha«, sagte er, während sie sich an seinem Schreibtisch, im obersten Stockwerk des Dannenbeck'schen Bankgebäudes, gegenübersaßen. Mit einem Taschentuch wischte er sich den Schweiß von der Stirn.

»Ich bedaure das alles«, bestärkte Philipp seinen vorangegangenen Satz. »Es war ein Fehler, Karin so vorschnell zu heiraten.«

»So. Ein Fehler war das. Habe ich das nicht gleich gesagt?« Theodor bekam langsam bessere Laune. Das hörte sich doch schon mal nicht schlecht an. Natürlich hatte er es so kommen sehen. Die Kinder eben: Sie gingen ihrer Wege, aber irgendwann kamen sie doch zurück. Oder blieben nach Androhung von Sanktionen, wie Maximilian. Nun ja, das war eher Erpressung gewesen, aber das mussten Philipp und Leonhard ja nicht wissen.

»Warum kommst du ausgerechnet jetzt auf diese Idee?«, fragte Theodor, der immer stärker schwitzte. Johanna Janssen lag ihm schon seit Monaten damit in den Ohren, dass er aufhören sollte, sich permanent von Schweinebraten und fetten Soßen zu ernähren, dazu der Tabakkonsum, aber er hörte nicht auf sie. Er hatte es bis hierhin ohne Einschränkungen geschafft, und er würde es auch weiterhin schaffen. Trotz seiner achtundsechzig Jahre fühlte er sich fit, nun ja, von dem ständigen Schwitzen und der Atemnot einmal abgesehen. Er wog gut und gern seine hundertdreißig Kilo, und wenn er seine Anzüge nicht sowieso maßschneidern lassen würde, mit diesem Körperumfang hätte er es tun müssen.

»Du musst Sport treiben, Theodor«, hatte auch sein langjähriger Arzt Bertram wiederholt gesagt. Aber er hatte nur abgewinkt und gesagt: »Ja, ja, morgen, morgen fang ich damit an.« Und Bertram hatte wie jedes Mal den Kopf geschüttelt und über Theodors hohen Blutdruck gestöhnt. Wenn er so weitermachte, würde er einen Schlaganfall bekommen oder zuckerkrank werden. Unzählige Male hatte er Theodor damit gedroht, aber der war auf diesem Ohr taub. Manchmal hatte Bertram den Eindruck, der alte Dannenbeck hielt sich für unsterblich.

Und damit lag er nicht unbedingt falsch.

»Karin ist so ganz anders als ich«, erklärte Philipp. »Sie hat überhaupt keine Allgemeinbildung, und als wir uns kennenlernten, da wusste sie noch nicht mal, wie die wichtigsten deutschen Schriftsteller heißen. Sie kommt eben aus sehr einfachen Verhältnissen. Wir haben keine gemeinsamen Gesprächsthemen. Ich möchte mich auch mal über Politik unterhalten, aber sie interessiert sich nur für die Kaiserinnen und Prinzessinnen, über die in den bunten Zeitschriften berichtet wird.«

›Abschaum eben. Unterschicht‹, dachte Theodor zufrieden.

»Ich möchte das beenden, bevor es zu spät ist. Ich habe schon mit ihr gesprochen. Karin ist einverstanden. Wir werden uns vorläufig erst einmal räumlich trennen. Sie zieht zu ihren Eltern zurück und hilft wie früher in deren Gaststätte.«

›Soll sie mal ziehen‹, dachte Theodor noch zufriedener. ›Und dem Kroppzeug, das da seinen Stammtisch abhält, Bier und Kurze bringen.‹

»Wenn du einverstanden bist, möchte ich doch in die Bank einsteigen.«

»Warum?«

»Ich möchte die Familientradition fortsetzen«, erklärte Philipp. »Ich weiß, dass du damals gegen die Verbindung mit Karin warst. Ich erinnere mich auch noch an unseren Streit. Aber nun sieht die Situation ganz anders aus. Vielleicht möchte ich auch einfach etwas gutmachen, Theodor.«

Das hörte der Großvater nur zu gern. Gebauchpinselt lehnte er sich zurück.

»Na, dann wollen wir doch mal sehen, was wir da

machen können. Und nun geh rüber zum Barschrank und hol uns einen Schluck. Darauf müssen wir anstoßen.«

Philipp stand lächelnd auf und tat, was Theodor ihm gesagt hatte. Warum er lächelte, wusste »Opa« nicht.

*

»Aber Sie müssen doch anhand meiner Informationen etwas finden.« Sophie stand vor dem Sachbearbeiter des Bürgeramts, der wiederholt den Kopf schüttelte.

»Gute Frau, selbst wenn ich das könnte, ich darf nicht. Das sind persönliche Angaben, die ich einfach nicht weitergeben kann. Sonst bekomme ich Ärger.«

»Bitte machen Sie eine Ausnahme«, bettelte Sophie. »Er heißt Maximilian, sein Vater Theodor und seine Frau Caroline. Sie sind sehr reich.«

Der Mitarbeiter hob beide Hände. »Ich wiederhole nochmals, ich darf das nicht. Da könnte ja jeder kommen. Und wir haben hier auch noch andere Dinge zu tun. Das Tagesgeschäft ist nicht ohne. Dazu sind wir unterbesetzt, zwei Kollegen von mir sind schon seit Wochen krank. Schwere Grippe.«

Die Grippe der Kollegen interessierte Sophie nicht.

»Außerdem – anhand von Vornamen, da suche ich mich ja dumm und dämlich.«

»Ich könnte selbst die Karteikarten durchforsten«, flehte Sophie. »Vielleicht hab ich ja Glück und der Nachname beginnt mit A.«

»Das wird ja immer schöner«, sagte der Beamte, der langsam böse wurde. »Glauben Sie, es ist erlaubt, dass man hier einfach so reinstiefelt und unsere Karteikästen durchwühlt?«

»Natürlich nicht.« Sophie war kurz davor, zu resignieren. »Ich wollte Ihnen damit ja auch nur Arbeit abnehmen.«

»Da liegen Sie völlig falsch, Gnädigste. Ich hab Sie nicht darum gebeten, mir Arbeit abzunehmen.« Der Beamte bekam langsam wirklich schlechte Laune. »Wenn Sie mich jetzt bitte entschuldigen würden. Da draußen warten nämlich Leute, die einen Termin haben. Es sind nicht wenige.«

»Ja«, sagte Sophie traurig. »Vielen Dank trotzdem.« Sie wandte sich zum Gehen.

»Jetzt wird sie auch noch frech«, hörte sie den Beamten murmeln.

Sophie trat hinaus auf die Straße und dachte nach. Sie ärgerte sich über sich selbst, dass sie Lotti damals nicht sofort gefragt hatte, wie Maximilians Vater mit Nachnamen hieß. Sofort wurde sie wieder traurig. Lotti.

Sie blieb stehen.

Die Bänder, die in dem ausgehöhlten Ast des kleinen Wäldchens lagen!

Vielleicht könnten die ihr Aufschluss darüber geben, wie Maximilians Nachname lautete! Brunhilde besaß ein Tonbandgerät, bestimmt würde sie ihr helfen.

Mit großen Schritten lief sie nach Hause zurück.

29

Philipp hatte tatsächlich mit Karin gesprochen, und seine Ehefrau hatte dem kühnen Plan zugestimmt. Sie konnte Theodor nicht ausstehen und hatte es ihm nie verziehen, wie er sie, ihre Eltern und Geschwister sowie die übrige Verwandtschaft während der Hochzeitsfeierlichkeiten behandelt hatte. Wie Aussätzige waren sie von ihm angeschaut worden. Er hatte sich geweigert, in ihrer Nähe zu sitzen, und hatte explizit einen anderen Tisch verlangt. Und in seiner Rede hatte er nicht ein Mal davon gesprochen, dass er sich für Karin und Philipp freue, sondern: »Die Zukunft meines Enkelsohns habe ich mir zwar anders vorgestellt, aber nun, soll es eben so sein.« Es war eine Unverschämtheit gewesen. Sie hatte fast geweint, als sie sah, wie fassungslos ihre Eltern geschaut hatten. Aber die waren nicht so wortgewandt wie Theodor und hatten nicht gewusst, wie sie reagieren sollten. Ihre Mutter saß da mit ihren abgearbeiteten Händen und war mit dem ganzen Besteck, das rechts und links vom Teller eingedeckt war, überfordert gewesen. Als Caroline das bemerkte, fragte sie in ihrer unnachahmlichen Art: »Sie wissen nicht, wie man das Besteck benutzt? Ich denke, Sie betreiben ein *Restaurant.*« Das Wort Restaurant hatte sie so ausgesprochen, als würde es sich dabei um einen frivolen Nachtclub handeln. Die Antwort hatte sie gar nicht erst abgewartet, sondern lauthals gelacht und dann gesagt: »Das ist eine Salatgabel, meine Teuerste, und dies da ist die Zange für die Weinbergschnecken. Dies hier sollten Sie doch schon mal gesehen haben, oder? Das ist ein Suppenlöffel.« Ihr Schwiegervater hatte ebenfalls gelacht und gesagt: »Den Suppenlöffel wird sie kennen, aber ob sie schon mal eine Hummersuppe damit gegessen hat, das wage ich doch stark zu bezweifeln.«

Und so war es in einem fort gegangen. Am liebsten hätte Karin die Terrine mit der Suppe in sein feistes Gesicht geschleudert.

»Selbstredend kannst du auf mich zählen«, sagte sie nun zu Philipp. »Ich werde alles tun, um dir zu helfen.« Und so zog Karin zu ihren Eltern, wo sie sich schon immer wohl gefühlt hatte, wohnte in ihrem Jugendzimmer und stand abends mit der Mutter in der Küche, schälte Kartoffeln, briet Schnitzel oder bereitete Salatsoßen zu. Ihre Eltern waren ebenfalls eingeweiht. Sie hielten dicht, darauf konnten sich Karin und Philipp verlassen.

Und Theodor kaufte Philipp das Märchen mit der gescheiterten Ehe ab und stellte ihn in der Bank ein. Zwar befand sich Philipp noch im Jurastudium, aber er wurde schon dem Hausjuristen unterstellt. So konnte er eine Menge lernen, wie er dem Großvater stets versicherte.

Maximilian machte nur langsam Fortschritte. Es war, als würde sein Körper alle Kraft verlieren, obwohl er die doch brauchte, um sich auf die Suche nach Sophie zu machen. Aus den geplanten vier Wochen, die er im Krankenhaus bleiben sollte, wurden auf Anraten der Ärzte erst sechs, dann acht, dann zwölf. Sein Herz war einfach zu schwach und das Risiko, ihn zu entlassen, den Medizinern zu hoch.

Maximilian las viel, hörte Schlager im Rundfunk, dachte nach und schrieb lange Briefe an Sophie. Regelmäßig kamen Philipp und auch Leonhard vorbei, der nach den Examen öfter aus Heidelberg fortkonnte.

Caroline besuchte ihn nicht. Sie hatte beschlossen, ihre Reisen auszudehnen und war für mehrere Monate unterwegs. Eine Kreuzfahrt in die Ägäis, mit der sie und ihre Freundin Annegret geliebäugelt hatten, wurde spontan ebenfalls noch gebucht, und so verlief Maximilians Sommer ohne seine Frau, was ihm sehr recht war. Sie schrieb noch nicht einmal eine Karte.

Philipp fand sich gut zurecht in der Bank und war ein gerngesehener Kollege. Man schloss ihn nicht aus, wie man das oft mit Familienangehörigen tat, sondern bezog ihn in alles ein, ging gemeinsam Mittag essen und trank abends auch noch ein Feierabendbier in einer nahegelegenen Kneipe. Philipp brachte frischen Wind in die angestaubten Hallen, in denen alles immer so gelaufen war, wie der Senior das wollte.

Er schlug Veränderungen und Neuerungen vor, die von der Belegschaft als gut empfunden wurden und von den Vorgesetzten ebenfalls.

Theodor hatte sich immer gegen alles, was neu war, gesträubt, natürlich auch, weil es sein Geld kostete. Wozu zum Beispiel brauchte man neue Fenster oder eine Firmenkantine, deren Essen auch noch günstig sein und dies von ihm subventioniert werden sollte? Aber er ließ den

Enkelsohn gewähren, weil der seine Sache gut machte. Theodor musste sich irgendwann eingestehen, dass er nicht mehr der Jüngste war, daran konnten auch Johanna und seine Lebedamen nichts ändern, und er musste an die Zukunft seiner Bank, des Familienunternehmens, des Lebenswerks, denken.

Philipp war intelligent und seine gute Erziehung und charmante Art ließen ihn durch und durch sympathisch und glaubwürdig wirken. Mit der Zeit bekam er mehr Verantwortung übertragen und erhielt Einblick in immer neue Abläufe und Unterlagen.

Und genau das war Philipps Plan gewesen.

Maximilian hatte schon seit Wochen gehustet und vor sich hin gekränkelt. Erst sagten die Ärzte, es sei eine Angina, doch schließlich stellte sich heraus, dass er sich eine schwere Lungenentzündung zugezogen hatte. Die Infektion fesselte ihn tagelang komplett ans Bett, und er drohte zu verzweifeln. Irgendwann war auch das interessanteste Radioprogramm zum Sterben langweilig und das beste Buch öde. Außerdem wartete da draußen doch jemand auf ihn. Er hatte mit Schrecken festgestellt, dass er den kleinen Stein verloren haben musste, und konnte sich nicht daran erinnern, wo er gewesen war, als er ihn zum letzten Mal in den Händen gehalten hatte. Unentwegt musste er daran denken, und es machte ihn tieftraurig, dass er nicht wusste, wo der Herzstein geblieben war. Philipp war auf seine Anweisung hin zu Hause gewesen und hatte alles abgesucht, obwohl Maximilian den Stein eigentlich immer bei sich trug, aber er hatte nichts gefunden.

Darüber regte er sich auf, obwohl er sich gar nicht aufregen sollte.

»Wenn Sie wieder vollständig auf die Beine kommen wollen, ist das der einzige Rat, den ich Ihnen geben kann«, sagte der Oberarzt ernst, und sein Assistent nickte bestätigend. »Sie brauchen eine andere Umgebung, ein gesundheitsförderndes Klima.« Er schlug einen dreimonatigen Aufenthalt auf Teneriffa vor.

Die Söhne redeten dem Vater gut zu, Carolines Meinung war ihm egal, sie war ja sowieso nicht da, und Theodor meinte, er solle tun, was er für richtig hielte. Der Sohn interessierte ihn nicht sonderlich. Die Zukunft sah er in Philipp.

So fügte sich Maximilian und reiste Ende Juli ab. Er wollte gesund werden. Für Sophie. Nur für sie.

*

Sophie hatte das Wäldchen gleich wiedergefunden. Sie hatte befürchtet, dass es vielleicht zwischenzeitlich gerodet worden war oder so dicht zugewachsen, dass man nicht mehr erkennen konnte, wie es hier vorher ausgesehen hatte und wo der bestimmte Baum stand, aber es schien alles unverändert. Die Jahre und der Krieg hatten dem schönen Platz nichts anhaben können. Nur verwilderter war alles geworden.

Sogar das Baumhaus gab es noch, auch wenn es morsch war und einzelne Bretter fehlten. Die Leiter hing herunter, wirkte aber recht instabil. Einige der Holztritte waren zerbrochen oder einfach verrottet. Zunächst traute Sophie sich nicht hochzuklettern, sondern probierte mit einem mitgebrachten Seil, das sie um einen Ast warf, sich am Baum hochzuhangeln. Sie rutschte ständig an der Rinde ab und gab schließlich auf, weil es ihr zu anstrengend war. Also versuchte sie es mit der Leiter, und tatsächlich, sie schien zu halten. Wehmütig sah sie auf die Holzbretter, die Arndt damals zusammengenagelt hatte. Sie konnte sich noch genau daran erinnern. Das da drüben, das war mal ein Tisch gewesen, und Vorhänge hatten sie auch gehabt. Rot-weiß kariert waren die gewesen. Da hing doch tatsächlich noch ein Stück Stoff, und mit ein wenig Mühe konnte man das Muster erkennen. Wie oft hatten sie hier gesessen und gespielt. In ihrem Geheimversteck.

»Das gehört nur uns dreien«, hatte Arndt geheimnisvoll gesagt. »Schwört, dass ihr keinem Menschen verratet, wo es sich befindet!«

Sie hatten die Hände aufeinandergelegt und den Schwur geleistet.

Sophie lächelte wehmütig.

Arndt und Lotti gab es nicht mehr.

Nun gehörte ihr das Baumhaus alleine.

Sie sah sich weiter um, fand den breiten ausgehöhlten Ast und beugte sich mit dem Oberkörper hinein, hangelte mit der Hand nach unten. Und da war etwas, in Folie verpackt. Sie zog es heraus und löste langsam die Verpackung. Ja, es waren die Bänder!

Sophie warf sie hinab auf den weichen Boden, dann kletterte sie die Leiter hinunter, um mit dem Päckchen zu Brunhilde zu laufen.

*

»Oha«, machte ihre Nachbarin mal wieder. »Ich würde sagen, das ist brisant, Kindchen.«

»All die Namen«, sagte Sophie fassungslos. Sie hatten nach vielen Stunden soeben das letzte Band abgehört und spulten es zurück. Das Tonbandgerät gab scheppernde Geräusche von sich und stoppte dann abrupt. Brunhilde nahm das aufgerollte letzte Band und steckte es zurück in den Pappkarton.

»Ich brauch einen Schnaps«, keuchte sie und stand auf.

»Bring mir einen mit«, sagte Sophie.

Nachdem Brunhilde mit der Flasche zurückkam, überlegten sie, was nun zu tun wäre.

»Ich sollte zur Polizei gehen«, dachte Sophie laut.

»Nein, nein und nochmals nein!«, rief Brunhilde. »Ich hab dir das schon mal verboten, das ist eine Nummer zu groß für dich.«

»Aber die Mörder von dieser Rosemarie, sie sind …«

»Nein!«, protestierte Brunhilde und kippte ihren Schnaps hinunter. »Nur über meine Leiche. Außerdem kann man über diese Sache später noch nachdenken. Jetzt ist erst mal wichtig, dass du den Nachnamen hast. Und den hast du ja.«

Sophie hatte ihr alles erzählt, eben weil man Brunhilde vertrauen konnte. Die hatte nur genickt und »Oha, oha« gesagt. Dann war sie zum Tonbandgerät gegangen, um es einzuschalten.

»Ja«, sagte Sophie. »Dannenbeck. Maximilian Dannenbeck. Der Sohn von Theodor Dannenbeck.«

Sophie Dannenbeck.

»Nun wirst du ihn schnell finden.« Brunhilde war ganz aufgeregt.

»Ja«, sagte Sophie wieder. »Aber dann?«

»Ach, Kindchen, das wird sich doch zeigen. Erst mal schau'n, dass du die Adresse rauskriegst, dann machst du den nächsten Schritt. Einen nach dem anderen. Komm, gib mal dein Glas. Was ist das denn? Du hast ja noch gar nicht getrunken. Mach hin, ich will dir nachschenken. Und dann bringst du die Bänder dahin zurück, wo du sie hergeholt hast.«

Während Maximilian in einem Sanatorium auf Teneriffa wieder zu Kräften kam, lief sein Sohn Philipp zur Hochform auf.

Und während Maximilian eines Morgens beim Frühstück auf der Terrasse saß und aufs Meer hinausschaute, immer noch angeschlagen, matt und voller Sehnsucht, drückte Sophie mit klopfendem Herzen den Klingelknopf an der klassizistischen Villa am Schaumainkai, die den Dannenbecks gehörte. Sie hatte stundenlang mit Brunhilde darüber gesprochen, *was* und *wie* sie es sagen würde. Man war übereingekommen, dass sie sich zunächst zurückhalten und erst einmal schauen sollte, ob er überhaupt zu Hause war. Falls jemand fragte, wer sie denn eigentlich sei, würde sie sich als alte Schulkameradin von Maximilian ausgeben. Oder als Schwester eines seiner Klassenkameraden. Je nachdem, was besser zur Situation passte.

Aber als Sophie von draußen hörte, dass sich drinnen Schritte näherten, wurde ihr schwindelig, und alles, was sie auswendig gelernt hatte, war plötzlich aus ihrem Kopf verschwunden.

»Sie wünschen?« Die mächtige, messingverzierte Holztür war geöffnet worden, und vor ihr stand ein Stubenmädchen in Schwarzweiß, das sie argwöhnisch von oben bis unten taxierte.

»Ich … ich bin auf der Suche … können Sie bitte Herrn Dannenbeck sagen, dass ich hier … also dass ich hier bin«, stammelte Sophie und hätte sich am liebsten auf die Zunge gebissen.

»Wer sind Sie, wenn ich fragen darf?« Die Tür wurde nun schon wieder ein wenig zugezogen.

»Ich … ich bin … das ist so … ich …«, herrje, so konnte das nichts werden.

»Bitte?« Das Stubenmädchen zog die Augenbrauen hoch und sah jetzt abweisend aus. »Also, ich verstehe gar nichts.«

›Wie auch?‹, dachte Sophie verzweifelt. ›Ich stehe ja hier und stammle rum, als sei ich eine Verrückte.‹

»Zu welchem der Herrn woll'n Sie denn?«

»Ich weiß es nicht.«

»Sie *wissen* es nicht?«

»Entschuldigen Sie bitte, ich … weiß es natürlich schon … mir ist …«, war denn das die Möglichkeit? »Mir ist … ich weiß den … wie er heißt, weiß ich im Moment nicht.« Was war denn bloß los? In ihrem Kopf herrschte gähnende Leere. Warum fiel ihr denn der Name nicht ein? Es war nicht zu fassen.

»Woll'n Sie zu dem alten Herrn Dannenbeck? Zum Senior?« Das Hausmädchen schien sich ein wenig Sorgen um Sophie zu machen.

»Nein.«

»Also zu einem von den jungen?«

»Ja … mir … der Name …«

»Wer ist denn da, Helga?«, ertönte eine Stimme von drinnen. Die Tür wurde wieder ein Stück weiter geöffnet und Sophie erkannte eine große Eingangshalle, deren Boden mit Marmor ausgelegt war, sie sah eine alte Truhe sowie einen venezianischen Kronleuchter – alles war genau so, wie Maximilian es ihr beschrieben hatte.

»Maximilian«, sagte Sophie und sah die schlanke, dunkelhaarige Frau an, die zur Stimme gehörte. Das musste Caroline sein. Kalte Augen musterten sie, das dunkle Haar war modisch frisiert, das Kostüm sah teuer aus und schien aus Seide zu sein. Ihre Haltung war abweisend.

»Hab ich Ihnen nicht schon tausendmal gesagt, dass wir Bettlern nichts geben, Helga?«, herrschte sie die Angestellte an, die rot wurde und nichts erwiderte.

Sophie biss sich auf die Unterlippe. Das war so demütigend.

»Die Frau da sagt, sie will Ihren Mann sprechen«, sagte Helga dann ein wenig schnippisch.

»Aha.« Caroline sah erstaunt aus. »Wer sind Sie?«

»Sophie … ich heiße … ich bin … eine alte …«

»*Sophie*? So, so. Nun, da könnte ja jeder kommen und behaupten, irgendwer zu sein, nicht wahr. Aber um Ihre Frage abschließend zu beantworten, Sophie, Maximilian ist nicht hier.«

»Oh …«, war alles, was Sophie herausbrachte.

»Gehen Sie rein, Helga, ich regle das allein.« Das Stubenmädchen verschwand.

»Und jetzt hören Sie mir mal gut zu, Sophie«, sagte Caroline Dannenbeck. »Maximilian hat mir alles von Ihnen erzählt. Ich bin im Bilde.«

Sophie starrte sie an.

»Diese kleine Liebelei, wie er sie bezeichnete. Ach, was haben wir gelacht darüber. Ich hab es ja verstanden, er ist schließlich nur ein Mann, nicht wahr? Und im Krieg, da sieht alles anders aus. Da drückt man als kluge Ehefrau auch mal ein Auge zu.« Sie lächelte jetzt sehr freundlich. O ja, Caroline war eine hervorragende Schauspielerin. Sie hätte im Theater auftreten können. »Jedenfalls hat er Sie schon lange vergessen, meine Beste. Irgendwann sagte er mal, dass er Ihnen das mitteilen wollte, hat es aber nicht für so wichtig erachtet. Außerdem wusste er ja nicht, wo Sie wohnen. Und falls Sie ihn sprechen wollen, das geht nicht. Er ist im Ausland, schon einige Zeit. Ich bin auch nur kurz hier und fahre bald zu ihm.« Nun strahlte sie. »Bald ist nämlich unser Hochzeitstag. Soll ich schöne Grüße bestellen?«

Sophie war nun nicht mehr rot, sondern leichenblass. Sie krampfte die Hände zusammen und versuchte, sich zu sammeln. Auf gar keinen Fall wollte sie sich die Blöße geben, vor Maximilians Frau zu weinen. Oder zu schreien.

»Nein, danke«, sagte sie schlicht, drehte sich um und verließ das Grundstück.

Nachdem sie um die nächste Ecke gebogen war, lehnte sie sich an eine Mauer.

Es war alles umsonst gewesen.

Er war zu seiner Frau zurückgekehrt und dort auch geblieben.

Er liebte sie nicht.

Sie hatte recht behalten mit ihren Überlegungen, damals im Luftschutzkeller, als er sie kurz alleine gelassen hatte. Sie war nur eine kurze Liebelei für ihn gewesen. Noch ganz genau wusste sie, welche Gedanken ihr damals durch den Kopf gegangen waren: ›Sah er dies hier nur als Zwischenstation, als nette Abwechslung für zwischendurch, bis sein normales, gutbürgerliches Leben wieder anfing? Ein Leben, das nach dem Krieg von Sorgenfreiheit, Reichtum und der Gewissheit geprägt sein würde, dass man nie Not zu leiden hatte?‹

Und sie selbst? Was hatte sie damals über sich gedacht? ›Wie wird mein Leben weitergehen? Nun, genauso wie vorher. Was sollte sich daran auch großartig ändern? Ich werde weiterhin jede Mark zehnmal umdrehen müssen, sofern überhaupt Geld da ist, ich werde meinen alten Wintermantel noch einmal wenden und die abgestoßenen Ränder mit der Hand säumen. Ich werde mich wochenlang auf die Suche nach den billigsten Stoffen machen, um den Kindern etwas zu nähen, ich werde Strümpfe stopfen und ab und an morgens ganz früh auf der Straße stehen, hoffend, dass niemand sieht, dass ich die Kohlen stehle, die immer bei Morgengrauen angeliefert werden.‹

Gut, nun hatte sie Lottis Geld, aber sonst war alles genauso eingetreten.

Sophie drehte sich um und lehnte eine ihrer kalten Wangen an die von der Sonne erwärmte Mauer.

Sie musste ihn vergessen.

Sie musste einfach.

Das war sie sich schuldig.

Immerhin hatte sie noch ihren Stolz, oder etwa nicht?

Moment mal … der Herzstein. Den hatte sie an Lottis Grab gefunden. Maximilian musste dort gewesen sein. Aber vielleicht war das ja der, von Caroline erwähnte, Abschied. Möglicherweise hatte er den Stein dorthin gelegt, weil dieses Grab die einzige Verbindung zu ihr, zu Sophie, war. Er war ja damals mit bei Lotti gewesen, wusste, wo sie gewohnt hatte. Vielleicht hatten Nachbarn ihm gesagt, dass Lotti tot war. Und dann war er zum Grab gegangen und hatte den Herzstein dort abgelegt. Ja, so oder ähnlich konnte es gewesen sein.

Aber war das nicht auch ganz gleichgültig?

Caroline hatte ihr gesagt, sie sei nur eine Liebelei für ihren Mann gewesen. Es hatte glaubwürdig geklungen. »Was haben wir gelacht darüber … Bald ist nämlich unser Hochzeitstag.«

›Warum hast du mir das angetan?‹, dachte sie, und das Herz tat ihr weh. Es war fast so wie damals, als er fortgegangen war und sie gehört hatte, dass es zersprang.

Die Liebe ihres Lebens hatte sie zum zweiten Mal verlassen.

30

Frankfurt am Main, 1964

Clara wurde am 18. April vierundzwanzig Jahre alt. Sie wohnte mittlerweile in ihrer eigenen kleinen Wohnung, nicht weit von Sophie entfernt und hatte, wie sie es immer wollte, gemeinsam mit einer Kollegin einen Friseursalon eröffnet. Seit einiger Zeit war sie mit einem zwei Jahre älteren Mann verbandelt, den sie der Mutter noch nicht vorgestellt hatte. Aber heute sollte es so weit sein.

Clara und auch Greta wurden Sophie von Jahr zu Jahr ähnlicher. Nicht nur äußerlich, sondern auch in ihrem Wesen. Sie hatten die gleiche liebenswerte Art, aber auch das aufbrausende Temperament der Mutter, das dieser nur mit den Jahren abhandengekommen war.

»Greta hat sich gut angepasst«, lachte Clara manchmal, wenn sie neben ihrer »Schwester« stand. Nach wie vor kannten sie und Johannes die Wahrheit nicht. Sophie behielt dieses Geheimnis besser für sich. Es war nämlich gut möglich, dass Ferdinand seine langjährige Drohung endgültig wahr machte, sollte er von der wirklichen Herkunft Gretas erfahren. Irgendwann einmal würde sie es ihren Kindern vielleicht erzählen. Wenn sie sicher war, dass ihr selbst nichts mehr passieren konnte.

Sophie war gespannt auf Claras Freund, sie hatte einen Rührkuchen gebacken und freute sich auf den Samstagnachmittag.

»Das Wichtigste erzähle ich dir zuerst, Mutti«, sagte Clara, nachdem sie zur Tür hereingekommen und die Mutter umarmt hatte. »Darf ich dir Maximilian vorstellen? Wir werden heiraten!«

Sophie stand da und schüttelte die Hand des dunkelhaarigen jungen Mannes, der sie freundlich anlächelte und ihr einen Blumenstrauß überreichte, ganz so, wie Ferdinand es damals bei ihr und ihrer Mutter getan hatte, nur mit dem Unterschied, dass es nicht ihr eigener Geburtstag gewesen war. Sie war völlig durcheinander.

»Nun sag doch was, Mutti«, forderte Clara sie auf.

Sophie nickte, räusperte sich und sagte nichts.

Dann drehte sie sich um und rannte in die Küche, stützte sich am Tisch ab und versuchte, sich zu beruhigen.

Aber sie konnte es nicht. Alles kam wieder hoch. Dabei hatte sie es so gut verdrängen können, all die vielen, langen Monate, die seit ihrer bitteren Erkenntnis vergangen waren.

Sie begann lautlos zu weinen.

An ihrem letzten Jahrestag, am 18. April 1963, war sie natürlich nicht am Römer gewesen, genauso wenig wie heute. Warum auch? Maximilian war ja schon vorher lange fort gewesen. Und er hatte sie schon vorher vergessen gehabt.

Sie hatte sich mit sich selbst arrangiert, fühlte sich wie tot, lebte irgendwie weiter und bemühte sich jeden Tag aufs Neue, nicht an ihn und alles, was geschehen war, zu denken. Das war sie sich selbst schuldig und ihrem Stolz.

Der war das Einzige, was sie noch hatte.

Und nun das.

Clara, die heute vierundzwanzig wurde und somit genauso alt war wie Sophie, als sie Maximilian kennenlernte, brachte diesen jungen Mann mit, der genauso hieß und genauso alt war wie Maximilian damals. Es war, als würde Sophie ein Spiegel vorgehalten werden.

Mit dem einzigen Unterschied, dass Clara und ihr Maximilian heiraten konnten.

Nichts stand ihrem Glück im Wege.

Nein, Sophie war nicht eifersüchtig oder neidisch auf ihre Tochter. Sie liebte sie von ganzem Herzen und hatte Clara immer darin bestärkt, auf ihr Herz zu hören und nie auf Äußerlichkeiten oder sonst etwas zu achten.

Wenn sie selbst schon nicht ihre Lebensliebe hatte heiraten können, ihre Kinder sollten es tun. Clara, Johannes und letztlich auch Greta.

*

Es war Philipp Dannenbecks großer Tag. Er hatte alles perfekt organisiert. Schon frühmorgens war er in sein Büro gefahren. Es war nicht mehr viel zu tun, aber er wollte alles noch einmal durchgehen, sämtliche Unterlagen prüfen und dann seinen Vater entlasten. Ein für alle Mal.

Alles hatte er aufgedeckt, all die Machenschaften, die sein Großvater über die Jahre geheim gehalten hatte. Es waren unlautere Geschäfte abgeschlossen, Schwarzgelder geflossen und Verträge manipuliert worden. Kleine Unternehmen hatte es die Existenz gekostet, die großen Konzerne waren die Gewinner gewesen.

Da Theodor seinem Enkel immer mehr Spielraum ließ, war es irgendwann ein Leichtes für Philipp, an diese Informationen zu kommen. Natürlich waren die brisanten Unterlagen fein säuberlich weggeschlossen gewesen, aber Philipp hatte sich den Tresorcode besorgt. Fräulein Melchior, die Chefsekretärin, schon lange Jahre die rechte Hand Theodors, war mit der Zeit ein wenig schusselig geworden. Und das hatte Philipp ausgenutzt.

Er stand auf.

Er hatte alles, was er brauchte.

Nun konnte es losgehen.

*

»Was ist denn, Mutti?« Clara stand in der Tür. »Magst du Maximilian etwa nicht?«

›Hör auf, diesen Namen zu sagen‹, dachte Sophie. ›Bitte.‹

»Doch, natürlich. Er scheint sehr nett zu sein.« Sie lächelte ihre Tochter an. »Ich setze eben schnell Kaffeewasser auf.«

»Willst du nicht, dass ich heirate? Mutti, ich liebe ihn! Und du hast doch immer zu mir gesagt, dass ich den heiraten soll, den ich wirklich liebe! Maximilian liebt mich auch. Wir gehören einfach für immer und ewig zusammen.«

Das war's. Der Wasserkessel, den Sophie soeben hochgenommen hatte, um ihn zu füllen, fiel ihr aus der Hand und krachte scheppernd auf den Kachelboden.

»Mutti!«, stieß Clara entsetzt aus, während ihre Mutter in die Knie sank und anfing, laut zu schluchzen.

»Maximilian! Maximilian!«, schrie Clara und wunderte sich im selben Moment darüber, dass Sophie die gleichen Worte ausstieß.

In diesem Augenblick klingelte es an der Tür.

*

Maximilian war wieder vollständig genesen. Rein körperlich zumindest. Seelisch wurde er immer kränker. Er hatte Monate auf Teneriffa verbracht, seine Lungenentzündung war abgeklungen, sein Herz funktionierte mittlerweile wieder so, dass die Ärzte zufrieden waren. Diese beiden Krankheiten aber wurden von einer dritten, akuten, abgelöst: der Schwermütigkeit. Er konnte sich zu nichts mehr aufraffen, fühlte sich leblos und außerstande, auch nur Kleinigkeiten zu erledigen, so banal sie auch waren. So saß er da, gab sich seinen Tagträumen hin und lebte einfach weiter.

Er war am 18. April in Deutschland gewesen, zum Römer gegangen und hatte dort wieder den ganzen Tag, von morgens um sechs Uhr bis Mitternacht, gewartet. Sophie kam nicht. Keine Nachricht, keine Botschaft steckte in der Mauerritze.

An diesem Abend hatte Caroline, die selbstverständlich niemals zu ihm nach Teneriffa gekommen war, ihn prüfend angeschaut und schien lange nachzudenken.

Und dann hatte sie ihm etwas erzählt. Dass Sophie hier an der Haustür gewesen sei, ihn sprechen wollte. Dass sie einen Brief für ihn hinterlassen hätte, den sie, Caroline, ihm aber auf Anraten der Ärzte nicht gegeben hatte, damit er sich nicht noch mehr aufregte.

»Sie hat dir einen Brief für mich gegeben?«, fragte Maximilian ungläubig.

»Nein. Helga hat ihn entgegengenommen.« Caroline hatte Helga natürlich mit einem hohen Geldbetrag bestochen, genau die Geschichte zu erzählen, die sie ihr eingetrichtert hatte, sollte Maximilian einmal nachfragen. Auf Helga war Verlass. Einerseits wegen des Geldes, andererseits hatte Caroline dem Hausmädchen gedroht. Sollte es nicht nach Plan laufen, würde sie Helga fristlos kündigen und außerdem wegen zweifachen Diebstahls anzeigen. Caroline konnte Maximilian doch nicht gehen lassen. Daher durfte Maximilian nicht auf dumme Gedanken kommen. Zum Beispiel auf die Idee, mit der blonden Sophie durchzubrennen. Was sollte die Frankfurter und Hamburger, und überhaupt die Gesellschaft denken? Es musste alles so bleiben, wie es war. Die Fassade hatte stehenzubleiben.

Caroline rechnete damit, dass Maximilian über kurz oder lang in eine tiefe Melancholie verfallen würde, allein schon durch die Nebenwirkungen der Medikamente, die er einnahm.

Caroline wollte unter allen Umständen verhindern, dass diese Sophie, diese billige blonde Frau, in Maximilians Leben einen noch größeren Stellenwert einnahm. Nicht dass sie selbst an ihre Stelle treten wollte, aber es ging ums Geschäft.

Und sie beobachtete befriedigt, wie Maximilian in sich zusammensank, als er ihre Geschichte hörte. Er hatte auch Helga befragt, die brav und mit großen Augen alles bestätigte.

Und dann hatte Caroline ihm den Brief gegeben, in

dem stand, dass Sophie wieder zu ihrem Mann zurückgefunden habe, der sich von Grund auf geändert hätte. Dass sie aus Frankfurt wegziehen würde. Dass das Erlebte zwischen ihr, Sophie, und ihm, Maximilian, nun Vergangenheit wäre und man diese ruhen lassen müsste. Aber natürlich wünschte sie ihm Glück und hoffte für ihn, dass auch er wieder einen Weg zu seiner Frau fände.

Diesen Brief hatte Caroline entworfen. Nach der Lektüre der Briefe, die Maximilian an diese Sophie verfasst hatte und in denen auch der gewalttätige Ehemann erwähnt wurde, fiel es ihr leicht, die richtigen Informationen mit den gemeinen Absichten zu vermengen.

Geschrieben hatte den Brief dann die Putzhilfe einer befreundeten Arztgattin, die dafür fünfzig Mark bekommen hatte.

Alles war wasserdicht, so wie es sein sollte.

Caroline war zufrieden.

Sie hatte den blonden Engel für alle Ewigkeiten in den Himmel geschickt. Oder in die Hölle. Das war ihr egal.

Ihr Leben würde nach ihren Wünschen weitergehen. Allein das war ihr wichtig.

*

»Mutti, bitte steh auf. Soll ich einen Arzt rufen?«

Clara hockte neben ihrer Mutter und war ratlos.

Es klingelte wieder.

»Mach doch bitte mal auf und sag, dass es jetzt nicht passt, wer immer das ist. Möglicherweise sind das Betti und Cornelia, ich hatte ihnen gesagt, dass ich hier bin.

Sie sollen später wiederkommen«, sagte sie hektisch zu ihrem Freund.

Maximilian, der sofort nach Claras Rufen in die Küche geeilt war, nickte, froh, etwas tun zu können, und ging zur Tür.

»Maximilian …«, keuchte Sophie und fing wieder an zu schluchzen. »O mein Gott. O mein Gott …«

»Wo ist eigentlich Papa schon wieder?«, fragte Clara verzweifelt.

»Der kann mir auch nicht helfen. Das konnte er noch nie«, flüsterte Sophie kraftlos und versuchte aufzustehen.

»Das weiß ich, Mutti. Aber … ach, ich weiß auch nicht, ich möchte, dass er einmal für dich da ist. Ich versteh das alles nicht. Wen meinst du mit Maximilian? Meinst du meinen?«

Sophie ignorierte Claras Fragen. »Ich will deinen Vater nicht sehen. Er soll da bleiben, wo er ist …«

»Mutti, antworte mir doch. Meinst du meinen Freund?«

Wieder stürzten die Tränen aus Sophies Augen. »Nein, ich meine einen anderen. Natürlich verstehst du das nicht. Ich verstehe es ja selbst nicht. Ich …«

»Entschuldigen Sie bitte, Frau Brunner«, erklang die Stimme des jungen Maximilian an der Küchentür. »Da ist ein Mann, der nicht gehen will, bevor er Sie gesprochen hat.«

Sophie und Clara blickten auf. Hinter Claras Freund stand ein hochgewachsener Mann mit klugen Augen, dunklen Haaren und einem sympathischen, offenen Gesicht.

Sophie wurde schon wieder schwarz vor Augen. So wie eben. Das konnte doch gar nicht sein.

Der Mann sah aus wie Maximilian Dannenbeck.

*

»Warum isst du nichts von dem Gemüse?« Caroline trommelte mit den Fingern auf der Tischplatte herum und sah Maximilian an, als hätte er etwas ganz Furchtbares getan, weil er sich nicht nachnahm.

»Weil ich kein Gemüse mehr mag«, antwortete er müde wie immer.

»Kein Wunder, dass du dauernd krank bist«, ihre Stimme wurde um einige Nuancen schriller. »Du ernährst dich falsch und völlig ungesund.« Sie trank einen Schluck Wein.

Maximilian zuckte mit den Schultern.

»Aber das ist dir ja egal. Dir ist ja alles egal.«

Er wollte etwas entgegnen, doch sie hob die Hand. »Setz dich wenigstens gerade hin. Das kann man ja nicht mit ansehen.« Automatisch befolgte er ihre Anweisungen und schaute sie kurz an. Ihre Augen, zu Schlitzen verengt, taxierten ihn wie die Schlange das Kaninchen.

»Du bist ein alter Mann geworden«, sagte sie zynisch. »Unattraktiv und alt. Dabei bist du noch nicht mal fünfzig. Und du wunderst dich, warum ich mit dir nicht mehr unter Leute gehen mag.«

Das stimmte so nicht, um ehrlich zu sein, mochte er mit ihr nicht mehr unter Leute gehen, schon lange nicht mehr, aber er war zu schwach, um sich schon wieder auf diese Diskussionen einzulassen. Es brachte ja doch nichts.

»Du widerst mich einfach nur an«, kam es von Caroline. Mit ihren langen, dürren Fingern legte sie das Besteck beiseite. »Geh nur, geh wieder in dein geliebtes Arbeitszimmer und schreibe deiner geliebten Sophie Briefe, die sie sowieso nicht lesen wird, aber geh endlich, damit ich dein verdammtes Gesicht nicht mehr sehen muss. Und vergiss nicht, dir all die Briefe, die du ihr geschrieben hast, mal wieder durchzulesen, damit du bloß nichts vergisst.«

Caroline hatte ihm die Briefe, die er an Sophie verfasst und die sie gefunden hatte, schon vor einiger Zeit zurückgegeben. Das war an dem Tag gewesen, als sie ihm erzählt hatte, dass Sophie bei Helga gewesen war. Da ja nun alles geklärt war und diese Sophie ihr nicht mehr gefährlich werden konnte, sah sie keine Gefahr darin, ihm die Briefe wieder auszuhändigen. Sie hatte sie ihm hingeworfen und »Zur Erinnerung« gesagt. Dabei hatte sie es genossen, ihn traurig zu machen.

Die Tür des Esszimmers öffnete sich, und vor ihnen stand ihr gemeinsamer Sohn Philipp. Er wirkte aufgeregt und gleichzeitig glücklich.

»Papa, kommst du mal bitte?«, fragte er atemlos.

Maximilian sah auf. »Ja, was ist?« Er hatte zu nichts Lust, auch nicht dazu, mit Philipp zu sprechen. Hatte das nicht Zeit bis morgen?

»Hast du Geheimnisse, Philipp?«, fragte Caroline keifend und setzte erneut das Weinglas an.

»Es ist etwas, das dich nichts angeht, Mama«, erwiderte Philipp ruhig und ging zu Maximilian. »Komm, ich helfe dir.« Er hakte ihn unter. Nachdem sie im Arbeitszimmer waren, schloss Philipp die Tür sorgfältig und zog den Vater in die Mitte des Raums.

»Und nun hör mir gut zu.«

*

»Nein«, sagte Sophie und schüttelte den Kopf. »Das kann nicht sein. Das ist unmöglich. Ich war doch dort, und ...«

»Glauben Sie mir einfach. Er ist hier, ich war gerade bei ihm.«

»Aber Ihre Mutter hat mir gesagt, dass ...«

»Meine Mutter würde alles sagen, um das zu bekommen, was sie will. Auch das sollten Sie mir einfach glauben.«

Philipp und Sophie saßen sich am Küchentisch gegenüber. Clara und ihr Freund hatten sie alleine gelassen.

»O mein Gott.« Sophie drückte die Hände gegen ihre Schläfen. »O mein Gott.«

»Es wird alles gut ... Sophie. Ich darf doch Sophie sagen? Alles. Es kann ihm nichts mehr passieren. Wir, also ich und mein Bruder, wir stehen hinter Papa. Meinem Großvater sind aufgrund der Unterlagen, die ich gefunden und zum Teil vernichtet habe, die Hände gebunden. Er kann und wird nichts tun. Und Papa hat mir von Ihnen erzählt.«

»Wie haben Sie mich überhaupt gefunden?«

»Papa hat mir gesagt, wie Ihre verstorbene Freundin hieß. Lotti Marquardt. Durch einige gute Kontakte habe ich ihren Mann ausfindig gemacht, der lange im Gefängnis saß. Der kannte den Namen Sophie natürlich. Und sagte mir, dass Sie Brunner heißen. Der Rest war ein Kinderspiel.«

»Aber was soll ich jetzt tun?« Sie fühlte sich hilflos, ratlos und wie zerschlagen.

»Zu ihm gehen«, sagte Philipp. »Er weiß schon Bescheid. Und er wartet auf Sie. Am Römer. Heute ist doch Ihr Tag.«

*

Maximilian starrte seinen Sohn an, der ihn anlächelte, ihm auf die Schulter klopfte und dann den Raum verließ, weil er noch jemanden besuchen und auffordern musste, zum Römer zu gehen, und mit einem Mal war ihm, als würde seine gesamte Kraft zurückkehren. Sie durchfloss ihn in Strömen, das dumpfe Gefühl, das ihn seit Ewigkeiten begleitet hatte, war urplötzlich verschwunden. Er fühlte sich so gut wie schon lange nicht mehr.

Er griff in die Schreibtischschublade und nahm die Briefe heraus, die an Sophie gerichtet waren, schloss die Lade zum letzten Mal, und ging mit langsamen Schritten auf die Tür zu. Dort blieb er stehen und sah sich um, nahm die mahagonigetäfelte Wand wahr, den Kristalllüster mit den vielen funkelnden Prismen, den großen Schreibtisch, an dem er so oft gesessen und Briefe an Sophie geschrieben und an sie gedacht hatte; er schaute auf den Seidenteppich aus China, auf das kostbare Wedgwood-Porzellan in der Vitrine, und da wurde ihm bewusst, dass er das alles schon lange nicht mehr brauchte, eigentlich niemals gebraucht hatte. Er brauchte auch kein teures Auto und keinen parkähnlichen Garten, und ganz sicher keine vier Badezimmer und auch kein beheiztes Schwimmbecken, das vor einigen Jahren angelegt worden war. Und war er überhaupt jemals in der extra eingebauten Sauna gewesen? Er konnte sich beim besten Willen nicht daran erinnern.

Maximilian war bereit zu gehen.

Langsam öffnete er die Tür, erblickte Caroline, die davorstand, sah sie an wie eine Fremde, trat nach draußen in die Eingangshalle und dann vor die Haustür.

Er atmete tief durch.

Nach einigen Minuten lächelte er das erste Mal seit langer, viel zu langer Zeit.

Sie war da. Sie würde kommen.

Philipp würde sich darum kümmern.

Der Rest würde sich finden.

Ihr gemeinsames Leben konnte beginnen.

Zwei halbe Leben hatten sie aufeinander warten müssen.

›Wer hätte gedacht, dass es mir noch mal so gutgehen würde‹, dachte Maximilian und lief hastig und ungeduldig vorwärts. Er hatte eine gute Kondition, sein Herz spielte mit. Er spürte keine Schwäche, kein Holpern, kein Rasen. Endlich war er am Römer. Leute eilten mit schnellen Schritten vorbei, Touristen fotografierten und ein paar Tauben flogen umher.

›Ab heute wird alles anders.‹ Tief atmete er ein. Dann begann er, sich um sich selbst zu drehen und breitete die Arme aus. Und dann fing er laut an zu lachen.

Manche der Passanten lachten mit, andere schauten peinlich berührt weg. Wahrscheinlich dachten sie, er sei verrückt geworden. Vielleicht war er das ja. Und wenn es so war, dann war es einfach wundervoll, verrückt zu sein.

Heute, heute fing sein zweites Leben an. Nein, sein erstes. Er hatte vorher noch gar nicht gelebt.

Gleich, gleich würde sie kommen.

Er konnte es kaum erwarten.

*

›Da ist er. Da steht er!‹ Sophie begann zu rennen. Obwohl sie sich zwanzig Jahre lang nicht gesehen hatten, wusste sie, dass er es war.

›Er ist da!‹ Sie winkte, war aber noch zu weit weg, als dass Maximilian sie hätte sehen können. Außerdem waren da so viele Leute.

Aber das machte nichts. Auf die paar Minuten kam es jetzt nicht mehr an.

Sie war so glücklich, so froh.

Das war die beste Entscheidung, die sie je getroffen hatte.

Heute, heute fing ihr gemeinsames Leben an. Ihr wirkliches, wunderbares Leben. Selbst wenn es noch Schwierigkeiten geben sollte, sie hatte ja Geld. Lottis Geld! Lotti wollte das ja so, sie hatte es sich gewünscht und es aufgeschrieben.

Sie lief schneller. Plötzlich zählte jede Sekunde.

*

Jetzt, nachdem alles so klar und einfach war, sah er dem restlichen Tag mit Gelassenheit entgegen. Er wusste, dass sie kommen würde. Auf diesen Moment freute er sich wie ein kleines Kind. Es kam ihm überhaupt nicht in den Sinn, dass sie nicht auftauchen könnte. Die ganzen Jahre lang hatte er gewusst, dass sie irgendwo in seiner Nähe war, er hatte es körperlich gespürt. Das wurde ihm auf einmal klar.

Er schaute sich um. Wo blieb sie bloß? Philipp hatte doch gesagt, dass er zu ihr gehen und alles veranlassen würde.

Wenn sie zu Hause gewesen war …

Er hörte, wie die Straßenbahn scharf bremste und sah mit einem Auge hin. Kurz darauf bildete sich eine Menschentraube. Möglicherweise hatte es einen Unfall gegeben.

Wie sie wohl aussah? Ob sie immer noch so strahlende Augen hatte?

Die Menschenmenge wurde immer größer und vereinzelt hörte er die Leute etwas rufen. Was, konnte er nicht verstehen.

Was sie wohl anhatte? Damals, als sie sich zum ersten Mal sahen, trug sie das Blumenkleid mit den Moosröschen … Sie hatte so süß darin ausgesehen, auch später, als das Kleid schon schmutzig war. Nachdem Lotti sie mit frischer Kleidung versorgt hatte, trug sie zum ersten Mal etwas anderes. Er hatte sie damals gebeten, es niemals wegzuwerfen. Ob sie es noch besaß?

Ein Krankenwagen bahnte sich seinen Weg durch die Menge. Also tatsächlich ein Unfall. Das war ja auch kein Wunder, so schnell, wie diese Straßenbahnen manchmal fuhren.

Die Sonne kam hervor.

›Ich werde mit ihr am Main spazieren gehen. Stunden- oder tagelang. Wenn sie möchte, auch wochenlang. Ich werde alles tun, was sie will. Ich werde mir eine neue Existenz mit ihr aufbauen. Diese Existenz wird der Grundstein für unser Leben, für unsere Liebe sein.‹ Er ging hin und her, konnte nicht ruhig auf der Stelle stehen.

Nun kam ein weiteres Auto und hielt vor den vielen Menschen. Ein Leichenwagen? Um Himmels willen! Er war schockiert und bestürzt und der Anflug eines schlechten Gewissens machte sich in ihm breit, weil er sich nicht wirklich dafür interessierte, was dort drüben geschehen war.

Für ihn gab es momentan nur einen einzigen Gedanken, einen einzigen Menschen. Und der hieß Sophie …

Eine Frau löste sich aus der Menschenmenge und kam mit gesenktem Kopf auf ihn zu.

Er hielt den Atem an.

Sie war es.

Es war Sophie.

Sie war es tatsächlich.

Die Frau kam näher, und er bemerkte, dass irgendetwas nicht stimmte. Etwas passte nicht zusammen. Aber er wusste nicht, was es war.

Je näher sie kam, desto klarer wurde ihm jedoch, was ihn irritierte.

Die Frau, die auf ihn zukam, war nicht Sophie.

Sie sah nur so aus, wie Sophie vor zwanzig Jahren ausgesehen hatte.

Sie blieb vor ihm stehen, und sie weinte.

Er verstand nicht, warum.

Um ehrlich zu sein, verstand er gar nichts.

»Du bist Maximilian«, sie schaute ihn fragend an.

Er nickte und hatte den Eindruck, das alte, lähmende Gefühl nähme erneut von ihm Besitz.

»Mutti …«, sagte die junge Frau und fing wieder an zu weinen.

Und da begriff er alles.

»Sophie …«, er konnte nicht mehr sagen und schaute hinüber zum Unfallort, dort, wo immer noch die Straßenbahn stand, der Kranken- und der Leichenwagen.

Sie nickte und reichte ihm einen Brief. »Diesen Brief … sie hat ihn zu Hause noch rasch geschrieben. Sie wollte zu dir.«

Er nahm den Brief und konnte immer noch nichts sagen. Seine Augen brannten, aber er konnte nicht weinen. Seine Kehle brannte ebenfalls, aber es war ihm unmöglich zu schlucken. Er war unfähig, irgendetwas zu tun. Er konnte nur hier stehen und nichts verstehen.

Die junge Frau sah ihn wieder an, und er blickte in ihre wunderschönen Augen. »Ich wusste es die ganze Zeit über nicht«, wieder begann sie zu weinen.

»Was?«, brachte er kehlig hervor.

Sie schluchzte laut auf. »Dass du mein Vater bist. Das hat Mutti mir geschrieben. Und jetzt ist sie tot.«

In seinem Kopf war ein heilloses Durcheinander, er konnte seine Gedanken nicht sortieren. Fassungslos starrte er Sophies Tochter an und mochte nicht glauben, was er da gerade gehört hatte. Im nächsten Moment schlang sie ihre Arme um ihn, und er umarmte sie, weil er nicht wusste, was er sonst tun sollte, und weil er noch weniger wusste, wie er das alles überleben sollte.

»Was sollen wir nur tun?«, fragte Greta ihn hilflos.
Er schaute seine Tochter an.
Was sollten sie tun?
Er wusste es nicht.

Epilog

Sechs Monate später.

Sophie, meine geliebte Frau,

heute ist ein guter Tag, um Dir zu schreiben. Es regnet, es ist kalt und man mag die Wohnung gar nicht verlassen.

Ich denke jede Sekunde an Dich. Immer wieder sehe ich unseren letzten 18. April vor mir. Den Tag, an den ich all die Jahre meine ganze Hoffnung geknüpft hatte und an dem sich mein sehnlichster Wunsch endlich erfüllen sollte. Endlich mit Dir glücklich zu sein, zu guter Letzt doch ein gemeinsames Leben aus unseren zwei halben zu machen. Ich halte es kaum aus, dass das Schicksal uns dies verwehrt hat. Doch ich zwinge mich, immer wieder an diesen Tag zu denken. Vielleicht hört es sich verrückt an, aber ich habe das Gefühl, dass Du bei mir bist, wenn ich an Dich denke und meine Erinnerungen für Dich aufschreibe.

Ich sehe dann Greta vor mir, unsere Tochter, die plötzlich dastand und Dir so ähnlich sah. Ich fühle das dicke Papier des Umschlags, den sie mir gab und in dem sich Deine Briefe befanden. Beinahe hundert Briefe, die Du mir geschrieben hast in den letzten zwanzig Jahren. Wir hatten dieselbe Idee. Ich habe durch sie das tröstende Gefühl, dass wir doch nicht die ganze lange Zeit voneinander getrennt waren. Obwohl wir uns immer verpasst haben, muss ein Teil von uns tatsächlich spürbar beim anderen gewesen sein.

Auch die beiden kleinen weißen Steine, die Du damals für uns im Keller geschliffen hast, waren in dem Umschlag. Ich erinnere mich, wie fest ich sie in meiner Hand zusammenpresste, als ich Dich so reglos in Deinem Moosröschenkleid daliegen sah. Du warst so kalt, als ich Dich berührte. Dabei wollte ich Dir meine ganze Wärme geben, in der uns verbleibenden Zeit. Ich wollte Dich doch noch so viel fragen, und ich wollte so viel mit Dir lachen.

Ich besuche Dich oft an Deinem Grab, das gleich neben Lottis liegt. Ich wollte es so, Du sollst nicht allein sein. Häufig begleiten mich die Kinder zum Friedhof, Deine und meine, und wir bringen Dir Moosröschen. Clara, Johannes und Greta erzählen mir dann von Dir. Du wirst es nicht glauben, aber manchmal haben wir dabei sogar schon gelacht – über Deine freche, mutige Art.

Wenn wir einen Ausflug machen und sonntags in einem Gartencafé sitzen, ertappe ich mich dabei, dass ich mir wundervolle Kopfbilder mache, solche, in denen Du nur kurz aufgestanden bist, um Dich im Waschraum des Cafés frischzumachen und es nur noch ein paar Minuten dauert, bis Du wieder bei uns sitzt.

Deine und meine Kinder geben mir viel Kraft. Und besonders in Greta sehe ich das Fortbestehen unserer Liebe.

Sophie, ich bin so froh, dass es sie gibt. Unsere Tochter. Sie hilft mir in den schweren Momenten und bringt Licht in die düsteren Gedanken, die wohl immer wiederkehren werden. Sie und ich und die anderen Kinder sind die Familie, in der Du weiterlebst. Durch sie habe ich begonnen zu glauben, dass es doch noch Hoffnung für mich gibt – dass mein Leben nicht nur von Trauer bestimmt sein wird. Denn weißt Du, Sophie, unsere Gefühle waren und sind etwas ganz Wunderbares. Ich glaube nicht, dass es viele Menschen gibt, die erfahren durften, was wir erlebt haben: wahre Liebe.

Und so hoffe ich, dass ich weiter die Kraft haben werde, ohne Dich zu sein. Wenn ich glaube, nicht mehr weiterzukönnen, schließe ich die Augen und sage mir: Es muss.

Es wird weitergehen.

Irgendwie.

Joanne Harris
Denk an mich in der Nacht

Roman.
Aus dem Englischen von Adelheid Zöfel
432 Seiten. Gebunden mit Schutzumschlag
ISBN 978-3-471-35025-6

Die Malerin Alice leidet unter der Trennung von ihrer großen Liebe Joe. Als sie seine neue Freundin kennenlernt, ahnt sie, dass mit der fast überirdisch schönen Frau etwas nicht stimmt. Dann entdeckt Alice ein lange verborgenes Tagebuch, und plötzlich schwebt sie in tödlicher Gefahr. Joanne Harris, die Meisterin des geheimnisvollen Zaubers, erzählt die Geschichte einer zerstörerischen Leidenschaft.

»Ein dunkler Liebesroman voller Geheimnisse, Eifersucht und Gefahr. Ein spannendes Leseabenteuer.« *Style*

Ralf Günther
Der Gartenkünstler

Ein Fürst-Pückler-Roman.
400 Seiten. Gebunden mit Schutzumschlag.
ISBN 978-3-471-35024-9

Im Jahr 1826 steht der geniale Gartenarchitekt Hermann Fürst Pückler finanziell am Abgrund. Gemeinsam mit seiner geliebten Frau Lucie beschließt er, sich scheiden zu lassen und nach England zu reisen. Dort will er eine neue Gattin mit üppiger Mitgift suchen. Als mehrere junge Damen gewaltsam ums Leben kommen, gerät der Fürst in einen bösen Verdacht.
Der erste historische Roman über den genialen Gartenarchitekten und einzigartigen Exzentriker erzählt die »wahre Geschichte« seiner berühmten Englandreise.

»Ralf Günther bietet hohen Lesegenuss.«
Die Welt

List

Tom Cox
Alles für die Katz

Roman.
Aus dem Englischen von Werner Schmitz
300 Seiten. Softcover
ISBN 978-3-471-35019-5

Eigentlich liebt Tom Katzen, aber Terrorkater The Bear macht ihn echt fertig. Der kann sich nicht nur unsichtbar machen und ihm das Essen vom Teller klauen, er verliert auch regelmäßig alle Haare. Als Tom das Herz von Dee erobert, der klugen und hübschen Besitzerin von The Bear, muss er sich wohl oder übel mit der Killerkatze anfreunden. Aber ein hinterhältiger Stubentiger allein reicht nicht: Dee und Tom legen sich noch fünf weitere Katzen zu. Und zwischen verwüsteten Kleiderschränken und erbeutetem Federvieh muss Tom endlich klarstellen, wer hier das Sagen hat: die Miezen oder er. Der perfekte Lesestoff für alle Katzenliebhaber – witzig, originell, liebenswert.